中國新聞史研究輯刊

三 編

主編　方漢奇

副主編　王潤澤、程曼麗

第 4 冊

中國近現代新聞出版法制研究（上）

殷　莉　著

花木蘭文化出版社

國家圖書館出版品預行編目資料

中國近現代新聞出版法制研究（上）／殷莉 著—初版—新
北市：花木蘭文化出版社，2016〔民105〕
目 2+204 面；19×26 公分
（中國新聞史研究輯刊 三編：第 4 冊）
ISBN 978-986-404-525-9（精裝）
1. 新聞業 2. 出版法規 3. 中國
890.9208   105002056

ISBN-978-986-404-525-9

9 789864 045259

中國新聞史研究輯刊
三 編 第 四 冊   ISBN：978-986-404-525-9

中國近現代新聞出版法制研究（上）

作　　者　殷莉
主　　編　方漢奇
副 主 編　王潤澤、程曼麗
總 編 輯　杜潔祥
出　　版　花木蘭文化出版社
發 行 所　花木蘭文化出版社
發 行 人　高小娟
聯絡地址　235 新北市中和區中安街七二號十三樓
　　　　　電話：02-2923-1455／傳眞：02-2923-1452
網　　址　http://www.huamulan.tw 信箱 hml810518@gmail.com
印　　刷　普羅文化出版廣告事業
初　　版　2016 年 3 月
全書字數　298883 字
定　　價　三編 9 冊（精裝）新台幣 18,000 元

中國近現代新聞出版法制研究(上)

殷　莉　著

作者簡介

殷莉，女，1966 年生，新疆烏魯木齊人，1988 年畢業於中國人民大學新聞系，獲法學學士；1999 年獲得中國社會科學院研究生院文學碩士學位，2006 年畢業於中國人民大學新聞學院，獲文學博士學位。2007 ～ 2010 在復旦大學新聞學院從事博士後研究。1988 ～ 2000 年在新疆大學中文系新聞教研室任教，2000 ～ 2003 年在大連理工大學人文學院廣播與語言學系任教，現爲天津師範大學新聞傳播學院教授，碩士生導師，廣播電視學系主任。已出版專著三部，發表學術論文 50 多篇。

提　　要

《中國近現代新聞法制研究》分兩部分。由《新聞自由體制下新聞立法研究（1898 ～ 1926）》與《新聞統制體制下新聞法治研究（1927 ～ 1949）》組成。

該書對清末民初近三十年我國新聞立法的過程、新聞法制思想、新聞立法的實踐及其成果進行了全面系統的研究，涉及清末製定的《大清印刷物件專律》、《報章應守規則》、《報館暫行條例》、《大清報律》、《欽定報律》和民初製定的《民國暫行報律》、《報紙條例》、《修正報紙條例》和《出版法》等有關新聞事業的單行法，並從立法主體、立法程序、立法規則、法律概念等立法學角度，對以上法律法規立法的動機、效果、目的、性質、作用及影響作了深入的分析和評價。對南京國民政府時期（1927 ～ 1949）我國新聞統制政策的新聞立法、法律法規以及新聞法治狀況進行研究，這部分採用了法治視角，法治依據是清末民國時期的憲法規定，從立法、執法、守法三方面認識和評價這一時期的新聞法治，既能論從史出，也有研究視角，能幫助我們洞察清末民國時期新聞自由實踐狀況。該書較爲全面地反映了本學科已有的研究成果和前沿的現狀。將清末民初新聞出版立法與法國、日本新聞法進行比較研究，站在國際的視角考察問題，提升了研究的視角和水平。該書在參考前人研究成果的基礎上，查閱了大量的文獻資料，特別是來自當時報刊的大量第一手材料，提出了一些新穎的見解和觀點，在新聞法制史領域內，有所突破有所創新。

目次

下 冊

前　言

　　新聞傳播法制建設一直是我國新聞學界和業界共同關注的一個重大理論與實踐問題。如何從我國的國情出發認識新聞傳播法制建設的理論價值和實踐意義，如何認識和評價我國新聞傳播法制建設的歷程、現狀及其成果，如何在現有基礎上穩步推進我國新聞傳播法制建設的進程，是當前需要我們認眞思考和解決的重要理論課題。

　　下面論者分別從選題理由、論文價值、文獻綜述、研究課題具備的基本條件、研究目標和研究方法、難點和創新點等五方面分別闡述之。

1. 選題理由和論文價值

　　對我國曾經有過的新聞法規從立法、執法、守法三方面進行研究，可以全面準確地認識和評價中國近現代新聞立法實踐及其成果，對我國新聞傳播法制的建設具有一定借鑒價值。

　　根據憲法對新聞自由的不同賦權，筆者把中國近現代新聞出版法律法規分爲三類，它們分別爲君主專制制度下的新聞法律、自由新聞法制體系下的新聞出版法律法規和新聞統制制度下的新聞出版法律法規。研究內容是 1898～1949 年這一時段政府制定、頒佈、施行的與新聞出版有關的法律、行政法規、新聞政策及其執行情況。

　　中國新聞出版法制建設的實踐開始於清末百日維新。

　　1898 年百日維新期間，光緒皇帝就曾下令允許民間辦報，言論可以自由。

「報館之設，所以宣國是而達民情，必應官爲倡辦」〔註1〕，「中外時事，均許據實昌言，不必意存忌諱」〔註2〕。

從 1901 年清政府宣佈預備立憲、1905 年仿行憲政開始，伴隨著中國近代化法典的制定，中國新聞出版方面的法律法規也進入了起草制定的快車道。

在清末十多年的時間裏，清政府 1906 年 7 月制定了《大清印刷對象專律》，1906 年 10 月頒佈了《報章應守規則》，1907 年 9 月頒佈了《報館暫行條規》，1908 年 1 月頒布施行《大清報律》，1908 年 8 月頒佈《欽定憲法大綱》、1911 年頒布施行了《欽定報律》和《著作權章程》，初步形成了一個集憲法、新聞法和著作權章程爲一體的較爲系統的新聞法制體系。這是中國最早的新聞法制體系，也是君主專制條件下形成的帶有鮮明專制色彩的新聞法制體系。

辛亥革命之後中華民國成立，民國一共經歷了三個階段，南京臨時政府階段、北洋軍閥政府階段和南京國民政府階段。

前兩個階段一共有三個憲法，南京臨時政府公佈的《中華民國臨時約法》、袁世凱政府公佈的《中華民國約法》和段祺瑞政府公佈的《中華民國約法》，雖然在這兩個階段憲法經歷了頒佈、修改、恢復以及再次修改的變遷，但這三個憲法文件都明確保障國民的言論出版自由權利，據此我們可以把這兩個階段看成一個時期——自由新聞法制時期。在這一時期言論自由和輿論控制之間的博弈各有勝負，曾一度出現過沒有新聞出版法律規範言論出版活動這樣一個時段；在這一時期新聞出版方面的行政法規出現了；不符合行政立法程序的行政法規阻礙了中國新聞事業的發展，中國新聞出版立法經歷了由人治走向法治、又由法治回歸人治的過程。所有這些給新聞出版法制研究提供了新的研究對象和內容。

南京國民政府階段，南京國民政府先後頒佈了《訓政綱領》（1928 年）、《中華民國訓政時期約法》（1931 年）、《中華民國憲法草案》（1936 年）和《中華民國憲法》（1946 年）四部憲法性大典，完成了民法典、刑法典、民訴法典、刑訴法典、行訴法典和行政法基本部門法的制度建構，並且建立了獨立的司法審查制度，從而在形式上一躍成爲現代法治國家。

〔註1〕 中國出版史料（近代部分）第二卷，第 169 頁，湖北教育出版社，2004 年 10 月。

〔註2〕 中國出版史料（近代部分）第二卷，第 169 頁，湖北教育出版社，2004 年 10 月。

在這一時期，根據憲法內容可以分為兩個階段，一個階段是 1928 年 9 月～1947 年 12 月 25 日，這一時期是訓政時期也是新聞統制時期，言論出版不得與中國國民黨黨綱或主義、或與國民政府法令相牴觸。第二階段是 1947 年 12 月 25 日～1949 年 10 月 1 日。1947 年 12 月 25 日是《中華民國憲法》施行之日，當時國內戰爭正酣，戰時新聞審查制度又起，因此論文把這一時期稱為戰時憲政時期。

同時，在新聞出版方面，國民黨政府、日本人在中國建立的偽滿洲國（1932 年 3 月 9 日東北）、中華民國臨時政府（1937 年 12 月 14 日華北）、中華民國維新政府（1938 年 3 月 28 日華中）、中華民國國民政府（1940 年 3 月 30 日南京汪精衛）都制定了一批新聞出版方面的法律法規和規定，就其性質而言，都屬於新聞統制體制範圍，但本文並未涉及，僅研究當時合法政府頒佈實施的新聞統制政策。

此外，1928～1949 年間中國經歷了抗日戰爭和解放戰爭，戰時新聞出版法律法規的出臺、修改與廢止也是本書研究的內容。

論文以清末民國時期（1898～1949）的新聞傳播法為研究對象，對我國歷史上已有的新聞立法過程、法律法規以及新聞法制思想進行研究，從法治的視角對我國新聞統制體制（1927～1949）的新聞法治狀況進行研究，試圖能夠全面準確地認識和評價這 50 多年的新聞立法實踐及其成果。

研究成果對於認識和評價歷史上已有的新聞自由體制和新聞統制體制具有意義與價值，對於建設一個開明、規範、有效的新聞傳播法制體系、制訂一套完善的新聞法律、實現新聞傳播的法治化無疑具有理論價值，對我國當前正在進行的新聞傳播法制建設具有一定借鑒意義。研究成果還可以豐富我國近現代新聞法制史的內容，對於我國近現代新聞法制史研究具有一定的學術價值。

2. 文獻綜述

經過新聞學界、法學界和史學界專家學者的潛心研究，關於清末民初新聞出版立法，已經發表出版了一批研究成果，其中包括一些專題性的研究論文、兩篇學位論文、三部專門著作（含一篇學位論文），關於南京政府時期新聞出版法制研究成果，就筆者目力所及，有一些專題性的研究論文、三篇學位論文、四部專門著作（含一篇學位論文），但總體上現有成果不多，專門著作很少。

現有的研究成果主要分爲三類：

一類是史類的研究成果。如倪延年的專著《中國報刊法制發展史》、馬光仁的《中國近代新聞法制史》。

一類是以梳理歷史線索爲主、史論結合的研究成果。它們是臺灣學者于衡的專著《大清報律之研究》、黃瑚的專著《中國近代新聞法制史論》、汪露的碩士學位論文《清末報律研究》、蕭燕雄的《我國近現代新聞法規的變遷》；王靜的碩士學位論文《國民黨統治前期（1927～1939）新聞政策研究》、劉娜的《南京國民政府出版政策研究》。

一類是專題論文。

有關清末民初新聞出版立法的研究論文，以李斯頤的新聞學論文《清政府與清末報業高潮（1901～1911）》、屈永華的法學論文《憲政視野中的清末報刊與報律》、李樂的史學論文《民國元年的報律風波透視》最具特色。此外，新聞學界的論文還有張宗厚的《清末新聞法制的初步研究》、王學珍的《清末報律的實施》、張立軍的《論清末新聞法規》、蕭燕雄的《我國近現代新聞法規的變遷》、鍾瑛的《論中國古代新聞法規的形成及其特點》等；法學界的論文還有煙臺大學法學院的孫季萍和王軍波的《清末報律：在創新和守舊的夾縫中》、中南政法學院春楊的《清末報律與言論、出版自由》》等。

有關南京政府時期新聞出版立法的研究論文，新聞學界有張化冰《1935年《出版法》修訂始末之探討》、蔡銘澤《三十年代國民黨新聞政策的演變》、《論三十年代初期中國的輿論環境》、《論抗日戰爭時期國民黨人的新聞思想》、蕭燕雄《我國近現代新聞法規的變遷》、李霞《南京國民政府時期新聞法制及其影響》；史學界有江沛的《南京國民政府時期輿論管理評析》；法學界有張仁善《國民黨政府《出版法》的濫施及其負面效應》，分別從立法實踐、法的實施、法律文本及其評價諸方面對南京政府時期新聞出版法律法規作了研究，具有重要的文獻參考價值。

綜上所述，有關清末民初新聞出版法律法規的研究成果呈現如下特點：

第一、從史學角度研究的居多，從法學角度和新聞自由的角度研究清末民初新聞出版法律法規的研究成果極少，專門著作更是罕見。

第二、關於清末民初新聞法制思想的萌生與發展研究，清末報律誕生之前已有研究成果，但清末報律誕生之後新聞法制思想的分歧未見研究成果。

第三、關於清末民初新聞出版立法歷程研究，已經有一定的研究成果，但基本上都是從史學角度來研究的，從法的創制角度對立法歷程進行梳理、分析和考察未見研究成果。

第四、關於清末民初新聞出版法律法規文本研究，已經從出版管理制度、稿件審查制度和稿件禁載內容方面有一定的研究成果，但並未從立法主體、立法程序、法律規範等角度對清末民初制定的法律法規逐個進行研究，區分這個時期各個法律法規之間的異同。

第五、關於清末民初新聞出版法律法規立法進程中出現的奇特回歸，即從人治走向法治，又從法治回歸人治，研究成果不全面。

第六、關於清末民初頒佈實施的新聞出版法律法規是否與國際接軌並無任何研究成果。

第七、關於南京國民政府時期新聞出版法研究，已經有一定的研究成果，從階級論角度研究的成果居多，從新聞自由是絕對自由角度研究的成果居多，從法治角度對所立之法進行梳理、分析和考察未見研究成果。

第八、關於南京國民政府時期新聞出版法律法規文本研究，已經從出版管理制度、稿件審查制度和稿件禁載內容方面有一定的研究成果，但並未從和平時期和戰爭時期對這些文本加以區分，而是等同起來加以評述，這不利於我們對戰時新聞法律法規有正確認識。按照通常的慣例，當一個國家遇到外族入侵的非常時期，總要實行全國總動員，結束黨爭，民主問題則要低調處理，人民甚而還要犧牲某些既得的民主權利，以利政府集中權力，提高決策效率。適應抵抗侵略的戰爭需要。

第九、關於南京國民政府時期的新聞自由，從立法、司法和守法角度研究成果還沒看見。

3. 研究課題具備的基本條件

現已查閱的文獻資料主要有以下幾種：

（一）清末民國時期的文獻資料

1、清末奏摺。主要是憲政編查館和民政部的奏摺。如《清憲政編查館奏稿彙訂》、《民政部奏摺彙存》等。

2、清末民初時期的新聞報導和評論 8 萬餘字。主要有《申報》1905 年至
　　1914 年十年間關於新聞出版法律法規及新聞官司的報導和評論，以及
　　這一時期《大公報》和《神州日報》部分新聞報導和評論。

3、清末民初時期的雜誌《東方雜誌》。

上述三項都是以往研究中未曾出現過的一手資料。一冊冊的奏摺在藍布
硬殼保護下可能已經在國家圖書館靜靜得呆了很久很久，發黃發脆的紙，紅
色的豎條信籤，從上而下排列、用毛筆工工整整書寫的蠅頭小楷，僅僅相隔
百年，卻感覺那麼陌生，離我們那麼久遠。8 萬餘字的新聞報導和評論，是論
者查閱《申報》的結果，《申報》有時連續幾個月都沒有刊登一篇相關報導，
每日在期盼中度過，有時一份報紙就有幾篇，找到後如獲至寶，先去複印，
然後回家辨認、斷句，逐字逐句錄入電腦。雖然有些資料沒有用在論文裏，
但它們對論文觀點的形成給予了很大幫助。

（二）民國時期的文獻資料

1、檔案（43 件）

1937 檢查書店發售違禁出版品辦法

1938 維新政府出版法草案

1938 維新政府出版法決議案

1938 維新政府出版法審查報告書

1939 彌勒氏評論報如何寄送審查

1939 修正戰時圖書雜誌原稿審查辦法

1939 戰時新聞檢查局指示空襲如何報導

1939 戰時新聞違檢懲罰辦法

1939 中宣部查措詞失檢稿

1940 僑光報社侵害名譽罪

1940 汪偽全國重要都市新聞檢查暫行辦法

1940 沅陵民報類多正面暴露現實黑暗，又不指示出路

1941 開明日報員工逮捕

1941 貴陽朝報刊載有瀆領袖

1941 汪偽出版法及出版法細則

1941 在報紙上刊登啓事侵害名譽權

1942 取締律師代表當事人指謫政府啓事廣告

1942 新聞紙雜誌郵局發行命令

1943 汪僞修正全國重要都市新聞檢查暫行辦法

1943 汪僞戰時文化宣傳政策基本綱要

1943 修正戰時新聞禁載標準

1944 國府新頒出版品審查法規與禁載標準

1944 國民黨參政會等對書報雜誌審查之意見

1944 江蘇省對報社通訊社登記管制及新聞檢查辦法

1944 圖書雜誌審查委員會擬訂國防軍事外交交通經濟財政禁載事項草案

1944 汪僞關於新聞雜誌出版物及函電文件之檢查施行事項審查意見

1944 汪僞國民公論污蔑政府遭封閉

1945 廢除出版檢查制度辦法

1945 年擬廢止戰時新聞出版法的意見

1946 上海地方法院刑事判決名譽權訴訟

1947～1948 修正出版法

1947 蘇報刊登抗校長撤職查辦新聞學生向該報質問眞相經過

1947 因對報導不滿搗毀報館

1948 內政部對南京新民報被處永久停刊訴願決定書參考資料（密件）

1948 內政部給予報紙警告處分

1948 新聞審查

1948 依法停刊時與文

1949 解禁復刊

1949 內政部行政處罰

司法行政部有關福建星閩日報觸犯出版法處理文書

戰時軍事報刊免於登記

外國人在華經營報紙通訊社雜誌條件

保障新聞業務及新聞從業人員之安全的呼籲

2、影印本（3 本）

《僞滿洲國政府公報》影印本周光培僞滿時期資料重刊編委會 遼瀋書社
1990 年版

《汪僞政府行政院會議錄》中華民國史檔案資料影印叢書 檔案出版社

《中華民國史史料長編》影印本 萬仁元 南京大學出版社 1993 年

3、電子書（9 本）

《滿洲國弘報關係法規集全本》長澤千代造 1942 年

《基本法要論》（滿洲國）

《維新政府法令彙編》

《全國宣傳會議實錄》汪僞

《國府戰時體制》

《國家總動員》

《非常時期維持治安緊急法辦及有關法令》

《費唐法官研究上海公共租界情形報告書》第一卷

《在上海法租界設立中國法官協定》

4、雜誌

《觀察》、中國青年新聞記者協學會編《新聞記者》

5、報刊

1927～1937《申報》

1938～1949《大公報》

中華人民共和國時期的文獻資料

1、1949 年以後出版的清末民初新聞出版法律法規研究的專著和學位論文共計 9 部，它們是臺灣學者于衡的《大清報律之研究》、黃瑚的《中國近代新聞法制史論》、倪延年的《中國古代報刊法制發展史》《中國報刊法制發展史》、馬光仁的《中國近代新聞法制史》、蕭燕雄的《新聞傳播制度研究》；汪露的碩士學位論文《清末報律研究》、王靜的碩士論文《國民黨統治前期（1927～1939）新聞政策研究》、劉娜的碩士論文《南京國民政府出版政策研究》。

2、1949 年以後出版的各類新聞史專著與編著共計 10 餘種。如戈公振的《中國報學史》、方漢奇的《中國近代報刊史》和《中國新聞事業通史》、賴光臨的《中國近代報人與報業》和《中國新聞傳播史》、陳玉申的《晚清報業史》、胡太春的《中國近代新聞思想史》、徐培汀、裘正義的《中國新聞傳播學說史》、張育仁的《自由的歷險——中國自由主義新聞思想史》等。

3、1949 年以後出版的新聞出版法律法規及新聞出版方面的研究資料與資料彙編十餘部。如《近代中國憲政歷程：史料薈萃》、《中國近代法制史》資料選編、《中華民國法令大全》、《近現代出版新聞法規彙編》、《各國新聞出版法選輯》、《各國新聞出版法選輯》（續編）、《日本的新聞法律制度》、《中國近

代出版史料》、《中國近現代出版史料》、《中國出版史料》《中國近代報刊參考
資料》、《中華民國史檔案資料彙編》、《中華民國史資料叢稿》、《中國新聞史
文集》、《清末四十年申報史料》《中國近代報刊史參考資料》（中國人民大學
新聞系編校內用書）、《中國近代法制史資料選編》（中國人民大學法律系法制
史教研室編校內用書）等。

　　4、1949 年以後出版的新聞傳播法制研究專著近十種。如顧理平的《新聞
法學》、孫旭培的《新聞法學》、魏永徵的《新聞傳播法教程》、蕭燕雄的《新
聞傳播制度研究》、〔美〕Don. R. Pember：《大眾傳媒法》第十三版、臺灣學者
蘇進添的《日本新聞自由與傳播事業》、沈固朝的《歐洲書報檢查制度的興
衰》、倪偉的《民族想像與文化統制》等。

　　5、1949 年以後出版的報人文集近十種。如《康有爲政論集》、《章士釗全
集》第 1、2、3 卷等。

　　6、1949 年以後出版的各種新聞學、法學、史學學術期刊刊載的學術論文
百餘篇。如張化冰的《1935 年《出版法》修訂始末之探討》、蔡銘澤的《三十
年代國民黨新聞政策的演變》《論三十年代初期中國的輿論環境》、《論抗日戰
爭時期國民黨人的新聞思想》、蕭燕雄的：《我國近現代新聞法規的變遷》、李
霞的《南京國民政府時期新聞法制及其影響》、何蘭的《日本對僞滿洲國新聞
業的壟斷》、江沛的《南京國民政府時期輿論管理評析》、張仁善的《國民黨
政府《出版法》的濫施及其負面效應》、趙金康的《南京國民政府法制理論設
計及其運作》等等。

　　上述文獻資料具有重要的參考和借鑒價值，爲論文選題的確定與論文的
完成提供了重要的線索與依據。

4. 研究目標和方法

　　在清末民初這一階段，研究目標在於清晰勾勒出這一時期新聞出版立法
歷程，並試圖解讀爲什麼清末民初新聞出版法律法規會出現一次奇特的回
歸，即由人治走向法治，又由法治回歸人治。

　　論文從立法實踐和法律文本兩方面，對清末民初新聞出版立法進行了研
究。

　　立法是國家法制的基礎，也是法治國家的前提。所立之法是良法還是惡
法，自然最爲人們所關注。研究清末民初新聞出版法律法規對新聞自由的保

護和對濫用新聞自由的限制狀況，以及其與世界上同時期新聞出版成文法在保護新聞自由方面的異同，可以幫助我們多側面地認識和評價清末民初新聞出版立法。

同樣，立法主體和立法程序是否符合法律規定、所立之法可否實行也是人們關注的對象。立法時越權立法、不遵守立法程序立法、所立之法質量不好而難以有效實行，都會給執法、司法、守法帶來問題，從而付出代價。論文從中國第一部新聞法的誕生、清末民初新聞出版立法歷程以及清末民初新聞出版立法制度和立法技術狀況，考察了清末民初新聞出版立法實踐，試圖指出當時新聞出版法律法規立法上的先天不足對新聞自由所帶來的限制。

論文主要採用了史論結合的研究方法。

對於史料，論文採用了傳統的歷史文獻分析法，通過對清末民初新聞出版立法實踐的一手、二手資料的梳理，更詳細地勾勒出清末民初新聞出版立法歷程；通過清末民初憲法所賦予的言論出版自由和當時人們對所頒布新聞出版法律法規的即時評論，指出當時表面上看到的三種新聞法制思想實際上是兩種，指出它們之間的分歧在於是否給予新聞自由比其它權利相對優先的地位；通過對清末民初新聞出版法律法規的文本解讀，分析了這一時期新聞出版法律法規對新聞自由的保護和對濫用新聞自由的限制狀況。

在史論結合方面，論者注意論從史出，從清末民初憲法關於言論出版自由的規定出發，確定論文的立論基點。

憲法是一個國家的根本大法。通常規定一個國家的社會制度和國家制度的基本原則、國家機關的組織和活動的基本原則，公民的基本權利和義務等重要內容。憲法具有最高法律效力，是制定其它法律的依據，一切法律、法規都不得同憲法相牴觸〔註3〕。

言論出版自由一直是清末民初憲法保護的內容之一。自 1908 年 8 月 27 日清政府公佈《欽定憲法大綱》起，1912 年 3 月 11 日民國南京臨時政府公佈的《中華民國臨時約法》、1914 年 5 月 1 日袁世凱政府公佈的《中華民國約法》、1923 年 10 月 10 日北洋政府制定的《中華民國約法》都賦予臣民或者人民言論出版自由，甚至在推翻清朝統治的大革命時期，廣西軍政府臨時約法、浙江軍政府臨時約法、江西省臨時約法和鄂州臨時約法草案中也包括這一內容。

〔註 3〕 張雲秀：《法學概論》（第二版）第 71 頁，北京大學出版社，2000 年 10 月第二版重排本，2001 年 5 月第二次印刷。

　　既然清末民初的憲法把言論出版自由列爲公民的基本權利之一，那麼依據這項憲法規定研究清末民初新聞出版立法及其對言論出版自由的保護和限制是符合這一歷史時期的客觀實際的。至於依據清末民初憲法規定研究清末民初新聞出版立法及其對新聞自由的保護和限制是否同樣成立呢？論者認爲也是成立的，理由如下：

　　根據《中國大百科全書》（新聞出版卷），新聞自由（freedom of the press）是公民的一種民主權利，是憲法規定的公民的言論出版自由在新聞活動中的體現〔註4〕。關於新聞自由和言論出版自由的關係，有「本質說」和「形式說」兩種觀點。

　　一些學者認爲本質上新聞自由就是出版自由，代表人物有孫旭培。孫旭培認爲「由於新聞自由一般是指搜集、發佈、傳送和收受新聞的自由，是出版自由在新聞領域的實施和運用，從本質上講，新聞自由也就是出版自由。」〔註5〕國際新聞學會也持這種觀點。在 1951 年國際新聞學會給新聞自由以界定。依據國際新聞學會（international press institute）的解釋，新聞自由的含義有四點：接近新聞的自由（free access to news）、傳播新聞的自由（free transmission of news）、發行報紙的自由（free publication of newspapers）和表達意見的自由（free expression of views）。〔註6〕這裏第一項指的是採訪自由，第二項指的是傳播的自由，第三項指的是出版自由，第四項指的是言論自由。表面看似乎新聞自由與言論出版自由不盡相同，但是從本質上看，採訪自由爲言論自由應有之義，傳播自由實爲出版自由實現的條件。因爲採訪是新聞報導不可或缺的過程，報導只有在採訪之後方能完成，沒有採訪就沒有新聞。因此，採訪自由可以視爲言論自由的一部分。如果具有言論自由、出版自由而沒有傳播新聞的自由，新聞報導無法到達受眾視野，言論自由和出版自由缺乏實現的條件，成了自說自話，所以要實現言論出版自由必須具有傳播新聞的自由。因此，新聞自由和言論出版自由從本質上所包含的意義是相同的，新聞自由只是根據言論出版自由在新聞活動中的體現予以了細分。

〔註4〕　《中國大百科全書》（新聞出版卷）第 421 頁，中國大百科全書出版社，1990年 12 月第一版，1996 年 4 月第三次印刷。

〔註5〕　孫旭培：《論社會主義新聞自由》見《新聞學新論》第 25 頁，當代中國出版社，1994 年 7 月。

〔註6〕　蘇進添：《日本新聞自由與傳播事業》第 5 頁，致良出版社，中華民國 79 年10 月初版。

　　還有一些學者從新聞自由的形式方面進行了分析，認爲言論出版自由在新聞活動中絕大多數情況下等同於新聞自由。代表人物有李瞻。根據李瞻教授的觀點，新聞自由所涵蓋的意義有八點：一、出版前不許請領執照或特許狀，亦不須繳納保證金。二、出版前免於檢查，出版後除擔負法律責任外，不受干涉。三、有報導、討論及批評公共事務的自由。四、政府不得以重稅或其它經濟力量迫害新聞事業，亦不得以財力津貼或賄賂新聞工作者。五、政府不得參與新聞事業之經營。六、自由接近新聞來源，加強新聞發佈，保障採訪自由。七、自由使用意見傳達工具，免於檢查，保障傳遞自由。八、閱讀及收聽自由，包括不閱讀不收聽之自由。〔註7〕這裏第一、二、七項是指出版自由，第三、六項是指言論自由，第四、五項既與言論自由有關也與出版自由有關，第八項是閱聽人的權利。除了第八項之外，其餘七項都和言論出版自由有關。因此可以得出這樣一個結論，那就是新聞自由包含在言論出版自由之中，在新聞活動中絕大多數情況下等同於言論出版自由。

　　正因爲新聞自由在本質上就是出版自由，在形式上來說，新聞自由包含在言論出版自由之中，在新聞活動中絕大多數情況下等同於言論出版自由，所以我們依據清末民初的憲法規定來研究清末民初新聞出版立法及其對新聞自由的保護和限制是完全符合這一歷史時期的客觀實際的。

　　此外把新聞自由而不是言論出版自由作爲考察對象還有以下幾個原因。其一，這一時期頒布施行的新聞出版法律法規以新聞法律法規居多，出版法律法規只有一部；其二，我們考察出版法律法規的原因，不是爲了研究出版而去研究出版法律法規，也是因爲在這一歷史時期存在這樣一個時段，那就是在沒有新聞法律法規的前提下，當時的政府採用出版法律法規的相關條款來規範報刊活動。

　　對於如何保護新聞自由，清末民初的憲法文件有三種觀點。1923 年 10 月北洋政府制定的憲法賦予人民完全的言論出版自由。1912 年 3 月民國南京臨時政府制定的憲法明確規定在正常情況下，言論出版自由不受干涉；只有在特殊情況下，言論出版自由才會依法受到限制。與前面兩個憲法相比，清政府和袁世凱政府制定的憲法所賦予的言論出版自由最低。這兩個憲法性文件在人民有言論出版自由前，增加了「在法律範圍內」這樣幾個字，給言論出

〔註7〕 李瞻：《比較新聞學》第 35 頁，國立政治大學新聞研究所印行，民國六十一年五月初版。

版自由增加了限制。因爲憲法所保護的權利很多，並非言論出版自由一項；權利和權利之間發生衝突是必然和正常的，關鍵是如何解決這種衝突，這兩個憲法性文件沒有規定解決的辦法，把解決權利和權利之間衝突的權力交給了法院。這表明言論出版自由和其它憲法保護的權利一樣具有同等的地位，不具有優先保護的權利。

論者認爲「言論出版自由不受干涉；只有在特殊情況下，言論出版自由才會依法受到限制」可以作爲貫穿全文的主線，分析和評析清末民初這一時期的新聞出版立法，並對這一時期的法律法規新聞自由的保護和限制進行了考察。理由如下：

其一、南京臨時政府制定的《中華民國臨時約法》存在時間最長，將近10年。

從 1908 年 8 月有憲法開始到 1925 年 7 月 1 日中華民國國民政府成立，清末民初一共制定了四個憲法，南京臨時政府制定的《中華民國臨時約法》存在時間最長，將近 10 年（1912 年 3 月至 1914 年 5 月，1916 年 6 月至 1923 年 10 月），清政府制定的《欽定憲法大綱》次之，三年零 5 個月時間（1908 年 8 月至 1912 年 1 月），袁世凱政府制定的《中華民國約法》存在 2 年零一個月，1923 年 10 月的《中華民國約法》存在時間不到 1 年零 9 個月（1923 年 10 月至 1925 年 7 月）。

其二，《中華民國臨時約法》是在各省、軍政府所制定的臨時約法基礎上制定的，對於言論出版自由，採納了其中保護多於限制的觀點。

在南京臨時政府頒佈《中華民國臨時約法》之前，據《近代中國憲政歷程：史料薈萃》一書記載，已有四個省、軍政府臨時約法頒佈。它們分別是《廣西軍政府臨時約法》、《中華民國鄂州臨時約法草案》、《浙江軍政府臨時約法》、《江西省臨時約法》。其中有三個臨時約法認爲在正常情況下，言論出版自由不受干涉；只有在特殊情況下，言論出版自由才會依法受到限制。廣西軍政府認爲要對言論出版自由進行限制。

其三，《中華民國臨時約法》廢止後又重新恢復證明這一憲法更符合社會與民眾的要求。

1912 年 3 月《中華民國臨時約法》出臺兩年零二個月後，袁世凱政府出臺了新憲法《中華民國憲法》，這個憲法文件把「人民有言論、著作、刊行及集會、結社之自由；」「本章所載人民之權利，有認爲增進公益，維持治安，

或作常緊急必要時，得依法律限制之。」〔註8〕修改爲「人民於法律範圍內，有言論、著作、刊行及集會、結社之自由。」〔註9〕憲法所賦予人民的言論出版自由權利受到了損害。1916年6月黎元洪迫於壓力下令恢復《中華民國臨時約法》，人民的言論出版自由權利重新得到恢復。

其四，國外同時期的新聞出版法乃至今天的法國《出版自由法》、美國在司法實踐中對待言論出版自由權利也採取保護多於限制的態度。

國外新聞出版法分爲成文法和判例法。

成文法以法國《出版自由法》爲代表，這一法律自1881年宣佈一直沿用到今天，只有在1914年～1918年、1935年～1947年和1956年～1962年法國國內外危機時期暫停實施或受到損害〔註10〕。因此法國《出版自由法》既是和我國清末民初新聞出版法律法規同時代的法律，也是今天法國所採用的新聞出版法律。

法國的《出版自由法》摒棄了預防性的法律條文，對言論和出版行爲採用懲罰制，是新聞自由度較大的一部法律，但其在妨害個人罪中依然規定不得對公職進行誹謗，「對法定社團、陸、海軍、公共行政機關以及第三十一條列舉的個人進行誹謗行爲，只有針對其公職時，才能按正常程序構成誹謗罪。」〔註11〕因此法國《出版自由法》既是一部保護新聞自由的法律，也是一部含有限制內容的、保護多於限制的法律。

判例法以美國爲代表。美國憲法《第一修正案》是美國所有關於言論自由與新聞自由的法律的源泉，在美國歷史上主要有五種關於憲法《第一修正案》的不同的理論觀點，這些理論幫助大法官決定他們在表達自由方面的投票，也幫助法官們在司法實踐中界定表達自由的內涵。這五種理論分別是絕對主義理論（Absolutist theory），特別平衡理論（Ad hoc balancing theory）、優先地位平衡理論（Preferred position balancing theory）、米克爾約翰理論（Meiklejohnian theory）和近用理論（Access theory）。

〔註 8〕 《近代中國憲政歷程：史料薈萃》第 156～157 頁，政法大學出版社，2004年 12 月。

〔註 9〕 《近代中國憲政歷程：史料薈萃》第 471～472 頁，政法大學出版社，2004年 12 月。

〔註 10〕 〔法〕《法國的報刊法》載拉露斯《大百科全書》見《各國新聞出版法選輯》第 260 頁，人民日報出版社，1981 年。

〔註 11〕 《各國新聞出版法選輯》（續編）第 204 頁，人民日報出版社，1987 年 1 月。

於其它理論相比，今天的法庭更多地運用優先地位平衡理論〔註 12〕。優先地位平衡理論的觀點是：在許多審判中，美國最高法院認爲，憲法規定的一些自由，主要是受憲法《第一修正案》保護的那些自由，對一個自由社會而言是至關重要的，因此必須得到比憲法規定的其它自由更多的法律保護。表達自由保障了政治過程的運作，允許公民在政府侵犯其受憲法保護的權利時提出抗議。如果公民遭受非法搜查時不能抗議這種行爲，那麼《第四修正案》所保障的免予非法搜查和逮捕的自由就成了一紙空文。表達自由並非優先於其它所有權利，例如，法院試圖在言論和新聞自由與受憲法保障的接受公正審判的權利之間保持平衡。另一方面，法院一直判定，表達自由優先於個人隱私權和名譽權，因爲後兩者都沒有受到《權利法案》的明確保護〔註 13〕。

綜上所述，以南京臨時政府所制定的《中華民國臨時約法》關於言論出版自由的闡述爲論點，對新聞自由採取保護多於限制的態度，並以此來認識和評價清末民初的新聞出版立法，認識和評價其對言論出版自由的保護和限制，不僅是符合這一歷史時期的客觀情況的，而且也是符合世界各國對新聞自由的共識的。

論文還採用了比較分析方法，既有橫向比較，也有縱向比較。對清末民初新聞出版法律法規與世界上同時期的新聞出版法律進行了橫向比較，試圖得出兩者在保護新聞自由方面的異同。從立法制度和立法技術方面對清末《大清報律》、《欽定報律》與民初《報紙條例》、《修正報紙條例》和《出版法》進行了縱向比較，試圖從一個側面解讀爲什麼清末民初新聞出版法律法規會出現一次奇特的回歸，即由人治走向法治，又由法治回歸人治。

在南京國民政府這一階段，研究目標在於梳理出這一時期新聞出版法治狀態，試圖解答這一時期爲什麼會出現魯迅現象和新華日報現象。

論文以法治爲視角從立法、執法、守法三方面對南京國民政府新聞自由狀況進行了研究。

立法是國家法制的基礎，也是法治國家的前提。所立之法是良法還是惡法，自然最爲人們所關注。研究南京國民政府新聞出版法律法規立法主體、

〔註 12〕 〔美〕唐.R 彭伯：《大眾傳媒法》第十三版，第 45 頁，中國人民大學出版社，
　　　　 2005 年 7 月。
〔註 13〕 〔美〕唐.R 彭伯：《大眾傳媒法》第十三版，第 44 頁，中國人民大學出版社，
　　　　 2005 年 7 月。

立法程序以及所創制法律及其對新聞自由的保護和對濫用新聞自由的限制狀況，可以幫助人們正確認識和評價南京國民政府時期的出版法。

有法可依並不能帶來法治結果，執法與守法同樣是法治必不可少的一環。南京國民政府時期在言論自由方面的司法案例有助於人們瞭解當時的司法界對於言論自由態度。

守法首先是政府守法。從憲法和出版法文本考察這一時期是如何對公權力進行限制的，可以獲知這方面的情況。

論文主要採用了史論結合的研究方法。

對於史料，論文採用了傳統的歷史文獻分析法。

在史論結合方面，論者注意論從史出，從南京國民政府時期憲法關於言論出版自由的規定出發，確定論文的立論基點。

對於如何保護新聞自由，南京國民政府時期的憲法文件分三個時期有三種觀點。

第一個階段是 1931 年《中華民國訓政約法》時期，憲法規定言論出版自由可由公署依法禁止，公民必須服從。1931 年 6 月 1 日《中華民國訓政約法》第十五條規定：「人民有發表言論及刊行著作之自由，非依法律不得停止或限制之。」第二十七條規定：「人民對於公署依法執行職權之行為，有服從之義務。」

第二個階段是 1937 年《中華民國憲法草案》時期，憲法規定言論出版自由受到保護，只在 4 種情況下可以指定法律限制，而且限制公務員侵害言論出版自由。1937 年 5 月 5 日《中華民國憲法草案》第十三條規定：「人民有言論、著作及出版之自由，非依法律，不得限制之。」第二十四條規定：「凡人民之其它自由及權利不妨害社會秩序公共利益者，均受憲法之保障，非依法律，不得限制之。」第二十五條規定：「凡限制人民自由或權利之法律，以保障國家安全、避免緊急危難、維持社會秩序或增進公共利益所必要者為限。」第二十六條規定：「凡公務員違法侵害人民之自由或權利者，除依法律懲戒外，應負刑事及民事責任；被害人民就其所受損害，並得依法律向國家請求賠償。」

第三個階段是 1947 年《中華民國憲法》施行時期，這一階段與前一階段階段的區別在於減少根據保障國家安全限制言論出版自由這一內容，其它照舊。1947 年 12 月 25 日《中華民國憲法》第十一條規定：「人民有言論、講學、

著作及出版之自由。」第二十二條規定：「凡人民之其它自由及權利，不妨害社會秩序、公共利益者，均受憲法之保障。」第二十三條規定：「以上各條列舉之自由權利，除爲防止妨礙他人自由，避免緊急危難，維持社會秩序，或增進公共利益所必要者外，不得以法律限制之。」第二十四條規定：「凡公務員違法侵害人民之自由或權利者，除依法律受懲戒外，應負刑事及民事責任。被害人民就其所受損害，並得依法律向國家請求賠償。」

　　這裏我們可以看出 1937 年《中華民國憲法草案》就言論出版而言建構了法治格局。草案不但規定了公民的權利，而且對公務員濫用職權進行了限制，明確規定公務員違法侵害公民言論出版自由，要負刑事及民事責任。賦予了司法對公權力的監督權利。此外公民如受損害可以獲得司法救濟與賠償，給予了言論出版自由全方面的保護。自《中華民國憲法草案》始到 1949 年，憲法對言論出版自由的保護一直秉承著法治這一理念，長達 13 年。在這個時期雖然中國經歷了兩次戰爭，時間長度與憲草頒佈同長，但是立法方面並沒有出現倒退。

　　1937 年憲草及 1947 年憲法對言論出版自由的態度是保護多於限制。與國外同時期的新聞出版法乃至今天的法國《出版自由法》、美國在司法實踐中對待言論出版自由權利的態度相一致。

　　因此，以南京國民政府所制定的《中華民國憲法草案》關於言論出版自由的闡述爲出發點，並法治的視角來認識和評價南京國民政府的新聞出版立法，認識和評價其對言論出版自由的保護和限制，不僅是符合這一歷史時期的客觀情況的，而且也是符合世界各國對新聞自由的共識的。

5. 研究的難點和創新點

　　在清末民初階段，論文研究的難點和重點有三：

　　一、現有的研究成果中，對清末新聞法的研究居多，對民初新聞法規的研究較少。大多研究者採用了階級分析的方法來評價清末新聞法律，也有個別研究者對清末新聞法律的正面作用作了研究，還沒有研究者從新聞法就是對新聞自由的保護法和對濫用新聞自由的限製法的角度，完整地對清末民初的新聞出版法律法規進行評價，本書的完成將填補這一空白。

　　二、從立法學視角完成對清末民初新聞出版立法歷程的描述是研究的難點之一，也是論文的創新之處。創新點有二：一是現有的研究成果大多是從

史學角度對各個新聞出版法的先後出臺做些簡單介紹，而從立法學視角進行研究是前人所沒有過的；二是論文使用了很多以往研究中未曾出現過的一手材料。比如清末民政部和憲政編查館的部分奏摺以及 1905 年至 1914 年《申報》關於新聞出版立法和新聞官司的報導與評論。

關於清末民初立法歷程研究，可供研究的現成的一手資料少之又少，二手資料也不多；加之現成的一手資料沒有連續性，不具備完成這一研究的素質，二手資料多為隻言片語，不完整使得這類資料的採信度很低。通過二手資料和現成的一手資料去完成這部分內容是件不可能的事。論者決定查閱清末民政部和憲政編查館的奏摺以及 1905 年～1914 年十年的《申報》，獲取第一手材料。

之所以選擇民政部和憲政編查館，是因為民政部是清末政府主管新聞出版的部門，憲政編查館是清末法律法規出臺必經部門；之所以選擇《申報》是因為各大圖書館都有《申報》的影印件，獲得相對容易，而且《申報》是舊中國存在時間較長、影響力較大的一家商業報紙，具有一定的可信度。之所以選擇十年、而且是從 1905～1914 這十年，是因為 1905 年清政府仿行憲政，清末開始籌備新聞出版立法；1914 年頒佈了《報紙條例》和《出版法》後，民國初期的新聞出版立法活動基本結束，只有 1916 年修改了《報紙條例》。鑒於《修正報紙條例》與《報紙條例》內容上無甚區別，所以沒有查閱這一階段的《申報》。

三、如何評價清末民初所制定的新聞出版法律法規，既是本研究的難點也是本研究的重點。

在這部分研究中，論文有新發現，新整合，新觀點。

新發現。《報章應守規則》和《民國暫行報律》屬於越權所立之法，《報館暫行條規》沒有規定法律適用條件，行為模式和法律後果之間缺少一一對應關係，不符合法應明確、肯定的要求，不是真正意義上的新聞法律規範。《報紙條例》、《修正報紙條例》和《出版法》是不符合行政立法程序的行政法規。

新整合。將清末民初的新聞法律法規與同時期世界上其它出版新聞法放在一起作橫向比較，是以前沒有人做過的。

新觀點。

清末民初一共出臺了 7 部新聞出版法律法規，其中清政府頒布施行的《欽定報律》是中國歷史上最接近現代新聞法的法律，而後來的民國初年北洋政

府制定的法律，都沒有達到這部法律的水平。如何看待清末民初新聞立法進程中不符合立法進步規律的現象，是前人沒有研究過的，也是研究的難點所在。論文從立法學視角指出不符合立法主體和立法程序要求是民國初年新聞出版法規達不到《欽定報律》水平的一個原因。

孫中山擔任大總統期間頒佈的《民國暫行報律》遭到章太炎、章士釗等人的反對。有人懷疑當時中國知識界普遍缺乏基本的法治意識，也有人從博弈的角度認為這是言論出版自由對輿論控制的勝利。到底應該怎樣認識《民國暫行報律》風波呢？根據清末民初知識界抨擊新聞法律法規的文章，論者指出知識界反對的是對言論出版自由的限制，而非新聞立法。

論者用橫向比較的方法，將清末民初新聞出版法律法規同法國《出版自由法》和日本《新聞紙法》相比較，並據此得出結論：《大清報律》、《欽定報律》和《出版法》是與國際水平同步的新聞法律法規。《報紙條例》、《修正報紙條例》是低於國際水平的新聞行政法規。

在南京國民政府階段，論文研究的難點和重點有三：

一、現有的研究成果中，大多研究者採用了階級分析的方法來評價南京國民政府時期的新聞法律，尚未見對南京國民政府時期新聞法律的正面研究，還沒有研究者從法治視角對南京國民政府時期新聞法治狀況進行研究，本書的完成將填補這一空白。

二、從法治視角完成對南京國民政府新聞出版法的描述是研究的難點之一，也是論文的創新之處。創新點有二：一是現有的研究成果大多是從史學角度對各個新聞出版法的先後出臺做些簡單介紹，而從法治視角進行研究是前人所沒有過的。二、以往研究成果中視線集中在新聞出版法規內容禁載內容方面，以為禁載就是限制言論自由，本書從立法、司法、守法三方面更全面地考量這一時期的新聞自由，還沒有看見前人成果。

關於南京國民政府時期新聞法治研究，可供研究的現成的一手資料少之又少，二手資料也不多；加之現成的一手資料沒有連續性，不具備完成這一研究的素質，二手資料多為隻言片語，不完整使得這類資料的採信度很低。通過二手資料和現成的一手資料去完成這部分內容是件不可能的事。論者決定查閱南京國民政府檔案、1927～1937年《申報》和1937～1949年《大公報》以及《中國民國史料長編》獲取相關材料。

之所以選擇南京國民政府檔案，是因為政府檔案對於還原政策制定與執

行狀況具有較高的權威性和可信度，論者在 2008～2010 年期間分別去南京第二歷史檔案館、南京檔案館、金陵檔案館、上海檔案館、重慶檔案館查找資料。

之所以選擇《申報》和《大公報》，是因為各大圖書館都有《申報》和《大公報》的影印件，獲得相對容易，而且《申報》《大公報》是舊中國存在時間較長、影響力較大的兩家商業報紙，具有一定的可信度。之所以選擇 1927～1937 年的《申報》1937～1949 年的《大公報》，跟抗日戰爭有直接關係，抗戰之前選擇的是《申報》，抗戰之後，上海淪陷，《申報》內容受到影響，改選《大公報》。

三、如何評價南京國民政府時期所制定的新聞自由狀況，既是本研究的難點也是本研究的重點。

在這部分研究中，論文有新發現。

儘管《出版法》存在這樣那樣的問題，但也依法保障出版自由和言論自由，這就是《新華日報》能夠得以出版的原因，是魯迅化作投槍與匕首的原因之一。

《出版法》沒有依照憲法原則對公權力進行限制，行政執法違法得不到司法制約，對公民言論出版自由侵害甚大。

上　編

第1章　中國第一部新聞法的誕生

　　關於哪部新聞法是中國歷史上第一部新聞法,目前國內專家學者並無專門的研究,但已有一些不同的說法,下面論者在介紹相關研究成果的基礎上,闡述自己的看法。

1.1 《大清報律》是中國第一部新聞法

　　關於哪部新聞法是中國歷史上第一部新聞法,目前國內專家學者主要有下面三類觀點。

　　一類觀點認為《大清報律》是中國歷史上第一部新聞法。專著《大清報律之研究》的作者于衡認為「《大清印刷對象專律》及其子法《報章應守規定》公佈一年後,再由商部、巡警部、民政部制定《大清報律》,此即名實相符之新聞法。」〔註1〕

　　一類觀點認為《大清印刷對象專律》是中國歷史上第一部新聞法。論文《清末報律:在創新與守舊的夾縫中》的作者孫季萍、王軍波認為「清末報律主要由五部法律組成:《大清印刷物專律》(1906 年 7 月頒佈,我國第一部新聞法)、《報章應守規則》(1906 年 10 月)、《報館暫行條規》(1907 年 9 月)、《大清報律》(1908 年 3 月)、《欽定報律》(1911 年 1 月),此外還有一些相關法律法規。」〔註2〕

　　第三類觀點也是人數最多的觀點,認為《大清印刷對象專律》是中國第

〔註 1〕　于衡:《大清報律之研究》第 31 頁,臺灣中華書局,中華民國七十四年五月出版。

〔註 2〕　孫季萍、王軍波:《清末報律:在創新和守舊的夾縫中》見《政法論壇》,2001年 05 期。

一部有關出版新聞的專門法律，但未對中國第一部新聞法作明確說明。

《中國近代新聞法制史論》的作者黃瑚認爲「有關新聞出版的專門法律，最早出臺的是 1906 年 7 月由清政府商部、巡警部和學部共同擬定與公佈的《大清印刷對象專律》。」〔註 3〕

張宗厚在論文《清末新聞法制的初步研究》中認爲「《大清印刷對象專律》是我國管制新聞的第一次立法。」〔註 4〕

屈永華在論文《憲政視野中的清末報刊和報律》中認爲「在清末籌備立憲期間，報律的制定再次被提上日程。1906 年 7 月，清政府頒佈由商部、巡警部和學部共同擬訂的《大清印刷對象專律》，這是中國第一部有關報刊出版的專門法律。分大綱、印刷人等、記載物等、譭謗、教唆、時限，共 6 章 41 條。」〔註 5〕

春楊在《清末報律與言論出版自由》中認爲「作爲我國近代第一部新聞出版法的《大清印刷物專律》，在對言論、出版自由的限制方面表現爲：……1908 年 3 月頒佈的《大清報律》是以前所頒報律的內容全貌，與前者相比，在箝制報界、控制輿論方面更加嚴屬。」〔註 6〕

王學珍在《清末報律的實施》中認爲「在清末預備立憲時期，清政府相繼制定頒佈了五個管理報刊的法規，即《大清印刷對象專律》（1906 年）、《報章應守規則》（1906 年）、《報館暫行條規》（1907 年）、《大清報律》（1908 年）、《欽定報律》（1911 年）。」〔註 7〕

在上述觀點中，各位學者對新聞法的認定可謂仁者見仁，智者見智。由於各家學者著眼點不同，研究方法各異、得出不同結論是很自然的。何況言論出版自由本身就既是新聞法的內容，也是出版法的內容。清末民初的法律實施中，有新聞法時，新聞官司按照新聞法裁奪，沒有新聞法時，新聞官司也是按照出版法裁奪，所以關於中國第一部新聞法有多種說法是件很正常的事。

論者認爲，自清末仿行憲政開始，清政府先後制定了五部新聞出版方

〔註 3〕 黃瑚：《中國近代新聞法制史論》第 92 頁，復旦大學出版社，1999 年 8 月。

〔註 4〕 張宗厚：《清末新聞法制的初步研究》第 200 頁，見《新聞研究資料》總第八輯。

〔註 5〕 屈永華：《憲政視野中的清末報刊與報律》，見《法學評論》2004 年第 4 期，第 115～121 頁。

〔註 6〕 春楊：《清末報律與言論、出版自由》見於《法學》，第 16 頁。

〔註 7〕 王學珍：《清末報律的實施》第 77 頁，見《近代史研究》1995 年第 4 期。

面的法律法規，其中 1908 年 3 月 14 日頒布施行的《大清報律》不是最早
制定和頒佈的，但卻是我國歷史上第一部新聞法。之所以這樣看，理由如
下：

論者認爲作爲中國第一部新聞法，應該具備以下四個條件：

條件一、必須是在全國範圍施行。某一個城市或某幾個城市施行的法律
法規，屬於地方法律法規，不能冠以「中國」之名。

條件二、必須時間最早。這樣才能稱得上是「第一部」。

條件三、立法和法律文本必須符合規範。立法是由特定主體，依據一定
職權和程序，運用一定技術，制定、認可和變動法這種特定的社會規範的活
動〔註8〕。所立之法應該具有普遍性、明確性、肯定性，邏輯結構具有完整性
〔註9〕。

條件四，必須頒佈實施，只有經過頒佈實施，才能名至實歸。

清末制定了五部出版新聞法律法規，它們分別爲 1906 年 7 月的《大清印
刷對象專律》，1907 年 10 月的《報章應守條例》，1907 年 9 月的《報館暫行
條規》，1908 年 1 月的《大清報律》和 1911 年的《欽定報律》。下面我們按照
時間順序逐一進行分析。

《大清印刷對象專律》只是出臺，而未見施行，不符合上述第四個條件。

根據《中國近代出版史料》初編介紹，《大清印刷對象專律》是 1906 年
（光緒三十二年六月），商部、巡警部、學部聯合制定的。

據 1906 年 9 月 12 日《申報》消息，「日前各報登載印刷件新例一則，茲
據確切消息云，所擬之稿尚並非部訂專章，頒行時須有變動云。」〔註10〕可
以得知到 1906 年的 9 月 12 日之前各報已經刊載了《大清印刷對象專律》出
臺的消息，但還未正式頒布施行。

又據 1906 年 10 月 31 日申報四版刊登新聞《警部禁賣新書報》，文中說：

北京琉璃廠書肆林立，以商務印書館及第一有正公愼文明浣花
各司爲最巨，初元日外城巡警總廳奉警部堂官之意，傳諭各該書局

〔註8〕　周旺生：《立法學》第 80 頁，法律出版社，2000 年 9 月第二版，2001 年 2 月
　　　　第二次印刷。
〔註9〕　周旺生：《立法學》第 584 頁，法律出版社，2000 年 9 月第二版，2001 年 2
　　　　月第二次印刷。
〔註10〕　1906 年 9 月 12 日《申報》。

> 經理到警廳，論以有干違禁之新書新報，勒令出具甘結，永遠不准
> 出售。〔註11〕

從這則消息中，可以看出巡警不是根據《大清印刷對象專律》禁止售賣新書新報的，而是根據上級命令，此外也沒有要求書局遵守法律之類的命令。

同日《申報》二版刊登一篇題為《論警部禁賣新書報》的論說：

> 異哉。吾國閉入文愚黔首之拙術，乃屢屢發現於宣佈立憲後也。
> 計自七月十三日宣佈立憲至今不過一月有餘，一切措施茫無要領，
> 乃無端而封禁報館，無端而頒發報律，束縛言論，制限出版，其於
> 預備立憲之原理去之既遠。不料，今又有巡警總廳勒令五書局出結
> 禁售新書新報之事。〔註12〕

在這篇論說中，作者對立憲之後政府種種行為進行了抨擊，其中有無端封禁報館，無端頒發報律，勒令不准售賣新書新報，並無提及《大清印刷對象專律》的實施。從以上三者中可以推斷到 1906 年 10 月《報章應守規則》頒佈時，《大清印刷對象專律》雖已經擬訂，但並沒有頒行。

《報章應守規則》和《報館暫行條規》不符合上述第三個條件。

立法是一種國家活動，它與國家權力相聯繫，是國家權力的運用。但並不是所有行使國家權力的國家機關都有權創制法律〔註13〕。只有特定的國家機關才可以行使法的創制權，進行創制法律的活動〔註14〕。這些機關被稱為立法主體。

立法主體是指有權制定、認可、修改、廢除法律的國家機關。包括專門行使立法權或主要行使立法權的立法機關，也包括制定憲法的制憲機關，還包括制定行政法規和規章的國家機關以及制定地方法規的地方國家機關〔註15〕。

《報章應守規則》的立法主體是北京內外城警廳和巡警部，它們均屬於國家執法機關，不是國家規定的立法機關，沒有制定法律的權限。所以《報章應守規則》不是中國第一部新聞法。

〔註11〕 1906 年 10 月 31 日《申報》。《警部禁賣新書報》。

〔註12〕 1906 年 10 月 31 日《申報》。《論警部禁賣新書報》。

〔註13〕 徐永康：《法理學》第 216 頁，上海人民出版社，2003 年 9 月第一版，2003 年 12 月第二次印刷。

〔註14〕 徐永康：《法理學》第 216 頁，上海人民出版社，2003 年 9 月第一版，2003 年 12 月第二次印刷。

〔註15〕 張根大等：《立法學總論》第 143 頁，法律出版社，1991 年 8 月版。

　　《報館暫行條規》的頒布施行晚於《報章應守規則》，並在前者的基礎上作了修改，增加了法律後果部分，使法的規範的邏輯結構更完整了，但依然不符合法律規範明確、肯定的要求。

　　《報館暫行條規》一共十條，其內容如下：

　　第一條　凡開設報館者，均應向該管巡警官署呈報，俟批准後方准發行。其以前開設之報館均應一律補報。

　　第二條　凡報紙，不論日報、旬報、月報，均應載明發行人、編輯人、印刷人之姓名及其住址。

　　第三條　凡左列各項，報紙不得登載：一詆毀宮廷事項；二淆亂國體事項；三妨害治安事項；四敗壞風俗事項。

　　第四條　凡關涉外交軍事之件，如經該管衙門傳諭報館祕密者，該報館不得揭載。

　　第五條　凡遇重要之刑事案件，於該案未定以前，報紙不得妄下斷語，並不得作庇護犯人之語。

　　第六條　凡報紙記載失實，經本人或有關係人署明姓名，聲請更正者，該報館應即照登。

　　第七條　凡違反本條規者，該管官署得酌情節輕重，分別科發行人、編輯人及印刷人以一月以上、一年以下之監禁或十元以上、二百元以下之罰金。但印刷人以知情為斷，如實不知情者得免其罰。

　　第八條　凡違犯本條規者，日報得命停報三日至七日；旬月等報得命停報一期至三期。若情節較重時得命停止發行。

　　第九條　凡報館已命停止發行者，該管官署應即知照郵政局及電報局，不為郵遞發電，並出示禁止。送報人不得代為分送。

　　第十條　以上所定係暫行條規，俟報律編成，奏准後應照律辦理。

〔註16〕

這裏《報館暫行條規》既規定了行為模式，又規定了法律後果，但是沒有規定適用條件。《報館暫行條規》第一條到第六條是對行為模式的規定，其中第

〔註16〕　《東方雜誌》第一期，第 29～31 頁。

一、二條是關於出版方面的命令性條款。第三、四、五是關於言論方面的禁止性條款，第六條是關於更正的命令性條款。《報館暫行條規》第七、八條是對法律後果的規定，這兩條規定違反者將受到監禁、罰款、停止發行、永遠停止發行的處罰。但是沒有適用條件，行爲模式和法律後果之間就會缺少一一對應的關係，如果違反第一條到第六條所規定的行爲模式，將會受到什麼法律處罰呢？結論是不清楚的，這不符合「法的規範應具有明確性、肯定性〔註17〕」的要求，不具備操作性。所以不符闔第三個條件。

《大清報律》和《欽定報律》都是在全國範圍頒布施行的法律。《大清報律》第四十三條明確規定「本律自奏准奉旨文到之日起，限兩個月，各直省一律通行。」〔註18〕《欽定報律》附條第一條也規定「本律自頒行文到日起，一律施行。」〔註19〕

《大清報律》和《欽定報律》也是立法和法律文本基本符合規範的君主專制制度下的法律。在立法活動和立法程序上，這兩部法律都是在君主專制制度下制定的，都經過皇帝的授意和認可，經過皇帝的欽定頒布施行。在法律文本方面，這兩部法律是針對當時的報刊業制定的，具有法的規範的普遍性；不僅具有行爲模式也有相應的法律後果，邏輯結構具有完整性；除了對言論的禁止性規範有幾處不夠明確肯定外，法的規範基本明確肯定，所以《大清報律》和《欽定報律》是立法和法律文本基本符合規範的法律。

但《欽定報律》是在《大清報律》的基礎上修改而成的，頒佈時間爲1911年，比《大清報律》晚三年，不符合時間最早這一條件，所以符合中國第一部新聞法這一稱號的只有《大清報律》。

1.2 《大清報律》產生的背景

中國第一部新聞法《大清報律》的產生與清末憲政運動的大背景息息相關，與清末報業進入發展高潮，初步形成了外報、民報、官報的報業結構息息相關，與各種政治派別的報紙出現，尤其是反對清政府、提倡「排滿革命」的革命派報紙的出現息息相關。

〔註17〕 周旺生：《立法學》第 585 頁，法律出版社，2000 年 9 月第二版，2001 年 2
　　　　月第二次印刷。
〔註18〕 劉哲民：《近現代出版新聞法規彙編》第 34 頁，學林出版社，1992 年 12 月。
〔註19〕 劉哲民：《近現代出版新聞法規彙編》第 42 頁，學林出版社，1992 年 12 月。

1.2.1 憲政運動

　　清末的憲政運動經過自下而上和自上而下兩個階段。第一個階段從 19 世紀八十年代到 1898 年百日維新失敗。第二個階段從 1900～1901 年開始，一直到辛亥革命。

　　1、自下而上時期。

　　在 19 世紀 80 年代後期，一些希望通過學習西方先進的科學技術救亡圖存的中國人，在經過一段觀察和思索以後，普遍地認識到了中國的病根不僅僅在於炮不利、船不堅，而且還在於政治上的問題，意識到了師學西方的政治法律制度的重大意義。於是他們中的一部分人以外患的危急、瓜分的危機作為立論的根據和要求變法的出發點，著書立說，發表個人意見，提出「變法」主張，尋求出路〔註20〕。康有為就是這樣一個代表人物，在「百日維新」以前他多次向皇帝上書，「設報達聰」以及「制定中國報律」是他眾多建議中的一個。

　　1895 年（光緒 21 年）康有為在《上清帝第四書》中寫道：

　　　　四曰設報達聰。《周官》訓方誦方掌誦方慝方志，庶週知天下，
　　　　意美法良，宜令直省要郡各開報館，州縣鄉鎮宜令續開，日月進呈。
　　　　並備數十副本發各衙門公覽，雖鄉校或非宵籲寡暇，而民隱咸達，
　　　　官慝皆知。中國百弊，皆由蔽隔，解蔽之方，莫良於是。至外國新
　　　　報，能言國政，今日要事，在知敵情，通使各國，著名佳報，咸宜
　　　　購取其最著而有用者，莫如英之態務實，美之滴森，令總署派人每
　　　　日譯其政藝，以備乙覽，並多印副本，隨邸報同發，俾百僚咸通悉
　　　　敵情，皇上可週知四海。〔註21〕

光緒帝接納了康有為的建議，1896 年清政府改強學會為官書局，由總理大學堂大臣孫家鼐主持，出版《官書局報》和《官書局彙報》。

　　1898 年御史宋伯魯奏請將《上海時務報》改歸官營，派康有為主持。意圖把康有為調離北京。

　　1898 年 8 月 9 日（光緒 24 年 6 月 22 日）康有為呈上《恭謝天恩條陳辦

〔註20〕　胡繩：《從鴉片戰爭到五四運動》第 500 頁，見人民出版社，1981 年 6 月第一
　　　　　版，1982 年 3 月，北京第二次印刷。
〔註21〕　《中國新聞史文集》第 23 頁，復旦大學新聞系新聞史教研室編，上海人民出
　　　　　版社，1987 年 11 月。

報事宜摺》，後面又有一附片——《請定中國報律摺》，談到了報律問題。奏摺稱：

> 再：查孫家鼐原擬章程第一條，有宜令主筆者，慎加選擇，如有顛倒是非，混淆黑白，挾嫌妄議，一經查出，主筆者不得辭其咎等語。臣自當慎選主筆，嚴加督飭，其論說務以昌明大義，忠君愛國，尊主庇民，博採中外，開廣聞見爲主。至於各西報，皆由原文譯出，雖或間有激切之語，似亦不可任意刪改，庶敵人之陰謀，可以借鑒。且無失上諭據實直言、破除忌諱之盛意。惟是當開新守舊並立相軋之時，是非黑白未有定論。臣以疏逖卑微，憂時迫切，昌言變法，久爲守舊者所媢嫉，謗議紛紜。荷承皇上天恩，曲加保全，自顧何人，無以爲報，何敢顧恤人言，改其初度，以負我皇上。然他日或有深文羅織，誣以顛倒混淆之罪，臣豈能當此重咎。臣一身不足惜，徒使敵人陰謀之言，不能達於皇上，似非我皇上明目達聰、洞悉敵情之本意也。臣查西國律例中，皆有報律一門，可否由臣將其書譯出，凡報單中所載，如何爲合例，如何爲不合例，酌採外國通行之法，參以中國情形，定爲中國報律。繕寫進呈御覽，審定後，即遵依辦理。並由總理衙門照會各國公使領事，凡洋人在租界內開設報館者，皆當遵守此律令。各奸商亦不得借洋人之名，任意雌黃議論，於報務與外交，似不無小補。〔註22〕

1898 年（光緒 24 年 6 月）孫家鼐因籌辦《上海時務官報》事上奏摺稱：「……至報律，由康有爲譯採各國律例，交臣送呈御覽，恭候欽定，臣以康有爲所籌，事尚可行，請俯如所請，謹具摺奏明。」〔註23〕

光緒二十四年七月光緒在給孫家鼐的上諭中有這樣的字樣「……泰西律例，專有報律一門，應有康有爲詳細譯出，參以中國情形，定爲報律，送交孫家鼐呈覽。」〔註24〕

〔註22〕 《戊戌變法檔案史料》第 453 頁，爲《恭謝天恩條陳辦報事宜摺》之附片，選自湯志鈞編：《康有爲政論集》上冊中華書局，1981 年北京。

〔註23〕 〔臺〕于衡：《大清報律之研究》第 28 頁，臺中中華書局，中華民國 74 年 5 月初版。

〔註24〕 戈公振：《中國報學史》第 39 頁，中國新聞出版社，1985 年北京。

在維新派的領袖康有為請求制定報律的同時，也有人要求制定報律，只是兩者制定報律的初衷謬以千里。這反映出，從一開始，就法律應該對言論出版自由是保護多一些還是限制多一些就產生了根本分歧。

康有為請求制定報律，意圖重在對辦報和言論的保護，他在《請定中國報律》一文中說：「惟是當開新守舊並立相軋之時，是非黑白未有定論。……然他日或有深文羅織，誣以顛倒混淆之罪，臣豈能當此重咎。」〔註25〕而上海《申報》1898 年 9 月 15 日（光緒二十四年六月二十八日）論說《整頓報紙芻言》一文卻從限制言論的角度要求制定報律。該文寫道：

整頓報紙芻言 〔註26〕

中國之有報紙也，始於香港，遞邇貫珍，時在道光季年，五口通商之始，事當草創，規模未甚精詳，嗣是而上海，而廣州，而漢口，而天津，而寧波，而福州，以次開設，或日出一紙焉，或旬印一冊焉，或月成一書焉，類別分門，漸臻美善，五十年內，多至數十家，而弊竇亦由此啓矣。

今者欽奉上諭，開設官報，簡員經理，釐訂章程，藉以達民情，開風氣，並准各報指陳列弊，昌言無隱，其有關時務者，由大學堂一體呈覽。蟻虱微臣，不禁鼓舞歡欣曰：有是哉？我皇其真勒求治理，鉅細靡遺者哉？竊謂報紙起自泰西，漸漸行於中國，其利益固甚溥而弊病亦悉數難終，華人每終身不出門，叩以地球五大洲，輒茫然不知所對，更遑論各國之兵刑、政治、公法約章哉？自報紙行，而海外情形瞭如指掌，交涉之事，免受人欺，其利一也。

中國官吏之清廉者固多，而貪墨者，亦所時者，苞苴之受，人誰得知，自報紙行，而秉筆直書，毫無諱飾，不特清廉者，益知自勵，即性成貪墨者，亦必有所忌憚，不敢恣意妄行，其利二也。

殿陛綸音，臣工奏牘，雖有邸抄流佈，未能薄海咸知，自報紙行，而一紙風傳，萬民快睹，舉凡有益於國計民生之事，得以朝削牘而暮傳觀，上下之情，無虞扡隔，其利三也。

〔註25〕《戊戌變法檔案史料》第 453 頁，為《恭謝天恩條陳辦報事宜摺》之附片，選自湯志鈞編：《康有為政論集》上冊中華書局，1981 年北京。
〔註26〕《申報》1998 年 9 月 15 日《整頓報紙芻言》。

中國地大物博，各省土產，如煤鐵、金銀、五穀、木棉、絲茶之類，高如山積，外人或未得週知，坐使僻壤遐陬，貨棄於地。自報紙行，而逐加評隙宣佈中西，行商坐賈之流，得以設法販運，微貴微賤，獲利無涯，其利四也；善夫李翰稱通典一書云：不出戶知天下，罕更事知世變，未從政達民情，斯言也，殆為今日之報紙而設，此南皮張制軍著勤學篇，所以必勖人閱報乎？

至於推究其弊，純駁不一，信口雌黃，好惡從心，筆鋒妄逞，以及雜採委巷不經之語，滿紙榛蕪，輕薄文人，好談閨闈，同儕傾軋，垢詈多端，猶弊之小焉者也。所可惡者，賄賂潛通，則登諸雪嶺，干求不遂，則下之墨池；甚至發人陰私，索人瘢垢，藉端要挾，百計傾排，使人懲之無可懲，辯之無可辯，不得已而賂以重賄，以其掩飾彌縫。其下也者，於青樓曲巷之中，亦復任情敲詐，而當道者，更無論已。此種惡劣文人，嫉之者指為斯文之蠹賊，近數載內，往往有之，亦或巧肆詞鋒，公存叵側，於朝野上下之弊病，指示不遺，任意將中國底情，和盤托出，而問以病何以藥？弊何以除？則又若寒蟬之噤而不鳴，不復略陳一策，惟是蒙頭蓋面，謂宜效法東西洋。噫，是直欲驅中國四百兆人民，盡變為東西洋黎庶而後已，試問將朝廷置之何地乎？

有心人篤目時艱，亟思有以挽回之而苦無良策。及讀本月二十二日上諭，飭將泰西報律，詳細譯出，參以中國情形，定為報律，而後歎皇上之重視報紙，而從此報中利弊，或興或革，不難日就範圍矣。考泰西各國，皆有專門律例，使作報者不能恣意妄為，大旨有心謗毀平人者，執筆人或罰錢或下之於獄，因挾嫌而謗毀者，厥罪尤重，惟無心之矢，可以更正了之。至局中人之索賄，與局外人之行賄，則泰西罕有此事，律中未必詳明，鄙意中國既多此種弊端，則務須於定律時，嚴定罪名，以昭炯戒。若夫妄議國政，煽惑人心，尤為法所難寬，不得僅以罰鍰下獄了其事，庶報務日有起色，不致讓泰西專美於前乎？跂而望之。

這裏作者指出了報刊的六大弊端：信口雌黃，好惡從心；雜採委巷不經之語，滿紙榛蕪；同儕傾軋；索賄；發人陰私，籍端要挾；巧肆詞鋒，公存叵測；

並且對第六種弊端深惡痛絕，指責這是「直欲驅中國四百兆人民，盡變爲東西洋黎庶而後已」。

對於制定報律，作者持贊同態度。對於索賄以及妄議國政兩種，作者認爲要「嚴定罪名，以昭炯戒。」

這是目前筆者能看到的最早的有關報律的奏摺、皇令和報導了，也是中國著手制定新聞法的開始。可惜的是光緒 24 年 9 月 21 日慈禧太后軟禁了光緒皇帝，主張變法維新的人士或出逃或被捕，康有爲亡命日本。至於翻譯泰西報律，並根據中國情形制定報律的事情自然胎死腹中。

雖然報律的翻譯、制定剛有意向就被迫終止。但報律所包含的思想內容在這一時期卻有充分的表現，而且影響深遠。

這一時期由封建社會最高皇帝發佈了一系列旨意，在這些當時最高命令和指示中，明確指出允許民間開辦報館而且要求官員提倡並切實勸民辦報。

光緒二十四年六月初八日，光緒皇帝在孫家鼐奏遵議上海《時務報》改爲官報一摺後下令：「報館之設，所以宣國是而達民情，必應官爲倡辦。」〔註 27〕

這項上諭給與維新派極大的鼓舞，梁啓超後來在《戊戌政變記》中說：「專制之國家，最惡報館，此不獨中國惟然，而中國尤甚者也。往者各省報館多禁發刊，故各報皆借西人爲護符，而報章亦罕有佳者。乙未和議成後，康有爲、黃遵憲等開強學會，刊《強學報》，旋被封禁。丙午間黃遵憲、梁啓超、汪康年等，乃續開《時務報》於上海，大聲疾呼，讀者頗爲感動，士論一變。至今年六月，皇上命取報呈覽。至是特設官報，派通才督辦。蓋洞知各國民智之開，皆由報館，故於維新之始，首注意是也。至於各處報章，悉令進呈，並令臚陳利弊，據實昌言，毋存忌諱。雖古聖之懸鞀設鐸，豈能比之哉，雖泰西立憲政治之國，亦不過是也。」〔註 28〕

光緒二十四年七月二十七日，光緒皇帝在接到瑞洵「奏遍設報館實力勸辦奏摺」後，再次下令提倡民間辦報，並要求官員抓好落實：「報館之設，原

〔註 27〕中國出版史料（近代部分）第二卷，第 169 頁，湖北教育出版社，2004 年 10 月。

〔註 28〕中國出版史料（近代部分）第二卷，第 169 頁，湖北教育出版社，2004 年 10 月。

期開風氣以擴見聞。該學士所稱，現在商約同志，於京城創設報館，翻譯新報，爲上海官報之續等語。即著瑞洵創辦，以爲之提倡。此外官紳士民，並著順天府府尹、五城御史切實勸辦，以期一律舉行。」〔註29〕

這一階段還採取了書籍報紙免稅的辦法，鼓勵民間辦報。

光緒二十四年七月初十，光緒帝在接到孫家鼐關於「舉人梁啓超請設立翻譯學堂、准予學生出身、并書籍報紙懇免納稅據呈代奏」一摺後，下令：「該舉人辦理譯書事務，擬就上海設立學堂，自爲培養人才起見。如果學業有成，考驗屬實，准其作爲學生出身。至書籍報紙一律免稅，均著照所請行。」〔註30〕

允許言論自由的意思也出現在這一階段的皇帝命令中。在 1898 年（光緒二十四年六月初八日）光緒皇帝在孫家鼐奏遵議上海《時務報》改爲官報一摺後，下令：「至各報體例，自應以臚陳利弊，開擴見聞爲主。中外時事，均許據實昌言，不必意存忌諱，用副朝廷明目達聰，勤求治理之至意。」〔註31〕

只是對於言論出版自由統治階層內部意見相差很大。

光緒皇帝認爲報館可以「臚陳利弊，開擴見聞〔註32〕」，可以「用副朝廷明目達聰，勤求治理之至意。」〔註33〕而慈禧太后認爲「莠言亂政最爲生民之害〔註34〕」。

光緒皇帝允許民間辦報，提倡民間辦報，認爲「該大臣所擬章程三條，似尚周妥，著照所請，將《時務報》改爲官報。派康有爲督辦其事，所出之報隨時進呈。其天津、上海、湖北、廣東等處報館，凡有報章，著該督撫咨

〔註29〕 中國出版史料（近代部分）第二卷，第 172 頁，湖北教育出版社，2004 年 10月。

〔註30〕 中國出版史料（近代部分）第二卷，第 171 頁，湖北教育出版社，2004 年 10月。

〔註31〕 中國出版史料（近代部分）第二卷，第 169 頁，湖北教育出版社，2004 年 10月。

〔註32〕 中國出版史料（近代部分）第二卷，第 169 頁，湖北教育出版社，2004 年 10月。

〔註33〕 中國出版史料（近代部分）第二卷，第 169 頁，湖北教育出版社，2004 年 10月。

〔註34〕 中國出版史料（近代部分）第二卷，第 173 頁，湖北教育出版社，2004 年 10月。

送都察院及大學堂各一分，擇其有關時務者，由大學堂一律呈覽。」〔註 35〕
慈禧太后則「降旨將官報局《時務報》一律停止〔註36〕」。

　　光緒皇帝允許報館「中外時事據實倡言〔註37〕」，慈禧太后認爲報館「肆
口逞說，妄造謠言，惑世誣民，罔知顧忌。亟應設法禁止。」〔註38〕

　　光緒皇帝要求官員切實勸官紳士民開辦報館，慈禧太后命令官員認眞查
禁，特別是報館主筆，「率皆斯文敗類，不顧廉恥，即飭地方官嚴行訪拿，從
重懲治，以息邪說而靖人心。」〔註39〕

2、自上而下階段

　　自義和團之亂、八國聯軍進入北京後，西太后出亡西安，清政府爲大勢
所迫，於 1900 年冬在西安行館向中外宣示：推行新政。1901 年 1 月 29 日（光
緒二十六年十二月初十）又發佈上諭表示，皇太后和皇帝同心一致實行變法。
「從這時起憲政化逐漸成爲體制內開明派的改革思想主流〔註40〕」。

　　1905 年（光緒三十一年）6、7 月間，一些派駐外國的公使和朝廷中的
官員，還有一些地方上的督撫，其中包括最有實力的直隸總督袁世凱，向
朝廷提出了「變更政體」的請求，即要求清政府頒佈憲法，實行君主立憲。
「這些來自中央或地方的體制內的改革力量上下呼應，爲清朝確定憲政化
目標起了促進作用。雖然當時體制內的最高當權派之間雖然有分歧，但已
經完全不是反對與贊成憲政目標的分野，而主要是速行派與緩行派之別。」
〔註 41〕

　　日俄之戰之後，日本獲得勝利，國人認爲這是日本採用立憲政體帶來的

〔註 35〕中國出版史料（近代部分）第二卷，第 169 頁，湖北教育出版社，2004 年 10
　　　　 月。
〔註 36〕中國出版史料（近代部分）第二卷，第 173 頁，湖北教育出版社，2004 年 10
　　　　 月。
〔註 37〕中國出版史料（近代部分）第二卷，第 169 頁，湖北教育出版社，2004 年 10
　　　　 月。
〔註 38〕中國出版史料（近代部分）第二卷，第 173 頁，湖北教育出版社，2004 年 10
　　　　 月。
〔註 39〕中國出版史料（近代部分）第二卷，第 173 頁，湖北教育出版社，2004 年 10
　　　　 月。
〔註 40〕屈永華：《憲政視野中的清末報刊與報律》，見《法學評論》2004 年第 4 期，
　　　　 第 115～121 頁。
〔註 41〕屈永華：《憲政視野中的清末報刊與報律》，見《法學評論》2004 年第 4 期，
　　　　 第 115～121 頁。

好處，也是中國仿學的對象，於是要求立憲之聲，「在全國上層和民間達到空前的一致〔註42〕」。

1906 年 6 月，出國考察憲政的五大臣回國後，向朝廷提出了立即「宣佈立憲」的主張。1906 年 9 月 1 日（光緒三十二年七月十三日）光緒皇帝發佈《宣示預備立憲諭》宣稱：

「現在各國交通、政治、法度，皆有彼此相因之勢。而我國政令，日久相仍，日處阽危，憂患迫切，非廣求智識，更訂法制，上無以承祖宗締造之心，下無以慰臣庶治平之望。是以前簡派大臣，分赴各國考察政治。現載澤登回國陳奏，皆以國勢不振，實由於上下相睽，內外隔閡，官不知所以保民，民不之所以衛國。而各國之所以富強者，實由於實行憲法，取決公論，君民一體，呼吸相通，博採眾長，明定權限，以及籌備財用，經畫政務，無不公之於黎庶。又兼各國相師，變通盡利，政通民和，有由來矣。時處今日，惟有及時詳悉甄核，仿行憲政，大權統於朝廷，庶政公諸輿論，以立國家萬年有道之基。」〔註43〕決定用九年時間完成籌備工作，實行憲政。

要推行憲政，就必須「開民智」，「使紳民明晰國政，以預備立憲基礎。」〔註44〕從 1901 年宣佈預備立憲到 1905 年宣佈仿行憲政，這一時期官員們從憲政角度提出各種建議。

1901 年（光緒二十七年）張冶秋覆新政疏，建議創立官報，設立譯局，並粗定報律。

中國通商各埠，由民間自行辦理者不下數十種，然成本少而宗旨亂，除略佳之數種外，多不免亂是非而混淆視聽。又多居租界，掛洋旗，彼挾清議以訾時局，入人深而藏力固，聽之不能，阻之不可。惟有由公家自設官報，誠使持論通而記事確，自足以收開通之效而廣聞見之途。應請飭各省及有洋關設立等處，酌籌的款，或勸諭紳董各設報館一所，並粗定報律：一不得輕議宮廷；二不得立論怪誕；三不得有意攻訐；四不得妄受賄賂；此外則宜少寬禁制，使

〔註42〕 屈永華：《憲政視野中的清末報刊與報律》，見《法學評論》2004 年第 4 期，第 115～121 頁。

〔註43〕 《中國近代法制史資料選編》第一分冊第 18 頁，中國人民大學法律系法制史教研室編（校內用書）。

〔註44〕 《中國近代法制史資料選編》第一分冊第 18 頁，中國人民大學法律系法制史教研室編（校內用書）。

得以改革立論，風聞記事；不然，則恐徒塞銷售之途，不足間讒慝
之口也。〔註45〕

　　1903 年，四川學政吳鬱生提出內外各衙門奏摺交報房刊行的建議得到了
皇帝的同意。「嗣後凡有內外各衙門奏定各摺件，擬由軍機處抄送政務處。其
非事關慎密，即發交報房刊行，日出一編，月成一冊。傳觀既速，最易流通。
則現行政要，外間均可週知。」〔註46〕

　　1904 年，御史黃昌年提出關於傳佈朝廷諭旨、閣抄的建議也得到了皇帝
的認可，爲朝廷的政務信息公開打開了大門。「嗣後具奏摺件，除事關慎密及
通例核覆之件毋庸抄送外，所有創改章程及議定事件，皆於奉旨後咨送政務
處，陸續發刊，以廣傳佈。凡軍機處於京外摺件，向係明發諭旨及有辦法者，
概交發抄。」〔註47〕

　　清政府取消報禁之後，大批報紙應運而生。「報紙上宣國是，下達民情，
旁及各國時局，士民閱之，可以增長智識」，因此需要法律對報刊的創辦予以
鼓勵和保護。另一方面，當時許多報刊充斥反清言論，嚴重威脅著滿清王朝
的統治，因而也迫切需要法律對報刊進行約束和規範。在大批報刊出現後，
言論出版之律的制訂也提上了議事日程。

1.2.2 報業發展

　　清末我國報業發展呈現兩大特點。

　　一是 1895 年以後報刊總量達到三位數，每年增幅達到兩位數。

　　我國近代報紙開始於 1815 年。

　　從 1815 年到 1895 年這八十年間，我國報業發展可分爲兩個階段：

　　第一階段，從 1815 年到 1861 年第二次鴉片戰爭，這一時期創辦的中文
報刊「共有 8 處報館，皆教會報也。」〔註48〕平均每六年才出版一份新的報
刊。報刊也多以宗教內容爲主。

　　從 1862 年到 1894 年中日甲午戰爭，這一時期創辦的中文報刊「除京報

〔註45〕　《覆議新政有關翻譯諸奏疏》見《中國近代出版史料》二編第 31 頁，群聯出
　　　　　版社，1954 年 5 月初版。
〔註46〕　戈公振：《中國報學史》第 40 頁，中國新聞出版社，1985 年 11 月。
〔註47〕　戈公振：《中國報學史》第 40 頁，中國新聞出版社，1985 年 11 月。
〔註48〕　〔英〕李提摩太：《中國各報館始末》見《中國近代報刊史參考資料》上冊第
　　　　　13 頁，中國人民大學新聞系編（校內用書）。

外，自始至今共有七十六種。」〔註49〕「十之六係教會報〔註50〕」，33 年增加了近 70 種，平均每年新增報刊二到三種。這一時期的報刊除了宗教內容外，還增加了介紹科學技術的文字，「論古今各國興衰之故，並西國學校之事及格物雜學。」〔註51〕

1895 年是我國近代報紙發展的勃興之年。1895 年以後，中日戰爭的失敗，使原先一些希望通過洋務救國的中國人認識到只有「變法」才可以「圖強」，他們開始建立自己的政治團體，通過辦學會和辦報開始他們的政治活動。「在整個戊戌維新運動時期，以康有為為首的改良派們一共創辦了 30 多種報刊。」〔註52〕1898 年他們又通過光緒皇帝推行變法新政，1898 年 6 月 4 日起，光緒皇帝實行新政，明令准許「官紳士民」自由辦報。清政府對待辦報的態度由嚴禁一切妖書妖言，發展到動員各級官員「勸辦」報紙，辦報人「均許據實昌言，不必意存忌諱」，還對學生辦報給與「免稅」的優惠條件。這些允許言論出版自由的聖旨給辦報活動帶來的影響是直接和顯效的。各地改良派的報刊活動又有了新的發展，「全國報紙的總數比 1895 年增加了三倍〔註53〕」。雖然百日維新曇花一現即告夭折，但在 1895 年至 1898 年我國報紙發展很快，「這短短 3 年中新創辦的報刊達到 105 種，平均每年 35 種，大體是前一階段的 10 倍。」〔註54〕第一次全國報刊總數達到三位數字，平均每年新增報刊的增幅第一次上陞到了兩位數。

雖然百日維新之後，許多改良派的報刊旋即封禁，一些報刊前往海外印刷發行，報刊數量有所下降，但根據梁啓超 1901 年《中國各報存佚表》中所寫，可知截至 1901 年，仍有 124 種媒體。「其中日報已佚和未詳 24 種，尚存 56 種，叢報已佚 28 種，尚存 16 種。按地域分，北京 5 種，天津 5 種，上海

〔註49〕〔英〕李提摩太：《中國各報館始末》見《中國近代報刊史參考資料》上冊第 13 頁，中國人民大學新聞系編（校內用書）。

〔註50〕〔英〕李提摩太：《中國各報館始末》見《中國近代報刊史參考資料》上冊第 13 頁，中國人民大學新聞系編（校內用書）。

〔註51〕〔英〕李提摩太：《中國各報館始末》，見《中國近代報刊史參考資料》上冊第 13 頁，中國人民大學新聞系編（校內用書）。

〔註52〕方漢奇：《中國近代報刊史》第 73 頁，山西人民出版社，1981 年 6 月第一版，1982 年 3 月，太原第二次印刷。

〔註53〕方漢奇：《中國近代報刊史》第 87 頁，山西人民出版社，1981 年 6 月第一版，1982 年 3 月，太原第二次印刷。

〔註54〕李斯頤：《清政府與清末報業高潮（1901～1911）》，2003 年 9 月 30 日《中國社會科學院院報》第 3 版。

20 種，廣東 11 種，湖南 3 種，浙江 2 種，江蘇、湖北、江西、廣西、四川、福州、山東各一種，香港 8 種，澳門 1 種、新加坡 3 種，檳榔嶼 1 種，雪梨 2 種，馬尼拉 1 種，舊金山 7 種，檀香山 4 種；從報共 44 種，按地域分，北京 3 種，天津 1 種，上海 24 種，湖南 2 種，浙江 4 種，江蘇、湖北、香港、澳門、神戶各 1 種，東京 2 種，橫濱 3 種。」〔註 55〕

　　1901 年清政府開始施行新政。根據史和《中國近代報刊名錄》記載，從 1901 年底開始，官紳士民紛紛創辦報刊，新報刊創辦數目一年多過一年，以二位數的漲幅遞增；1906 年清政府宣佈預備立憲，聲稱「大權統於朝廷，庶政公諸輿論」，此後，「新報刊開始以每年三位數的增長勢頭大幅攀升，報刊數量持續上陸，幾乎遍及全國。」〔註 56〕具體數字見下圖。「大致從 1901 年底清政府推行新政到 1911 年清王朝滅亡這 10 年，是中國報業發展高潮時期，報紙數量激增，每年平均新辦報刊達到了 105 種。」〔註 57〕

1901～1907 逐年新增報刊數目

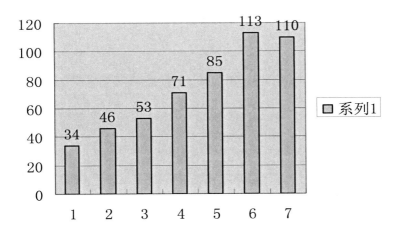

　　二是各種政治派別的報紙出現，初步形成了外報、民報、官報並存的報業結構。

　　這一時期就政治傾向而言，主要有三類報紙：

　　一類是海外的革命派創辦的報刊，活動陣地集中在日本、香港和東南亞，

〔註 55〕　梁啓超：《中國各報存佚表》見《中國近代報刊史》參考資料上冊第 40～45 頁，中國人民大學新聞系編（校內用書）。

〔註 56〕　史和：《中國近代報刊名錄》第 396～402 頁，福建人民出版社，1991 年 2 月。

〔註 57〕　李斯頤：《清政府與清末報業高潮（1901～1911）》，2003 年 9 月 30 日《中國社會科學院院報》第 3 版。

宣傳內容以武裝推翻清王朝爲主。根據馮自由的《辛亥前海內外革命書報一覽》介紹，「茲調查昔年海內外各地各種革命書報，自乙未（1895年）到辛亥，約千數百種。」〔註58〕據《中國近代報刊史》介紹，「辛亥革命期間，資產階級革命派先後在東京、上海、港、澳、南洋、美洲和國內各地，創辦了120多種報刊，內日報60多種，期刊50多種，發行數字最高的達2萬多份。」〔註59〕

　　一類是改良派創辦的報紙，這類報紙數量多達近千家，比較注重西方政治思想和近代科學技術知識的普及，對中國報刊業務方面的進步貢獻很大；

　　一類是清政府自己創辦的官報。官報也是清末我國報業中一股重要力量。1902年12月25日，北洋督署的《北洋官報》在天津問世，標誌著清末官報大發展時期的到來。1906年清政府開始實行預備立憲，1907年10月26日《政治官報》創立，刊登朝廷一切新法令，「以報到之日起發生效力」〔註60〕，爲中國歷史上第一份由中央政府直接出版發行的機關報，標誌著清末官報活動達於高潮。從創立到辛亥革命「10年左右的時間裏，從中央到地方，清朝各級政府共辦有官報110多家。」〔註61〕

　　這三類報紙和外國人在中國辦的報紙一起，形成了當時中國外報、民報和官報並存的報業結構。

1.2.3 政府管理需要

　　報紙數量多，存在弊端，必須加強管理；但外國人辦的中文報紙、外國人掛名的中文報紙和租界報紙不受清政府直接管理，制定新聞法成爲清政府管理報刊的需要。

1、報紙存有弊端

　　報刊管理和報刊產生是相伴相隨的一個問題。在1898年《申報》曾載文指出當時報刊「純駁不一〔註62〕」，存在六大問題，提出政府宜制定報律以整頓報紙。這六大問題是：

〔註58〕馮自由：《辛亥前海內外革命書報一覽》見《中國近代報刊史》參考資料上冊第88頁，中國人民大學新聞系編（校內用書）。

〔註59〕方漢奇：《中國近代報刊史》第153頁，山西人民出版社，1981年6月第一版，1982年3月，太原第二次印刷。

〔註60〕戈公振：《中國報學史》第40頁，中國新聞出版社，1985年11月。

〔註61〕李斯頤：清政府與清末報業高潮（1901～1911），2003年9月30日《中國社會科學院院報》第3版。

〔註62〕申報1898年9月15日《整頓報紙芻言》。

其一，不實新聞。「信口雌黃，好惡從心，筆鋒妄逞。」〔註 63〕

其二，低俗新聞。「雜採委巷不經之語，滿紙榛蕪，輕薄文人好談閨閫。」〔註 64〕

其三，同行傾軋。「同濟傾軋，垢詈多端。」〔註 65〕

其四，廣告新聞。「賄賂潛通，則登諸雪嶺。」〔註 66〕

其五，侵權。「干求不遂，則下之墨池；甚至發人陰私，索人瘢垢，藉端要挾，百計傾排，使人懲之無可懲，辯之無可辯，不得已而賂以重賄，以其掩飾彌縫。其下也者，於青樓曲巷之中，亦復任情敲詐，而當道者，更無論已。」〔註 67〕

其六，泄密。「巧肆詞鋒，公存叵側，於朝野上下之弊病，指示不遺，任意將中國底情，和盤托出，而問以病何以藥？弊何以除？則又若寒蟬之噤而不鳴，不復略陳一策，惟是蒙頭蓋面，謂宜效法東西洋。」〔註 68〕

2、存在不受直接管理的報刊

清末報紙種類很多，有官報，有民報，清政府可以直接管理，但還有不受清政府直接管理的報紙，它們是外國人辦的中文報，外國人掛名的中文報紙，中國人在租界辦的報紙。

外國人辦的報紙具有一定的數量和規模。從 1815 年到十九世紀末，外國人在中國一共創辦了「近 200 種中外文報刊，占當時我國報刊總數的百分之八十以上。」〔註 69〕如字林洋行主辦的《上海新報》，英商主辦的《申報》，和美國公司主辦的《新聞報》；日本東亞同文會主辦的《亞東時報》和《佛門日報》，俄國道勝銀行創辦的《燕都報》等。

外國人掛名的報紙數量不詳，主要分兩種，一種是掛洋招牌，如 1886 年創辦的《廣報》，後期遷入沙面租界，掛英商招牌，改名《中西日報》；一種是請洋主筆，如 1874 年在上海創辦的《彙報》，其主編容閎，但是由英國人 grey 作名義總主筆。

〔註 63〕申報 1898 年 9 月 15 日《整頓報紙芻言》。
〔註 64〕申報 1898 年 9 月 15 日《整頓報紙芻言》。
〔註 65〕申報 1898 年 9 月 15 日《整頓報紙芻言》。
〔註 66〕申報 1898 年 9 月 15 日《整頓報紙芻言》。
〔註 67〕申報 1898 年 9 月 15 日《整頓報紙芻言》。
〔註 68〕申報 1898 年 9 月 15 日《整頓報紙芻言》。
〔註 69〕方漢奇：《中國近代報刊史》上第 10 頁，山西人民出版社，1981 年 6 月第一版，1982 年 3 月，太原第二次印刷。

租界民報是當時中國社會的一種特殊產物，是租界具有臨時裁判權這一特殊權利而造成的。1901 年 9 月 5 日，中英兩國締結《通商航海條約》，該條約第十二條規定「中國深欲整頓律例，期與各國改同一律，英國允盡力協助，以成此舉。一俟查悉中國律例情形，及其斷案辦法，及一切相關事實，皆臻妥善，英國允棄其領事裁判權。」〔註 70〕德國也以「其國民受制於『現代的法院』，法典需是現代的，須有上訴之權利，並經正當程序進行審判」爲由，要求「在華的德國人並不因無差別的受制於中國的任何法院和任何法律。惟有在中國的司法制度和立法也已實現現代化的時候，他們才將受制於中國法律。」〔註 71〕

由於租界各國擁有臨時裁判權，而且這種特權截至期限是中國完成國內法的近代化。一些報紙特別是反對清政府的報紙就在租界創辦報紙。

3、推翻清政府的內容見諸報端

1906 年《今日中華報》因「妄議朝政、捏造謠言、附和匪黨、肆爲論說〔註 72〕」而封禁。

1.3 《大清報律》起草的原則

根據 1905 年～1908 年清末民政部、法部、憲政編查館奏摺以及這一階段《申報》報導，總結歸納《大清報律》起草的原則如下：

1.3.1 以日本《新聞條例》爲師

《大清報律》是一部以日本《新聞條例》爲母本、參照德國新聞法規和英國人制定的香港報律修訂而成的新聞法規。

《大清報律》是以日本新聞條例爲母本的。憲政編查館《奏考覈報律原摺清單》文中有這樣語句「檢閱原案四十二條，蓋折衷日本新聞條例酌加損益，尚屬周密。」〔註 73〕從中可以得知《大清報律》是以日本當時的《新聞條例》爲師，參照國內情況制定的。

〔註 70〕寶道：《關於治外法權的誤解》見王健編《西法東漸 外國人與中國法的近代變革》中國政法大學出版社，2001 年 8 月出版。
〔註 71〕寶道：《關於治外法權的誤解》見王健編《西法東漸 外國人與中國法的近代變革》中國政法大學出版社，2001 年 8 月出版。
〔註 72〕1906 年 11 月 13 日申報《外城總廳申警部文》。
〔註 73〕《憲政編查館奏考覈報律原摺清單》國立北京圖書館第 26181 號。

　　《大清報律》參照德國新聞法規和英國人制定的香港報律作了修改。1908
年 1 月 3 日《申報》專電：「軍機處修改報律多採用奧大利律。」〔註74〕這裏
奧大利是指當時的君主專制國家德國。《大清報律》的修改還參照了英國制定
的香港報律的內容。1908 年 1 月 24 日申報一版專電云：「民政部奏報律草案
早經擬定，恐行之有礙，是以遲未頒發，現外部送英使開送香港報律，犯者
監二年罰五百元，擬參酌照定，縱有交涉亦足藉詞抵制，計共四十二條。開
明館主及編輯、發行、印刷人姓氏住址都須中國人，不遵照者罪。先繳押金
一百五十及三百元，以備罰抵，閉歇交還，前已開設者補交。學畫兩報免。
所出報紙逐日呈部，須每日刊列姓名。審判未結之案不得登載。犯者罰編輯、
發行、印刷人五元以下。外交、軍務密旨、密摺及擾亂治安敗壞風俗之事不
得登載，犯者罰二百、監六月，暫予封禁。妄登外交，釀成事端者與上同罪。
其設在外國違反定律者，禁在中國銷售。恪遵定律者，准自由；自撰，准專
利。奉旨後二月通行。」〔註75〕

1.3.2 通行中西

　　《大清報律》是一部想把租界報紙納入到管理範疇來的通行中西的新聞
法規。

　　據《申報》1908 年 1 月至 3 月的報導，我們可以看出《大清報律》在審
核過程中，多次提到租界報館，希望外務部能夠和各國公使協商，以便制定
出便於租界管理的新聞法規。

　　1908 年 1 月 7 日《申報》專電報導了軍機處要求民政部和法部與外務部
商量租界報館事宜，電文云「軍機處核准報律仍交還民法兩部，又以租借權
弱，飭外部與各公使力商。」〔註76〕

　　1908 年 2 月 17 日《申報》專電報導了憲政編查館再次與外務部商議，電
文云「憲政編查館以報律未將租界各報館明定，擬即再咨外部，從長核議，
故出奏之期未定。」〔註77〕

　　1908 年 2 月 19 日《申報》題爲《編制局核改報律》的緊要新聞也表達了
相同意思。「民法兩部奏定報律四十二條，奉旨交憲政館核議後，該館先飭交

〔註74〕1908 年 1 月 3 日《申報》。
〔註75〕1908 年 1 月 24 日《申報》。
〔註76〕1908 年 1 月 7 日《申報》。
〔註77〕1908 年 2 月 17 日《申報》。

編制局詳細覆核，現聞編制局科員於小小節目略有改，惟局中科長以租界各報館未曾明定辦法，擬再加入幾條，特爲呈明，該館管理王大臣請其咨商外部從長計議，大約出奏之期須在二三月間矣。」〔註78〕

1908 年 3 月 6 日《申報》題爲《外部編訂租界報律》的緊要新聞稱，外務部編訂了專門適用於租界的報律。「前報紀新訂報律四十二條之外，又經外部另訂租界報律。茲悉外務部近已將此項報律編成，特於日昨咨行憲政編查館略謂，前准貴館咨稱會同本部訂定租界內之報律各節，經本部擬定辦法，黏抄咨送貴館，即希核定是否妥協，即日聲覆，以便本部照會駐京各使臣轉飭各該國領事、商辦後，會銜入奏，請旨頒發實行云云。」〔註79〕

很快外務部接到憲政館的答覆，希望外務部就所訂報律和各國公使商量，看能否實施。

政府官員們稿成屢易，目的就是爲了可以制定一部可以通行中西的新聞法規，可是事與願違，各國公使並不認可《大清報律》，理由是「所擬各條，實與立憲政體反對，各國向無此等報律推行，租界一層實難承認云。」〔註80〕《字林西報》還對此進行批評「中國新訂報律四十二條，其意非欲改良中國之新聞事業，乃欲鉗制主筆訪員之口耳。」〔註81〕

鑒於「惟此律未得駐京各國公使允可，故對於上海、天津及他通商巨埠之華字報仍屬無用，民政部、肅邸已決計，此後，如有謗毀政府或京內大員之報，則內地不准行銷云。」〔註82〕

1.3.3 規制言論

《大清報律》的制定者想把新聞法制定成言論規製法。

雖然，《大清報律》的制定者很清楚報紙言論的重要作用，他們認爲「竊維環球各國，莫不注重報紙，凡政府之命令、議院之裁決，往往經報紙之贊成，始得實行無阻。英且與貴族、牧師、平民列入四大階級之一，良以報紙之啓迪新機，策勵社會，儼握文明進步之樞紐也。」〔註83〕報紙「以開通風

〔註78〕 1908 年 2 月 19 日申報緊要新聞《編制局核改報律》。
〔註79〕 1908 年 3 月 6 日申報緊要新聞《外部編訂租界報律》。
〔註80〕 1908 年 3 月 6 日申報緊要新聞《外部編訂租界報律》。
〔註81〕 1908 年 3 月 6 日申報緊要新聞西報譯要《中國報律之實行》。
〔註82〕 1908 年 3 月 6 日申報西報譯要《中國報律之實行》。
〔註83〕 《憲政編查館奏考覈報律原摺清單》國立北京圖書館第 26181 號。

氣，提倡公論爲主。其言論所及，動與政治風俗相關。東西各國，主持報務者，大都爲政界知名之士，而政府亦復重視報紙，藉以觀眾意之所歸。」認爲「中國報界知識甫經萌蘗際，茲預備立憲之時，故宜廣爲提倡以符言論自由之通例，而橫言泛濫如川潰，防宜嚴申厲禁，以正人心而昭公是。」〔註84〕

但制定報律的目的卻是爲了「防止訛言」和「防閒」。民政部和法部認爲「惟是言論過於自由，則又不能免越檢逾閒之慮，故各國皆有新聞條例之設，用以維持正議，防制訛言，使輿論既有所發抒，而民聽亦無淆惑，意至善也。〔註85〕」憲政編查館認爲「然利之所在，弊亦隨之。激揚清濁不無代表輿論之功，顛倒是非實滋淆惑民聽之懼，以故各國俱特設專例爲之防閒，如俄羅斯、瑞士、挪威並明定之於刑法或違警罪中，而俄之鈐束爲尤烈。」〔註86〕

《大清報律》在制定過程中，經歷了多次修改。

有的是因爲條款不適合在中國使用而修改。據申報 1907 年 10 月 4 日新聞《憲政館咨請妥改報律》所載：「民政部所訂報律已將暫行規則十條宣佈，其餘條律已咨送憲政館核定。昨經編查館一再核，摺內有多條不能行之中國者。特又咨回民政部，請會同法律大臣擬妥，再行咨送到館，以便編印。此種報律大約暫時尚不能宣佈也。」〔註87〕

大多是爲了規制言論而修改，每次修改都強調要從嚴規定，並加大了對違法行爲的處罰力度。

1908 年 3 月 3 日申報刊登題爲《政務處會議報律》緊要新聞，文中寫道：「上月廿一日，政務處會議時，慶邸、醇邸等均到齊，憲政館寶、劉二提調以報律關係頗要，將核改稿件往請各大臣鑒定，慶邸未贊一詞，某軍機、某尚書均言約束太鬆，流弊滋多，陳尚書亦附和其說，深表同情。聞須再爲更改，從嚴規定云。」〔註88〕

3 月 12 日，也就是《大清報律》頒行的前兩天，大臣們還對《大清報律》進行了最後一次修改。

1908 年 3 月 23 日題爲《改竄報律紀》的緊要新聞報導了修改報律的過程。文中寫道：「十二日憲政編查館奏核改報律四十五條已錄。今日本報要件欄，

〔註84〕《憲政編查館奏考覈報律原摺清單》國立北京圖書館第 26181 號。
〔註85〕戈公振：《中國報學史》第 269 頁，中國新聞出版社，1985 年 11 月。
〔註86〕《憲政編查館奏考覈報律原摺清單》國立北京圖書館第 26181 號。
〔註87〕1907 年 10 月 4 日申報《憲政館咨請妥改報律》。
〔註88〕1908 年 3 月 3 日申報《政務處會議報律》。

兹聞該館擬就稿本時，民法各部堂官均未置可否，僅僅提筆書諾而已。獨外部堂官極為鄭重翻閱再四，親筆將第四條預繳押費項下加增至五百元，又刪去言論准自由字樣，最後又加入輪船鐵路不得遞送云云。」〔註89〕

　　1908 年 3 月 17 日申報題為《十二日憲政館議覆報律略有修改》的專電報導了修改的內容：「第十三條（原文密旨密摺未經官報公佈者不得揭載）改為諭旨章奏閣抄未經官報刊出不得揭載。第二十一條（原文違反十二條十三條及十四條之第三第四節者，罰編輯發行人金百元監禁二十日或至六個月暫禁發行）改為犯第十四條一二三節（一詆毀宮廷二淆亂國體三擾害治安）除科罰停報外，如情節重大得按刑律辦理。第四條押費（原定月發三會以上者一百五十元，四回以上者三百元）改為二百五十元及五百元。第七條報樣（原定發行日送地方衙門及民政部存查）改為限前一日十二點鐘送巡局核正再排。第三十三條言論准自由句刪去。不遵報律各報（原定郵局不准代寄）今加輪船鐵路亦不准遞。此外又加不得挾嫌誣人一條共四十五條，餘亦稍有改動。」〔註90〕

1.4 《大清報律》的意義

　　雖然《大清報律》是以日本《新聞紙條例》為母本經過修改制定的，其仿照的對象本身就是新聞自由的限製法，在修改過程中又對言論出版自由嚴加規定，加大了對違法行為的處罰力度，但是《大清報律》的頒佈實施還是具有時代的進步意義的。

1.4.1 開放「報禁」「言禁」

　　對於新聞報刊領域，歷代封建王朝一直以「言禁」、「報禁」政策控制民間輿論自由，清政府也不例外，直至百日維新期間，光緒皇帝發諭旨允許民間辦報，允許「中外時事據實倡言〔註91〕」。但是作為正式的法律法規形式規定下來，還是自《大清報律》頒佈之日起。新聞法的出臺就意味著言論出版自由以法律形式得到承認。這點在 1908 年晚些時候頒佈的具有根本法性質的《欽定憲法大綱》中再次得到重申，大綱規定「臣民於法律範圍內，所有言

〔註89〕 1908 年 3 月 23 日申報《改竄報律紀》。

〔註90〕 1908 年 3 月 17 日申報《十二日憲政館議覆報律略有修改》。

〔註91〕 中國出版史料（近代部分）第二卷，第 169 頁，湖北教育出版社，2004 年 10 月。

論、著作、出版及集會、結社等事，均准其自由」，突破了長期以來形成的言禁、報禁，為保障新聞事業的發展和新聞從業者的權利提供了法律保障。

在報律出臺前，清政府雖然沒有禁止辦報，但是地方官員對民間報紙的批評極為不滿，動輒懲辦封閉。其所依據的則是《大清律例》中的「妄布邪言」「煽惑人心」等官員可以任意解釋的一些條款。凡是被官方指為「妖言」的出版物，都可以禁止出版，地方官員也有權下令查封報紙。

1882 年《申報》發表了批評江蘇鄉試弊端的文章，惹怒了學政黃某，復有御史入奏，指《申報》「捏造事端，眩惑視聽，藐視綱紀，亟應嚴行查革。」朝廷下旨查辦上海報紙。但是新任上海道邵友濂不敢查辦洋商報紙，只好下令國人自辦報紙《新報》停止出版。〔註 92〕

為了避免官府迫害，有的報紙掛洋旗，由外國人掛名創辦，有的報紙遷入租界，以租界的治外法權來保護一定程度的言論自由。1891 年，廣州國人自辦報紙《廣報》因刊登某大員被參一摺，粵督李小泉令番禺、南海兩縣將其封閉，不准復版。飭諭云：「蒭言亂政，法所不容，廣報局妄談時事，淆亂是非，膽大妄為，實堪痛恨，亟應嚴行查禁，以免淆惑人心。」《廣報》被封後，創辦人將報館遷入沙面租界，由一英商掛名繼續出版，改稱《中西日報》，「該報發行後，漸肆議論，指謫政治，官無如何，只罪賣報之貧民而捕之耳。」〔註 93〕

1901 年新政以後，《大清報律》出臺前，言論自由依然得不到有效的保護。沈藎的遭遇從一個側面說明那時狀況。1903 年沈藎在北京擔任新聞記者，探得《中俄密約》草稿後將其發表在天津英文報紙上，引發全國各階層和留日學生反對密約的鬥爭。7 月 19 日，沈藎被捕，後被判斬立決。適逢慈禧萬壽慶典，不宜公開殺人，遂改判立斃杖下。31 日，沈藎被獄吏杖打 200 餘下，血肉飛裂，猶未致死，最後用繩勒之而死。〔註 94〕沈藎案的判決依據是公元 1901 年所刊行的《大清律例增修通纂集成》中刑律盜賊類的「妖言妖書」條，這條律例規定「凡造讖緯妖書妖言，及傳用惑眾者，皆斬」。沈藎的行為就其職業而言，並無差錯，就公民行為而言，也無觸犯法律，但是沈藎的行為觸到了清政府的痛處，所以儘管沈藎行為沒有過錯，報導內容沒有失實，清政

〔註 92〕陳玉申：《晚清新聞史》第 64 頁，山東畫報出版社，2003 年 1 月。
〔註 93〕陳玉申：《晚清新聞史》第 65 頁，山東畫報出版社，2003 年 1 月。
〔註 94〕黃瑚：《中國近代新聞法制史論》第 88 頁，復旦大學出版社，1999 年 8 月。

府還是以殘忍的方法處以沈藎死刑。這一方面從某個角度說明制定報律是迫切而且必要的。同時也告訴人們惡法給人們帶來的是新聞傳播活動的限制和制約，只有善法才能夠保障新聞事業的良性與健康發展。《大清律例》中即沒有對記者合法的職業權利的保護，也沒有準確的寫出何為妖書、何為妖言、邪言，缺乏具體而準確的禁止內容作為斷案依據，案件的審理只能根據個人的能力和好惡了。

《大清報律》是仿照日本新聞條例，根據中國國情而制定的。它的制定和頒佈是清政府預備憲政的一個實際舉措。是當時憲政精神在新聞傳播活動中的具體體現。基於此，法律規定允許辦報自由和言論自由是應有之義。「報禁」和「言禁」的開放實屬必然。

在《大清報律》中明確禁止報導的內容有六條，其中明令禁止的兩條，有條件限制的四條，它們分別為：明令禁止的是第十四條和第十五條，通過報刊自我約束來實現的第十一條和第十三條，禁止後才不得報導的內容第十條和第十二條。這些條款所限制的內容，對於新聞從業者而言，是新聞傳播活動的禁區，在這個禁區之外，則是法律允許的報導範圍和內容。法規對于禁止報導的內容作了明確限定，據此，報界就有了保護自己的法律武器。

正因為新聞法律具有保護言論出版的作用，《大清報律》頒佈後，新報刊創辦保持 1906 年開始的每年以三位數遞增的良好勢頭，而且數目也比以往增多。自 1908 年到 1911 年四年平均每年新增報刊 132 種，是此前 7 年的 73。14 種的近二倍。

年　　　份	新報刊數目〔註95〕
1908	118
1909	116
1910	136
1911	209

1.4.2 允許朝政信息傳佈

政事、軍情、災異一直是封建社會新聞報導的禁區，在《大清報律》六條禁止報導的內容中，關於朝政信息只是對諭旨章奏有明確規定，《大清報律》

〔註95〕 史和：《中國近代報刊名錄》第 396～402 頁，福建人民出版社，1991 年 2 月。

第十三條規定「凡論旨章奏，未經閣鈔、官報公佈者，報紙不得揭載。」而其它方面的朝政信息是可以報導的。

甚至像「聖躬違和」這樣的宮廷秘事，也得到了公開傳播，而且報導沒有受到干涉。

1908 年《申報》對光緒皇帝的病情進行了報導，6 月 14 日，《申報》刊出「京師近信」：「聖上患足疾，已將三月，忽愈忽發，旬日以來尤劇，行走殊覺不便，自初六日（農曆）起未至慈宮請安。」〔註 96〕之後六月 15、23、25、27 日四天繼續對病情進行連續報導，以後每個月都有報導，一直持續到光緒皇帝病逝，連續報導達 30 次以上。根據報導人們得知光緒皇帝從六月起病情日漸加重，朝廷選招各地名醫入京診病，雖經多方診治，卻仍未見轉機，11 月初病勢增劇，去世前第九日已不再召見軍機大臣，用藥由慶、醇兩親王商酌等等信息。

從報導中，我們可以看出這些消息的來源是「內廷人」、「內監」，說明《申報》刊發的這些消息，不是來自官方的通報，而是通過自己的信息渠道獲得的獨家新聞。值得注意的是，《申報》的報導持續近半年之久，並未受到清政府的干涉，為《申報》提供消息的人亦安然無事，一直不斷地發來最新的消息。

在新聞傳播活動中，1907 年清廷民政部批准，司法審判時記者可以旁聽；1909 年各省諮議局先後成立，均允許記者旁聽辯論；1911 年資政院召開首次會議即有二十餘名記者被允許到會採訪。記者的採訪自由及言論自由度大大增加。

1.4.3 建立一種模式

《大清報律》是按照當時的形勢，建立的具有近代性質，較為完整、系統的一部法律制度。它的制定為以後新聞法律法規的制定建立了一種模式，此後歷屆政府在內容、形式上對此多有承襲。

〔註 96〕《申報》1908 年 6 月 14 日。

第 2 章　否定又否定的立法歷程

　　清末民初新聞法規四立四廢。政權的更迭是法規立廢的主要原因。

　　辛亥革命推翻了清政府的統治，建立了民國政府，因對清末數年憲政的最終產物之一——《欽定報律》不予承認，宣告了清末新聞法律法規的壽終正寢。

　　民初北洋政府時期，袁世凱執政時期制定了《報紙條例》和《出版法》，《報紙修正條例》在黎元洪繼任大總統後廢止；沒有被黎元洪廢止的《出版法》在南京國民政府成立後廢止。

　　唯一例外的是民初南京臨時政府時期制定的《民國暫行報律》，自立自廢，和政權更替無關。不過其壽命只有短短的一個星期時間，最後由總統一道命令化為烏有。

2.1 清末新聞立法及《欽定報律》的廢止

　　張靜廬在輯注的《中國近代出版史料》中對清朝新聞出版法的立法過程作了這樣一個簡要的總結：

　　　　古無報紙專律也，唯律例耳，讀光緒二十七年（1901 年）所刊行之大清律例增修通纂集成，有「造妖書妖言」條例於刑律盜賊類。乾隆間之偽造奏摺案，光緒間之蘇報案，判決時均引用之。是最初有關報紙之法律也。〔註 1〕

〔註 1〕　張靜廬輯注：《中國近代出版史料》初編，第 311 頁，群聯出版社，1953 年 10 月出版，1954 年 5 月再版。

戊戌以後，雜誌勃興，即日報亦常裝訂成冊，定價發售。故光緒三十二年三月，商部、巡警部、學部會定「大清印刷物專律」。〔註2〕

光緒三十二年，巡警部以報律頒佈需時，乃先撮舉大綱，訂定《報章應守規則》九條，令報界遵守。報律頒佈後，此規則即行收回。〔註3〕

大清報律實脫胎於日本報紙法。由商部擬具草案，巡警不略加修改，於光緒三十二年（1907年）十二月，由民政部、法部會奏，交憲政編查館議覆後，奉旨頒佈。但各報館延不遵行，外人所設者尤甚。宣統二年，由民政部再加修改，交資政院議覆後，請旨頒佈。民國成立後，各省尚有援用此律，以壓制輿論者。迨報紙條例頒佈，始失效力。〔註4〕

這裏張靜廬只提到了三項法律，其實從1906年到1911年，清政府制定的新聞出版方面的法規有5部，它們分別是《大清印刷對象專律》、《報章應守規則》、《報館暫行條規》、《大清報律》和《欽定報律》。

縱觀清末新聞出版方面的這五項法律法規，我們可以清楚地看出清末新聞出版法律法規的制定走過了一條學習——身體力行——修改完善之路。

2.1.1 清末新聞立法的三次嘗試

1906年和1907年清政府先後從學習出發和從實用出發制定了三部法規。它們是《大清印刷對象專律》、《報章應守規則》和《報館暫行條規》。

1、制定但未頒行的《大清印刷對象專律》

《大清印刷對象專律》是中國新聞法規以模仿泰西法律法規，根據中國國情適當改造的產物，並無頒行。前已記述，此略。

2、巡警部制定頒行的《報章應守規則》

如果說《大清印刷對象專律》是中國新聞法規以模仿泰西法律法規，根

〔註2〕 張靜廬輯注：《中國近代出版史料》初編，第312頁，群聯出版社，1953年10月出版，1954年5月再版。

〔註3〕 戈公振：《中國報學史》第264頁，中國新聞出版社，1985年11月第一版。

〔註4〕 張靜廬輯注：《中國近代出版史料》初編，第320頁，群聯出版社，1953年10月出版，1954年5月再版。

據中國國情適當改造的產物，那麼《報章應守規則》則是《大清印刷對象專律》無法實行之後，以我爲主制定的、以實用爲出發點的第一個法令，是清政府最早頒布施行但執法範圍有限的新聞出版方面的法令，也是一個不符合立法程序，缺乏對報業及從業人員保護精神和內容的法令。

1906 年 10 月《報章應守規則》頒佈，這是一部由巡警部出面，由北京外城巡警總廳擬訂頒發的行政命令式的法令，這一法令一頒佈，其立法程序的合法性就遭到了當時外報的質疑和批評。《順天時報》有報導說：

自警部新報律頒示各報館後，英國訪員語《順天時報》社員云：閱看該規則，與各國報律禁制事項大同小異，並非苛酷。然報律限制國民言論之自由者，其關係甚重，故各國新定報律、改正報律由專門法家調查立案，由各政治家參核全國之情形、斟酌庶民之程度釐定修正，於立憲國，則由議會定奪，於專制國，尚咨詢元老院、樞密院等，然後定奪。今中國則不然，一巡警部劄飭外城巡警總廳，突然擬定報律，突然頒發，何視其事之輕易乃，而且該規則開列應守之條目而已，對於不守規則之報館，應如何處辦或罰例，則不見開列條目，亦怪矣。《順天時報》社員曰：公未知中國爲專制獨裁之國也。今日之中國猶昔日之中國也，生殺予奪之權存於行政長官之手，伸縮自在，毫不受法律之羈束，故行政官吏便己則設法律，不便己則廢法律，如報館允准出報固可，禁止出版亦何不可？報館應守規則所以戒飭報館，告示應守之分限也，而該規則中不開列罰例者，所以便行政官之任意擅行刑罰也。訪員曰：吾讀中國立憲之上諭，胸中早已忘中國尚爲專制國矣，以中國爲俄國以上之專制國，亦何怪有今日之事哉？〔註5〕

報導中，英國記者認爲《報章應守規則》中規定的禁止事項和其它國家的禁止事項大同小異，並不苛刻嚴酷，但是其立法程序卻不符合法律規範。

因爲各國無論新定報律還是改正報律，都會經過三個階段，第一階段由專門從事法律的工作者調查立案，第二階段由各國政治家根據全國情況、考慮百姓的接受程度加以修改，最後第三階段，由某個部門定奪，這個部門在立憲國家是議會，在專制國家是元老院或者樞密院等，通過後才頒布施行。

〔註 5〕 1906 年 10 月 16 日申報。

而中國卻由巡警部出面，由外城巡警總廳突然擬訂、突然頒發，不符合法規立法程序。

英國記者還認為，法律條款僅僅開列應該遵守的條目，對於不遵守規則的報館如何處罰，怎麼處罰卻沒有制定，也很奇怪。因為作為一個完整的法律規範，其邏輯結構包括三個組成要素，即適用條件、行為模式和法律後果，這三個組成要素相互聯繫，缺一不可。〔註6〕

《順天時報》的記者給出的解釋是，行政長官在中國掌握著生殺予奪的權利，在中國的官員眼中，行政官吏設立法律主要是便於管理，方便則設立，不方便則廢止，對自己的行為沒有絲毫約束。所以《報章應守規則》不過是一道行政命令，告訴報館應該如何做，沒有開列處罰辦法和處罰內容，則報館沒有依據保護自己，行政官吏可以想怎麼處罰就怎麼處罰，願意處罰多少就處罰多少。

《報章應守規則》頒佈後，北京報館也寫信給巡警部，認為《報章應守條例》只有大綱沒有注釋，條款語義含混，難以遵守。對此，巡警部答覆如下：

警部飭由廳丞轉覆報館文 〔註7〕

據申，已悉本部前登報館應守規則九條，原以現在恭奉

明詔宣佈立憲，庶政推行公諸輿論。而報館為輿論之先導，職任甚高，善用之，則有集思廣益之功；不善用之，則有事難言之患。欲取輿論之良果，勢不得不嚴報館之責成，而報律之纂定頒行尚須時日，誠以法律關係重要，非分析至精，斟酌盡善，不足以利推行。故先撮舉大綱，粗定條目，俾各報館互相約束，稍定範圍，其不用法律而用規則者，正以詳略不同、繁簡各異故也。

據北京報館函稱，規則九條只有大綱而無注釋，則字句出入之間，可彼可此，遵守尚難等語。各報館置疑問難語果可採，本部必樂於聽受，以為攻錯之資；若條文本自完全，而報館誤加駁論，或語意原已明，而報館故作疑詞者，本部亦不得不詳細申明，以怯群惑。

〔註6〕 徐永康：《法理學》第 230 頁，上海人民出版社，2003 年 9 月第一版，2003 年 12 月第二次印刷。

〔註7〕 《大公報》1906 年 3 月 16 日警部飭由廳丞轉覆報館文。

如規則第三條妨害公安一語，自係指提倡革命與一切鼓動愚民反抗政府，擾害太平之局者而言，而該報館以爲含混其詞，留爲野蠻官吏之借刃，未免意存逆意。

第五條凡關涉内政外交之件，如經該衙門傳諭秘密者，報館不得揭載數語。此條要旨全在該衙門傳諭數字。凡未經傳諭與傳諭秘密之後旋經公佈者均不在此限，其範圍甚狹，而其權力是爲各衙門所應有，並事經傳諭秘密者必其中層累曲折，有萬難即行宣佈之理由，而一經傳諭報館即有遵守之義務。此不獨外交上之秘密動運，與軍事上之秘密調度爲然。無論何項行政均應有之。中國向來習慣以外交内政四字爲包括一切行政之名詞，凡稱内政即内治行政、財務行政、軍務行政、司法行政均在其内。報館指稱國内政令今無所用其秘密，又稱此條漏載軍政，可否更改等語，本部實難同意。

第六條詞訟之案於未定案以前，報館不得妄下斷語，並不得作庇護犯人之語一節，此條末二語均緊接未定案以前一句而言，闔案尚未定即情節方在研之中，茍法堂未經得有曲直憑證，而報館輕下斷語，或法堂業經得有犯罪確據，而報館尤作庇護之語，則清亂視聽，於裁判之權大有損害，若定案以後果有不公不平之確證，報章揭載原所不禁，該報館所稱各節繫屬誤會。

第七條不得摘發人之隱私一語，既稱隱私自指專涉個人無關大局者而言，若有損大局即不得成爲隱私，文義亦自明。

第三條不得妄議朝政一語，妄議二字實涵有以無爲有、以是爲非等情節，絕非鉗天下之公議。該報館勿以詞害意，可也。

總之，此次所發規則係報律未發佈以前暫行代用之件，一俟報律定有專條，奉旨欽定頒行京外後，便當將該規則收回，是以文字暫從簡略。既經該報館函詢用，特分析宣示，俾釋群疑，該廳即便轉覆該報館，並通傳各報館一體知悉可也。

國内還有媒體指出《報章應守規則》只有禁止性規範，而無授權性規範，與各國報律不符。《申報》1906 年 10 月 14 日論說《論警部頒發應禁報律》這樣寫道：

大凡各國報律通則，如報紙、題號、記載之種類、發行時期、

發行人、編輯人及印刷人之資格及其權限、訴訟時裁判官之處分併
禁錮及罰金諸法，皆訂明條例加以裁制，非專以禁人言論爲此束縛
馳驟之計也。即日禁之，亦必其所禁之說，實爲公眾所不容，而後
敢出此也。乃昨日專電警部現頒應禁九條。但有禁過之令而無裁制
之意，其壓束吾業之進步者關係匪細。〔註8〕

這篇論說反對的是《報章應守規則》內容不符合各國報律通則，不像其它國
家明確載明報紙、題號、記載的種類，發行時期，規定發行人、編輯人和印
刷人的資格和權限，載明進行訴訟時裁判官的處罰辦法和處罰內容。並認爲
制定報律並不是爲了專門禁止言論自由的。這反映出國人對法律的保護和限
製作用已經有了比較全面地瞭解。

　　同時，這篇論說還批評《報章應守規則》只規定禁止內容，但不同時公
佈處罰辦法和處罰內容，這樣做的後果會嚴重妨害報業發展。另外還認爲法
律所禁止的內容必須是公眾所不能接受的，否則不能以禁令形式出現。

　　這則由巡警總廳制定執行的法令只存在了 11 個月，時間很短，國內很多
地方並未執行。1907 年 6 月 11 日《神州日報》一版刊登了作者寒灰撰寫的論
說，其中有段文字這樣寫道：

　　「吾國之有報律也，其萌芽蓋已久矣。一見於民政部乙巳之擬議報律，
而未頒行，再見於內外城警廳丙午之揭示報律，而未實踐，其間，又參之以
楚督、粵督約束新聞事業之種種條教。迄今，民政部又以議定報律見告，一
若新政中重要事件，除振興警務以外，無如約束報紙者然？然欲用此以爲新
聞事業之障礙，則吾未見其術之果售也。」〔註9〕這裏「內外城警廳丙午之揭
示報律而未實踐」，指的就是《報章應守條例》。

3、《報館暫行條規》

　　《報章應守條例》頒佈 11 個月後，1907 年 9 月 5 日《報館暫行條規》經
清政府批准頒布施行。

　　頒佈《報館暫行條規》並不是清政府的初衷。清政府一開始還是希望能
夠制定頒佈一部可以「通行中西」的法規。「中國報界，萌芽伊始。京外各報，
漸次增設。其間議論公平，宗旨純正者，固自不乏，而發行漸多，即不免是
非商開設者，十居六七，即華商所辦各報，亦往往有外人主持其間。若編定

〔註8〕　《申報》1906 年 10 月 14 日論說《論警部頒發應禁報律》。
〔註9〕　1907 年 6 月 11 日《神州日報》。

報律，而不預定施行之法，俾各館一體遵循，誠恐將來辦理紛歧，轉多窒礙。」
〔註 10〕只是鑒於 1905 年開始仿行憲政，各項法律正在修訂之中，尚未全部修訂完備，民政部法部擔心，倉促訂定報律會給執行帶來困難，所以報律遲遲未能出臺。

　　之所以《報館應守條規》此時出臺，與以下三點有關，一、外界的壓力。外有「中外臣工先後條陳催促〔註 11〕」。二、皇帝的命令。上有「訓示飭令妥訂施行〔註 12〕」。三、問題的嚴重性。「報章流弊漸滋，不可不亟為防閑之計。」〔註 13〕所以民政部、法部將《大清報律》草案，「摘要刪繁，擬成暫行條規，奏明試辦。」〔註 14〕

　　這一法令對《報章應守規則》進行了修改，較之《報章應守規則》，有如下不同。

1、這次《報館暫行條規》不是由巡警廳擬定和頒佈，而是由負責報刊註冊登記立案的民政部擬定，經清政府批准頒布施行的。筆者在《東方雜誌》第一期看到《民政部奏擬定報館暫行條規摺》，內中有皇帝下旨命令民政部擬定報律的文字。「本月十六日，准軍機處抄交御史俾壽奏請飭部速定報律一摺。奉旨著民政部速定報律，奏明辦理，欽此。」〔註 15〕

2、規定了申報內容和負責申報的機關。《報館暫行條規》規定負責申報的機關是該管巡警官署，必須在批准後方准發行。申報時要載明發行人、編輯人、印刷人之姓名及其住址。

3、籠統地規定了違反規定的處罰辦法和處罰內容。

　　《報館暫行條規》頒佈之後，國內媒體反對之聲再起。有媒體發表論

〔註 10〕光緒三十三年十二月民政部法部的奏摺，見戈公振：《中國報學史》第 269 頁，中國新聞出版社，1985 年 11 月。

〔註 11〕光緒三十三年十二月民政部法部的奏摺，見戈公振：《中國報學史》第 269 頁，中國新聞出版社，1985 年 11 月。

〔註 12〕光緒三十三年十二月民政部法部的奏摺，見戈公振：《中國報學史》第 269 頁，中國新聞出版社，1985 年 11 月。

〔註 13〕光緒三十三年十二月民政部法部的奏摺，見戈公振：《中國報學史》第 269 頁，中國新聞出版社，1985 年 11 月。

〔註 14〕光緒三十三年十二月民政部法部的奏摺，見戈公振：《中國報學史》第 269 頁，中國新聞出版社，1985 年 11 月。

〔註 15〕《東方雜誌》第一期，第 29 頁～31 頁。

說認爲《報館暫行條規》違背立法程序，沒有法律效力。1907 年 9 月 20 日《神州日報》一版刊登了題爲《報館暫行條例之效力如何》一文的一部分，數天之後又刊登了續篇。在這篇分兩次發表的文章中，關於立法部分作者寒灰說：

> 凡在法律上之問題，應得國民代表共同採決，亦絕非政府所能獨斷。乃既知報律之不能驟布，而遁其詞曰報館暫行條例，若謂此爲臨時處分者然，豈知非常命令、緊急命令非所施與平時，而官司衙署文法之繁興，非本於國民採決之法律，即亦無命令之價值。諸公乃欲以絕無價值之命令，羈絏神聖不侵之言論自由權耶？諸公試思，英法俄諸國人民之所不能忍於其君主者何事，所不能忍於其官吏者何事？人情不甚相遠，他國人民之所以不能忍者，亦必非吾國人民所能忍。此易明也。

> 嘻。政府諸公以爲報館暫行條例而有效也，請勿復言憲政，政府諸公如欲言憲政也，請勿亟亟言報館暫行條律。夫國會不成立，輿論不尊嚴，則政府所爲威福，玉石者固已一切，無法律命令之效力。而區區報館固當自有神聖不羈之言論自由權，諸公欲阻過而破壞之，四萬萬同胞終當擁護而扶植之。〔註16〕

上訴兩段是作者洋洋灑灑兩千多字文章中的一部分，字數雖不多，但態度是極明確的。那就是站在憲政國家的角度認爲，報律應該得到國民代表的共同通過，絕對不是由政府單方面就可以決定的。不成立國會，未經過國民代表的同意通過，政府爲保護自身利益而制定的報律就沒有法律命令的效力。

此外，作者還對暫行條例的實質作了法律層面的分析，認爲暫行的意思如果是指臨時命令的話，則是指適用於正常狀態之外的特殊時期，又稱非常命令，緊急命令。而《報館暫行條規》是應用於正常狀態的，藉口「暫行」，其意是指在法令頒佈之前一段時間作爲法令使用，此乃衙門官方文牘中之詞語，並不是來自法律意義上的說法。

2.1.2 《大清報律》

1908 年 3 月 14 日《大清報律》頒佈，這是由清政府多個職能部門共同參與、多次修改後制定的一部具有近代化性質的法律。其中，參與報律擬定的

〔註16〕 《神州日報》1907 年 9 月 20 日《報館暫行條例之效力如何》。

部門有商部、民政部、法部，參與修改的部門還有軍機處、外務部、政務部等，最後由憲政編查館審核後頒布施行。

這部法令在擬定過程中一定意義上吸納了報界的建議，1907 年 10 月北京報界曾公擬條陳五則，遞交民政部。

《北京日報》等報館爲瀝陳北京報界艱苦情形仰求維持事致民政部稟文〔註17〕

具稟。《北京日報》、《北京女報》、《北京畫報》、《京話時報》、《京華報》、《公益報》、《進化報》、《愛國報》、《星期畫報》、《莊言旬報》、《京華廣報》、《華字彙報》、《風雅報》、《邇報》等稟，爲瀝陳北京報界艱苦情形，仰求設法維持事。

竊商等開設報館，原爲開通風氣起見，非敢志在牟利，但亦必出入之數略能相抵，然後可以支持。查報館全恃告白爲養命之源，惟北京乃宮界之場，非通商碼頭可比，故告白之利無可捉注。且北京寄報之郵費，比上海加至十倍有餘。蓋上海報館多者銷報萬份，少亦五六千，而每月郵費包與郵局總共不過二百元。北京則按報核收郵費，每報一份每日郵費一分，每月三角；若寄報一千份，則每月需郵費三百元；寄報萬份，每月則郵費三千元矣，比之上海增多十倍有余，故京中各報銷售外省者甚少，全恃本京爲銷報之場。北京風氣未大開，報紙銷流有限，且米珠薪桂，長安居大不易，一切費用較外省爲繁，即如每紙一連，上海買價不過二元左右，北京則每連總在三元以外，蓋由津運京，既多火車運費及火車上落苦力之費。而天津有鈔關，北京有崇文門稅局，比上海增多兩重關稅，故一切紙墨、鉛字、機器之費，皆比上海爲昂。通查北京各報告白所入不及上海百分之五；北京銷報之數，不及上海十分之三。而北京寄報之郵費，比上海增多十倍有零；北京新聞電費，比上海加增一倍；北京售買紙墨一切材料之費，比上海昂貴三分之一，故京中報館受賠累者十之八九。此等苦況若不說破，外間知之者甚少。凤仰大部開通文明，素以扶住報務爲宗旨，故瀝陳苦況，仰求設法維持。

一、界與報界之畛域求設法銷融也。查外國報館，皆與官界消

〔註17〕《晚清創辦報紙史料》（一），見《歷史檔案》2000 年第 2 期。

息相通，我國政界中人，避報館如蛇蠍，每有衙署中人與報館認識者，即疑其泄漏，小則開去烏布，大則降黜功名，故報界與官界隔絕不相通．報館所訪之事每多影響，及其記載偶誤，則又加報館以妄造謠言之處分。其實報館並非有意妄造謠言，乃係因隔膜不相通之故，是以不能分辨來稿是否謠言而誤採之耳。

二、郵費、電費求設法核減也。上海每一報館寄出外埠之報，多者萬份，少亦數千，故每月郵局包郵費二百元甚為合算。北京則每一報館寄出外埠之報，多者不過七八百份，少者數十份，若照上海每一報館月包郵費二百元之法辦理，豈不反吃大虧。合無俯念京中各報為難情形，准京中各報館仿照上海辦法而稍為變通，其每日寄報至三千份者，仍照上海報館之例，每月包郵費二百元；每日寄報二千份者，減為每月包郵費一百四十元；每日寄報一千份者，減為每月包郵費七十元；每日寄報五百份者，減為每月包郵費三十五元。如此則在郵局亦不吃虧，而在銷報較少之報館也可同沾利益。

又，查上海各報館皆在上海電局請領報館訪事人發電執照，減少半費，由上海電局總納。故上海同享電費減半之利益。可否俯准京甲各報具稟警廳照會上海電局，援照上海各報館之例，給與電費減半，並由北京電局繳納之處出自鴻慈。蓋上海與中國同係中國報館，似不宜令北京各報獨為嚮隅，不能一體均霑利益也。

三、上諭、宮門鈔等件求准各報公派一人抄取也。查上諭、宮門鈔本係明發任人抄取之件，而抄取刊錄遲慢，則不能令閱者先睹為快，於報紙減色。可否求准報館公派一人到內閣，准其於上諭、宮門鈔發下之時，首先抄取第一份，回館刊印。至於抄取發抄摺稿與批摺摘由等費，仍照向例給回內閣書吏，一面令書吏嚮隅。蓋報館志在捷足先登，以供閱報者先睹之快，並非欲扣減書吏之常例也。

四、公裁判求准報館旁聽也．查天津未辦巡警以前，各報記載裁判事件常有錯誤，與裁判處每有衝突．自設巡警以後，既由警局將裁判批詞抄發報館，而天津公裁判所亦有報館人員旁聽之坐（座）位，於是報館所記載裁判之事皆無錯誤，而遇有不欲宣佈者，即由裁判員諭令報館秘密，故自此遂無衝突。今北京與天津事同一理，可否仿照天津辦法，尤為兩便。

五、停止出版求臨時宣佈理由並准其到大部控訴也。夫報館違
犯規條，至於停版，雖係咎由自取，但該管官更似應將其如何違犯
之處，與飭令停止之時宣佈理由，俾知罪有應得，令其心服。如該
報自問尚未違犯，或另有別故情尚可願者，似應准其到大部稟控，
再爲核斷，以昭平允，以毋負大部曲賜矜全之德，似亦尚在可行之
列也。

民政部接受了報界建議，某些建議得到立即執行。1907 年 10 月 26 日申報刊
登新聞《民政部核議報界陳條》，新聞中稱「京師報界公擬條陳五則，呈請民
政部訂入報律一事，現在已經民政部核議。聞第一條官報與各報視同一律，
暨第五條停止出版須宣佈理由，並准控訴二則，已劄飭內外城總廳照辦，其
第二條核減郵電等費，及第三條派人繕錄閣抄等件，第四條公堂裁判準各報
訪員旁聽記錄三則，與他部關涉，已分咨內閣、法部、郵傳部、大理院會核，
再行分別准駁。」〔註 18〕

《大清報律》議案擬定之後，修改數次。

1907 年 10 月 4 日，民政部在宣佈暫行規則之後，把擬定的其餘條律再
次送憲政編查館核定。經憲政編查館核查，依舊發現有不能在中國使用的
條規，報律又一次發還民政部，希望民政部會同法律大臣修改，妥當後再
次送審〔註 19〕。

1908 年 1 月，民政部、法部審閱報律草案後，將報律草案送交軍機處審
定〔註 20〕，軍機處參照奧大利律對報律進行了修改〔註 21〕，之後報律仍交還
民法兩部，不過軍機處又以所擬報律在租界權力較弱，下令外務部與各國公
使協商解決的辦法〔註 22〕。

1908 年 1 月 18 日，民政部、法部上奏朝廷，請皇上同意將所擬報律飭交
憲政館覆核，得到了皇帝的同意〔註 23〕。這份奏摺對《大清報律》的立法過
程作了簡單回顧，現就《報館暫行條規》頒佈之後，《大清報律》的立法過程
作一擇述：

〔註 18〕　1907 年 10 月 26 日《申報》新聞《民政部核議報界條陳》。
〔註 19〕　1907 年 10 月 4 日申報新聞《憲政館咨請妥改報律》。
〔註 20〕　1908 年 1 月 7 日申報新聞《軍機處覆核報律》。
〔註 21〕　1908 年 1 月 3 日申報專電。
〔註 22〕　1908 年 1 月 8 日申報專電。
〔註 23〕　1908 年 1 月 18 日申報二版專電。

一面複調查各國通例，參照內地情形，就原案四十六條斟酌再
三，稿成屢易，現經奉旨飭令迅速妥訂，毋再延緩，自應欽遵辦理。
臣善耆、臣鴻慈，於會議政務期間，而與外務部堂官悉心籌議，參
考中西，務期寬嚴得中，放之皆準，以為推行盡利之地。並經外務
部將英使譯送香港新定報律各款，於十一月二十五日抄送查閱……
節經反覆討論，意見相同。謹將改定草案四十二條，繕具清單，恭
呈御覽。擬請飭下憲政編查館，照章考覈，詳旨欽定頒行，一體遵
守。〔註24〕

1908年2月5日《申報》第二張第四版緊要新聞中轉載了《民政部法部會奏
擬定報律》原摺大意，並在《大清報律》正式頒佈之前將報律內容摘錄於後。
摘錄中對禁止內容、及其處罰辦法和內容作了重點報導。原文如下：

報律四十二條〔註25〕

第一條至第九條內容：凡開設報館者先於二十日前呈報地方官
轉呈督撫咨部，編輯發行印刷人姓名、住址、履歷並發行所名稱住
址詳報立案。編輯發行印刷人須中國人、年二十歲以上、無精神病
者、未犯監禁以上罪者呈報時隨交押費每月發行三回以上者一百五
十元，四回以上者三百元，藝學等報或僅載章制者免繳。每日報紙
郵呈部中備查。每日報紙須刊編輯發行印刷人姓名。編輯人可見發
行者，刷印人不得兼編輯人。登載失實經本人知照即更正，雖更正
字數多於原登之倍數照算告白費，如有他項報紙抄來者他報更正亦
應次第更正。

十條　審判廳禁止旁聽者不得揭載。

十一條　預審廳尚未公佈之案不准揭載。

十二條　外交、海陸軍衙門諭飭秘密者不准揭載。

十三條　密旨密摺未經官報公佈者不准揭載。

十四條　一詆毀宮廷之言、二清亂國體之言、三擾害治安之言、
四敗壞風俗之言不准揭載

〔註24〕　戈公振：《中國報學史》第269頁，中國新聞出版社，1985年11月。
〔註25〕　《申報》1908年2月5日第二張第四版緊要新聞《民政部法部會奏擬定報律》。

十五至二十條　違反第一條至九條各事項者，分別罰金自數元數十元不等（細數略）違反第十條十一條者罰金百元。

廿一條　違反十二條十三條及十四條之第三第四節者罰編輯發行人金百元監禁二十日或至六個月暫禁發行。

廿二條　暫禁發行之日期每月發行三回者禁三回，報禁七日。

廿三條　違反十四條第一二節者罰編輯發行刷印人二百元以上三百元以下，監禁六月以上二年以下並永禁發行，但刷印人實不知情者可免。

廿四條　違反第十二、十三及十四條之第三四節以致釀事者得照廿三條罰禁辦理。

廿五條至四十二條　遵律之外准其自由發行。論說登姓名者與編輯人同責任，開設外國之報紙違反本律者，禁止本國發行。呈報後遲不出包，作為自停，禁止者押款准退還。違反罰金准在押款內扣不敷再補。自撰之件不願它報錄登者准聲明。自撰之件可以成書者成書後准專利。遵律各報准減郵電各費，奉旨二個用後為各通行之期前。現行規條作廢。違律者不准援自首減輕再犯加重之例違反科罰各事。與附股及在館同人無涉。

對於民政部、法部擬定的報律，憲政編查館基本同意。「檢閱原案四十二條，蓋折衷日本新聞條例，酌加損益，尚屬周密。」並對其中一些內容作了修改：「惟第十四條第一款詆毀宮廷、第二款之淆亂政體、第三款之擾害公安，皆入刑律範圍。現在逆黨、會匪鼠伏東南洋一帶，潛圖竊發，且藉報紙之風行，逞狂言之鼓吹，此等情形久已上煩。宸廑如照原案第二十一條、第二十二條之例，僅處二十日至二年之監禁，附加二十元至百元之罰金，殊嫌輕縱，似仍應分別情節輕重辦理。臣等公同商酌，擬請將原案第二十二條改為『違第十四條第一款至第三款者，該發行人、編輯人、印刷人科六月以上二年以下之監禁，附加二十元以上二百元以下之罰金，其情節較重者，仍照刑律治罪。』其餘各條亦多詳加修補，悉心改正，共釐定為四十五條。敬謹繕具清單，恭呈御覽。如蒙俞允，擬請飭下民政部通飭各省一體遵行。」〔註 26〕

對此，1908 年 2 月 17 日《申報》專電也予以證實：

〔註 26〕　《憲政編查館奏考覈報律原摺清單》國立北京圖書館第 26181 號。

十二日憲政館議覆報律略有修改。第十三條（原文密旨密摺未經官報公佈者不得揭載）改爲諭旨章奏閣抄未經官報刊出不得揭載。第二十一條（原文違反十二條十三條及十四條之第三第四節者，罰編輯發行人金百元監禁二十日或至六個月暫禁發行）改爲犯第十四條一二三節（一詆毀宮廷二淆亂國體三擾害治安）除科罰停報外，如情節重大得按刑律辦理。第四條押費（原定月發三會以上者一百五十元，四回以上者三百元）改爲二百五十元及五百元。第七條報樣（原定發行日送地方衙門及民政部存查）改爲限前一日十二點鐘送巡局核正再排。第三十三條言論准自由句刪去。不遵報律各報（原定郵局不准代寄）今加輪船鐵路亦不准遞。此外又加不得挾嫌誣人一條共四十五條，餘亦稍有改動。〔註27〕

同日，申報有報導說，憲政編查館認爲，報律沒有明確規定對租界各報館的管理辦法，打算再次和外務部協商〔註28〕。

1908 年 3 月 3 日憲政編查館將報律送交政務處會議，由各大臣鑒定〔註29〕，3 月 14 日憲政編查館定稿頒行〔註30〕，《大清報律》正式頒布施行。

《大清報律》的內容較之《報館暫行條規》又有增加。

一、增加了對發行人、編輯人和印刷人的具體要求；

二、增加了保押費，及免除保押費報紙類別；

三、增加了事前審查的條規；

四、禁止內容內增加了訴訟事件和外交、海陸軍事件；

五、增加保護名譽權規範媒體的條款，細化了媒體更正的條款；

六、增加了保護著作權的內容；

七、增加了對外國發行的報紙的管理辦法；

八、處罰內容更爲翔實，具體規定了違反某個條款某一項應接受的處罰。

《大清報律》頒佈之後，《神州日報》在 1908 年 4 月 19 日、29 日一版發表了題爲《監謗政策之爭議》的論說，作者寂照在這篇長達 3000 餘字的文章中站在維護國民權力的視角對完善《大清報律》施行的外部環境提出了建設

〔註27〕 《申報》1908 年 2 月 17 日專電。
〔註28〕 《申報》1908 年 2 月 17 日專電。
〔註29〕 1908 年 3 月 3 日申報緊要新聞《政務處會議報律》。
〔註30〕 1908 年 3 月 15 日申報專電。

性建議，作者認為憲法未定，國民的權力和義務尚未在法律意義上得到明確，行政訴訟法等法令沒有制定頒佈，國民受到《大清報律》侵害之時沒有其它法令可以維權，起救濟之用；政府沒有組建議院，沒有設立相應的行政裁判所來保護國民權力，這樣，雖然報律本身有保護限制兩層意思，但是實施起來，則必然是官吏有禁止之法令可以行使禁止權力，而國民無保護之法令和途徑自保，其結果只有三種可能，一是「荼苦而甘如飴〔註31〕」，一是「結團，合以謀救正〔註32〕」，但是作者認為這兩條路他未見有人如此。「顧以吾所聞。此二途者，亦且無人出也。」〔註33〕那就只有第三條路了，那就是反抗。「然則後日馴致之效果，必將大引外力，來入腹裏，以與政府抗，使政府削剝其權至於窮盡，而歸於滅亡，嗚呼，哀哉。」〔註34〕原文如下：

其一

　　日者，政府頒報律，欲以極嚴酷之手段虜使人民，以鉗制輿論，將使輿論一線方萌之生理因而摧殘消歇，然後政府之言語行動可以狂猖自恣，為所欲為，不復有人承議其後，自以為如是而後快。其私心斯，殆頒佈報律之宗趣也。雖然政府之用心亦少礙矣，彼其悍然如是者，殆全為小己之便利著想，而不復籌及於國計民生，致令惟其言而莫予違之，心習籠罩全體，念念相續，而不能自脫轉，以瞑眩之忠言為己怒，而有莫能相容之勢，終至發為陰賊狡狼之政策，曾亦不思今日芽蘖之生機，誰實啟之。輿論之後盾誰賴之。假令後，此監謗有效率，率天下之人杜口結舌，不復有政論之發生，使吾國家仍返其幽暗地位，內憂外患，無輿致力以相捍禦於斯之時，幹凍雀首藏羊所謂孤秦弱宋（蘇秦弱宋語本王船山）之禍者，誰實承之？此吾人對報律反覆以思，終成無適而可之觀念。誠以吾人為之，會觀通覽國計、民生、時位、形勢並一切國家所謂生理者言，後此類皆重受報律之害，而無毫髮受其利者，以故今日反對之。言累累而不決儼，若出與人心同然之。概苟非病狂，蹈河赴海之人抑欲納交，政府以求諸功名，貨賄則未有以報律為然，此敢一言而決也。

〔註31〕　《神州日報》1908 年 4 月 19 日第一頁論說《監謗政策之爭議》。
〔註32〕　《神州日報》1908 年 4 月 19 日第一頁論說《監謗政策之爭議》。
〔註33〕　《神州日報》1908 年 4 月 19 日第一頁論說《監謗政策之爭議》。
〔註34〕　《神州日報》1908 年 4 月 19 日第一頁論說《監謗政策之爭議》。

原夫今世之國家所以必立憲，而始可以長存永保，必有言論、思想、集會、出版之種種自由而始可云立憲，其故亦不難明也。蓋專制之治，必業大權於親貴，之躬以其君神聖，自將高拱無為而深居簡出，名門有天下，實則於形勢事物，無所知事變紛紜，安所措其手足，其所持以用人，行政者勢不得不惟左右親貴之言是賴，而此左右親貴者，位於一人之下萬人之上，其所施為皆得本於私意，藉權以出之則以出，其上而臨之之一人，聞見既狹，所知至短，不難憑一身以遮掩之，而且用其，實不居其名，則縱恣之地甚寬，雖有大奸大慝亦苦於情感既密，故奸慝得以終身樂利，而末由揭破，歷史所書千古如一，以故是非非是，鹿馬齊形，憤盈侶，診叛同氣，蓄極而潰，曾無補救之可施，此吾俚諺有所謂「一姓不再興」，殆為專制之朝言也。以此治之國而入今日之世界，欲與他族所謂民族帝國主義依照同心相偕俱進者，短量長，則其一角之下敗無餘，幸不俟語終而已見矣，惟其如是，故求存國必有立憲之更，始質而言之直，以持危救死耳。苟其明於是者，則必摒去私見，而皆以憲為師，則如今日國中之報紙率多默契，斯旨充其向皆，所以使通國上下常得惺惺之用，不致迷復以昧扶危救死之宗，然則當路諸公苟有十年五年之長計，方將歡迎調護之不暇，而暇肆其摧殘乎。嗚呼，吾觀此律之出諸公滾滾不如見肺肝矣。

抑吾上文而言，立憲果之種種自由，故非無遮。絕對之放任亦非如此。報律之鉗制蓋憲云者，乃國家社會係有法度之謂也。夫國既以人群而立，則欲制為法度，而有求善民生之效者，是必於一人與一群之分，際及一人與一國之分際，而亟為之綱紀。所謂憲法是也。此法既立，權力義務依附分明，自餘諸法乃可因端以設，此固國家生理，確不可易之。經綸曾未有凌序，以施專主鉗制民口，以消極為務。如此報律而能有求善民生之用，長保其國於不敝也？

夫此次之報律既非有求善民生之意與化，報紙之功尤非可用以紀秩於一事一物，而祈日進於良之效，而且拉雜牽率，侵入刑法之範圍。試稽所至必舉，通國之言論悉壅抑之，如古者衛巫之監謗，則其用心純然，監謗而已矣，安有餘功之可云。詎知國家刑法之原，

大概均爲害國亂治敗德妨民四者而設，又必嚴爲界畫，以免疑似之混，今如本律第十四條所揭，其語意所存，可以冒天下之道作始也，將必鉅大，可假當路之喜怒意爲輕重，周內文致之罪，將木盛於後此之日，事勢至此，猶欲竊立憲之名謂，可以欺蒙瞽乎？（未完）

〔註35〕

其二（續十九日）（見於神州日報 1908 年 4 月 29 日）

匪特此也，報律四十五條之所由來，大率抄襲日本新聞條例之全文，而略變換一二。不審國情、不究現勢，文不對題，藥不對症，猶是向日考生庸醫惡劣苟污之心，習乃欲施於制治，用於行政，斯眞前古所未聞也，且今政府自命巨大，自爲法政改良乎，今乃有若是之律是，則舉起鈔胥之因，由言己先失其本心，捨己循人，削趾適履，未見有何良之改直，亡本體以從客體，如侶伎之從良而已。今既伴色揣稱而學爲日本，不於其全而於其一枝一節，是又如妓女搔首弄姿描他人流行之服色悍作態而忘己爲不潔之身，顧欲以此加入美人之列，詎知爲人摒棄依然，不與同群乎？噫嘻，以今日政府諸公捨聲色貨利以外，殆不復知有國家大計也。故吾無以喻之而特舉此爲喻，而一推論知也。

蓋國家生理之論早經發明，其爲有機體之物可不贅言，可顯矣，則欲圖其生之安全必事事求其適合乃可長生。久視固未有過阻於意思語言而能保其生命者也，即謂此律所由行者出於善意而絕不曾挾有過阻之心，以爲害於意思語言之傾，而知國家之有法律，除其至尊無對之憲法外，其餘諸法必具對待衡平，始能令國民之權利義務不至或長或消，而有縮與太甚之病（此其理當別詳）比如，官吏可執法以裁制人民，假有不當則受害者亦可控之於行政裁判所或議院也。且今，除蒙於專制，或名離專制而實爲猶未離者，如俄日數國外，自餘如英，其君主若有不法而加害人民，則被害者固有法庭可申訴矣。雖其君主不親受判，而固可加裁判於其皇室之代表。如在美法庶建政體之國，則彼最高行政長之大總統其受裁判於法庭者，實與平民不殊，以此爲國其法律之力既公且普，範圍全國，而不過

〔註35〕《神州日報》1908 年 4 月 19 日第一頁論說《監謗政策之爭議》。

無或有人軼出於法律範圍之表，以固之界。了了分明，毫無隱慝，乃有法治之。今吾雖曰預備立憲，所謂預備間，在凡百政事根源趨向依然，將迎於專制之點，此不可掩之事實也。夫既無憲法與行政訴訟法矣，其所以爲保於民之權利義務者安在？以故民之受虐而無抒其煩冤之地，吞聲飲泣，爲種業致消雄競之風，而現萎靡之象，麻木不仁，不復知有國家，此無他，人民但見國家之暴而未嘗更見其仁故也。以此民離，於國政府乃承孤危喪弱之外禍，而莫或枝敵。此其散始於幽結隱閉，而遂終於渙泮攜貳故。外人論者斥爲壓力太重，良有以也。率此不變，其亡不可五。稔早爲智者所預知。幸近十年有不畏強禦，不侮鰥寡，稍盡天職之報紙出現。相與鼓吹，始有一髮半黍之生機，復其陽與冥冥之際。日暮途遠，勢不相待，前途之變，未知所極，今乃欲舉一髮半黍之生理，重加戕賊使之返其故態。嗚呼，其亡其亡，繫於苞桑，今並此苞桑之區區者，亦摧殘之，曾無苕枝之繫矣。尚何言哉。尚何言哉。

更試求於此四十五條之報律，除以誘道誆民入彀，其散失七、三十八、三十九條外，其餘要，皆出於秦政腹誹偶語之禁，與周屬監謗之心，先聖後聖，若合一轍。中外報界，久有定論。無待詞費，而或者且以其抄襲原於日本，但使去其太甚，亦可容忍姑安。不知此叩槃捫燭不適事情之論也。傳曰，執中無權，猶執其一，爲其爲害也。故君子惡之。今此報律所以無適無可者，正坐執一以爲用。所謂引繩而絕之，其絕必有處也。而遂舉此爲罪，而加以懲罰，此其散正與執一相等，以其怙於一而棄其餘，偏於極端，以人民之鉗言論，而更無餘律以補救也。聞者疑吾言乎，則盍即觀於日本。蓋日本於新聞條例之外，所以質劑補救於言論自繇者，其律正多，所爲一縱一橫，以經緯於人道。固非如吾政府之掇拾其一，趨於偏激之心向也。是彼雖有未合，尚有救濟之途。吾則不特毫無救濟，且散其權以授罪惡業集之吏之手。此吾不惜蔓悲延歎，而爲正言其失，以冀政府幸而一悟，而幡然改之也。

嗚呼！今實行之期屆矣。政心逞意之時運來矣。吾人將以荼苦而甘如飴乎？抑互結團，合以謀救正乎？顧以吾所聞。此二途者，亦且無人出也。然則後日馴致之效果，必將大引外力，來入腹裏，

以與政府抗，使政府削剝其權至於窮盡，而歸於滅亡，嗚呼，哀哉。
〔註 36〕

這篇文章在批評之中蘊含建議，在悲憤之中猶存希冀，指出了目前頒佈的報律，在外部法制環境不能保證其良性運作情況下可能出現的問題。除此之外，文章還指出報律內容包含刑法內容，「拉雜牽率，侵入刑法之範圍」，量刑過重。刑法設立的目的「大概均爲害國亂治敗德妨民四者而設，又必嚴爲界畫，以免疑似之混」，而報紙則有「祈日進於良之效」而「非可用以紀秩於一事一物。」如果以刑法處罰報紙，則「試稽所至必舉，通國之言論悉壅抑之，如古者衛巫之監謗，則其用心純然，監謗而已矣，安有餘功之可云。」

　　文章還批評《大清報律》第十四條語義含混，官吏可以任意解釋，確定輕重。「今如本律第十四條所揭，其語意所存，可以冒天下之道作始也，將必鉅大，可假當路之喜怒意爲輕重，周內，文致之罪將木盛於後此之日。事勢至此，猶欲竊立憲之名謂，可以欺蒙瞽乎？」

2.1.3 《欽定報律》

　　1908 年 8 月 27 日（光緒三十四年八月初一日），《欽定憲法大綱》頒佈，對立法權有了規定。《欽定憲法大綱》在君上大權部分，其第三條、十一條和十二條中分別就正常狀態和緊急狀態法律的制定、修改和廢止作了規定。正常狀態下，法律必須要經議院議決和皇帝欽定才能施行。「欽定頒行法律及發交議案之權。（凡法律雖經議院議決，而未奉詔命批准頒佈者，不能見諸施行。）」〔註 37〕皇帝不能下令更改法律，廢止法律。「發命令及使發命令之權。惟已定之法律，非交議院協贊經欽定時，不以命令更改廢止。法律爲君上實行司法權之用，命令爲君上實行行政權之用，兩權分立，故不以命令改廢法律。」〔註 38〕特殊情況只包括議院閉會時和碰到緊急事情兩種情況，在此種情況下，皇帝才可以有條件的發佈具有法律效力的詔令，並且可以發詔令籌措必須的經費，這個條件就是皇帝的詔令必須在第二年交議院協議。「在議院

〔註 36〕 《神州日報》1908 年 4 月 29 日第一頁論說《監謗政策之爭議》。

〔註 37〕 《近代中國憲政歷程：史料薈萃》第 127～128 頁，政法大學出版社，2004 年 12 月。

〔註 38〕 《近代中國憲政歷程：史料薈萃》第 127～128 頁，政法大學出版社，2004 年 12 月。

閉會時，遇有緊急之事，得發代法律之詔令，並得以詔令籌措必需之財用。惟至次年會期，須交議院協議。」〔註39〕

《欽定報律》的制定和頒佈就是在這樣的大背景下進行的。

首先，民政部、法部、修訂法律大臣上奏皇帝，請求修正報律，以利推行。在題為《奏為酌擬修正報律草案加具按語繕單恭摺仰祈聖鑒事》的奏摺中民政部寫道：

> 宣統元年九月十七日，民政部具奏報律條文尚未完善，請酌加修正，以利推行一摺，同日奉旨依議，欽此，欽遵在案查，原奏摺陳前定報律關係較鉅，應行修正者，約有二端，一關於發行報紙之檢查，非出版前期所能猝辦，一關於違反報律之訴訟，非行政衙門所當裁判，應即分別酌量增改，此外，如發行及記載之限制、保押及處分之重輕，又復體察現在情形，參考各國法例，詳加釐定，斟酌損益，取便施行，至原律文辭掛漏應刪潤補益之處，亦經逐條更訂，律文為四十一條，而以施行期間訴訟管轄、及本律與他律之關係，別為附條四條，並加具按語，聲明理由。臣等往復商訂意見相符，謹繕具清單，恭呈御覽，仍請飭交憲政編查館照章考覈，再行請旨，欽定頒行。用昭法守所有遵，擬修正報律草案，繕單具奏緣由，謹恭摺會陳，伏乞皇上聖鑒訓示。再此摺係民政部主稿，會同法部、修訂法律大臣辦理合併陳明，謹奏。〔註40〕

其次，民政部的修改草案經憲政編查館覆核後，經皇帝同意，交資政院議決。資政院是立憲過程中出現的類似議會性質的部門，立憲派居多。資政院參與報律審議，就與《大清報律》審議時的官員審議有了很大的區別。

1910年10月2日樞密府，把憲政編查館覆核後的報律草案交給參政院審議。《申報》10月3日專電予以報導：「樞府昨交資政院議案多件，農部所訂保險規則、運輸規則，憲政館覆核報律，學部所訂地方學務章程，民部所訂著作權律均已列入。」〔註41〕報律作為議案進入資政院議事日程，進行審議。《資政院奏議決修正報律繕單呈覽請旨裁奪摺》介紹了其過程。

〔註39〕 《近代中國憲政歷程：史料薈萃》第 127～128 頁，政法大學出版社，2004年12月。

〔註40〕 《民政部奏摺彙存》第一冊第 89～90 頁，全國圖書館文獻縮微複製中心出版，2004年6月。

〔註41〕 1910年10月3日《申報》專電。

> 竊查資政院章程第十五條內載，前條所列第一至第四各款議
> 案，應由軍機大臣或各部行政大臣先期擬定，具奏請旨，於開會時
> 交議等語。憲政編查館覆核民政部酌擬修正報律一案，於本年八月
> 二十三日具奏，請交臣院議決，奏請欽定頒行。旋由軍機處尊旨交
> 出憲政編查館原奏及清單各一件，臣院照章將前項修正報律一案，
> 列入議事日程。初讀之際，憲政編查館暨民政部皆經派員說明該案
> 主旨，當付法典股員會審查。該股員會一再討論，提出修正案。於
> 再讀之時，將原案與修正之案由到會議員逐條會議，並經館部派員，
> 就該案主旨，履行發議，反覆辯論。嗣於三讀之時，即以再讀之議
> 決案爲議案，多數議員意見相同，當場議決。〔註42〕

從資政院這一奏摺中，可以知道資政院在審議過程中，主要分爲兩個階段共
三次審議，第一階段只有一次審議，審議人爲法典股員會，審議的對象是民
政局遞交、憲政編查館認可的修正草案，第一次審議之後法典股員會提出修
正意見，形成審議草案一稿；第二階段有二次審議，均是由資政院議員審議，
不過其審議的對象是法典股員會修改後的審議草案一稿，並就法規主旨，多
次提出問題，進行辯論，形成審議草案二稿。在第三次審議時，議員們審議
了審議草案二稿，對此多數議員意見相同，當場審議通過。

第三、欽定頒行。

1911 年 1 月 29 日（宣統二年十二月二十九日）皇帝下達諭旨，清政府頒
佈《欽定報律》。

> 資政院奏，議決修正報律呈覽，請旨裁奪一摺。又據軍機大臣
> 會同民政部奏，復議報律第十二條施行窒礙，照章分別具奏一摺。
> 報律第十二條之其它政治上秘密事件，著改爲其它政務字樣，餘依
> 議。〔註43〕

《欽定報律》和《大清報律》相比，《欽定報律》降低了創辦報紙的保押費，
降低了辦報的門檻，減少了辦報人的經濟負擔，對出版自由而言是一個小小
的進步。

《欽定報律》和《大清報律》相比，《欽定報律》賦予人們更大的言論自
由。

〔註42〕　《資政院奏議決修正報律繕單呈覽請旨裁奪摺》見劉哲民：《近現代出版新聞
　　　　　法規彙編》第 37 頁，學林出版社，1992 年 12 月。
〔註43〕　戈公振：《中國報學史》第 272 頁，中國新聞出版社，1985 年 11 月。

　　首先，禁止內容較《大清報律》減少。這種減少主要體現於在法律上第一次賦予民報和官報相同的平等地位。比如《大清報律》第十三條「凡諭旨章奏，未經閣鈔、官報公佈者，報紙不得揭載」被取消了。

　　其次，《欽定報律》第一次以法規法令爲禁止理由，《欽定報律》第十三條規定「訴訟或者會議時間，按照法令禁止旁聽者，報紙不得登載」。根據法規法令，而不是官員們的主觀臆斷進行新聞傳播活動，這是中國新聞立法中的一大進步。

　　第三，《欽定報律》還增加了對於媒體處於公益而侵犯他人名譽權的規範和保護。

　　第四，刑事處罰範圍和各項處罰程度有所縮小和降低。

　　縮小了刑事處罰的範圍，《大清報律》中處罰以監禁的罪名有六項，《欽定報律》只保留了兩項，除了登載冒瀆乘輿之語和淆亂整體之語兩種情況，需要承擔刑事責任外，其它各項如有違反者則只接受罰款處罰。

　　降低了處罰的程度。處罰程度的降低有三種類型，一種是對違反者的刑事處罰程度降低，比如登載冒瀆乘輿之語和淆亂整體之語兩種情況，接受刑事處罰的程度由原先的違反者將處六個月以上，二年以下監禁，改爲二個月以上，二年以下。一種是對違反者的民事處罰的程度降低。比如未照報律呈報者，《大清報律》處罰發行人十元以上，一百元以下罰金；《欽定報律》則減至一半。還有一種是從刑律處罰改爲民事處罰，比如，妨害治安罪，《大清報律》規定違反者處以監禁和罰款，情節較重者，按刑律治罪。在《欽定報律》上修改爲罰款。

　　此外，《欽定報律》對可以合併的條規進行了合併，避免了條款重疊和交叉。比如《大清報律》的第十條「訴訟事件，經審判衙門禁止旁聽者，報紙不得揭載」和第十一條「預審事件，未經公審以前，報紙不得揭載」，在《欽定報律》被合併成了第十三條「訴訟或者會議時間，按照法令禁止旁聽者，報紙不得登載」。預審事件不再單獨拿出來予以強調。

　　不過，《欽定報律》出現了禁載內容不明確問題，報律第十二條規定「外交、陸海軍事件及其它政務，經該管官署禁止登載者，報紙不得登載。」[註44] 這裏「其它」二字概念不清，沒有明確界定含義，給了給清政府任意限制

[註44] 劉哲民：《近現代出版新聞法規彙編》第 40 頁，學林出版社，1992 年 12 月。

新聞報導以權柄，官員們只要是不願意報界報導的政務信息都可以這條予以限制和處罰。

關於這條內容，立法當時就有不同意見。宣統二年十二月二十九日資政院和軍機大臣分別就各自不同意見上奏，請旨裁奪。

矛盾的焦點在於報律第十二條上。

資政院審議通過的第十二條爲「不得揭載登載外交、陸海軍及政治上秘密事件〔註45〕」，但是軍機大臣認爲「關係國家政務者甚大，」「與現行法律牴觸，並有施行窒礙，未便遽以爲然。」〔註46〕當即遵照資政院院章第十七條酌加修正，將「第十二條規定爲：外交、陸海軍事件及其它政務，經該管官署禁止登載者，報紙不得登載。」〔註47〕

資政院就軍機大臣修改後的第十二條進行審議，軍機大臣的修改沒有得到議員們的同意，議員們依舊堅持不能登載的對象爲政治上的秘密事件，不過接受了「其它」這兩個字。資政院再次審議通過的第十二條爲：「外交、陸海軍事件及其它政治上秘密事件，經該管官署禁止登載者，報紙不得登載。」〔註48〕

資政院和軍機大臣各執一詞，根據資政院章第十八條，資政院與軍機大臣或各部行政大臣咨送覆議事件，若仍執前議，應由資政院總裁、副總裁及軍機大臣、各部行政大臣分別具奏，各陳所見，恭候聖裁。

資政院和軍機大臣分別上奏皇帝，請求裁奪。

在奏摺中，資政院沒有闡述議員們之所以堅持的理由。只是簡單的列出矛盾所在，恭候聖裁。「是此項報律第十二條，既經軍機大臣聲敘原委事由，咨送覆議，臣院第二次議決所見仍復有殊，自應彙入前次議決各條繕具清單，遵章分別具奏，恭候聖裁。」〔註49〕

〔註45〕　《資政院奏議決修正報律繕單呈覽請旨裁奪摺》見劉哲民：《近現代出版新聞法規彙編》第 37 頁，學林出版社，1992 年 12 月。

〔註46〕　《軍機大臣會奏資政院復議報律第十二條施行窒礙照章分別居奏摺》見劉哲民：《近現代出版新聞法規彙編》第 44 頁，學林出版社，1992 年 12 月。

〔註47〕　《軍機大臣會奏資政院復議報律第十二條施行窒礙照章分別居奏摺》見劉哲民：《近現代出版新聞法規彙編》第 44 頁，學林出版社，1992 年 12 月。

〔註48〕　《資政院奏議決修正報律繕單呈覽請旨裁奪摺》見劉哲民：《近現代出版新聞法規彙編》第 37 頁，學林出版社，1992 年 12 月。

〔註49〕　《資政院奏議決修正報律繕單呈覽請旨裁奪摺》見劉哲民：《近現代出版新聞法規彙編》第 37 頁，學林出版社，1992 年 12 月。

軍機大臣的奏摺卻不是簡單了事，它雖然沒有從正面闡明自己的觀點如何正確，但是卻針對資政院的修改意見，證明資政院的觀點有悖刑律和邏輯。

> 臣等查漏泄機密，懲罰宜嚴。現行刑律載，如漏泄機密重事於人絞。新刑律分則第五章，於漏泄機務罪，各有專條。如第一百二十九條，凡漏泄中國內治外交應秘密之政務者，處三等至五等有期徒刑各等語。謂之機密重事，即不限於外交軍事，謂之內政，即包括其它政務。此項漏泄機務之罪，按以新刑律法例第二條之規定，雖外國人有犯，均應同一科罰，亦不問其曾經由該管官署禁止。誠以政務之秘密，為國家安危所繫，故中外刑律，均嚴定科條，所以預防機務之漏泄，與外交軍事同一重視，並無軒輊於其間也。至修正報律第十二條所稱外交陸海軍事件及其它政務，悉指通常關係外交陸海軍事件及其它通通政務而言，官署認為必要，始而從而禁止其登載，若事涉機密，當然不得登載，本毋庸再由官署禁止。竊以報律雖為單行法律，究不能過侵刑律之範圍。若輒以言論之自由，破壞刑律之限制，揆諸立法體例，未免多所歧紛。今資政院復議報律修正案第十二條，於外交軍事之秘密認為報紙當然不得登載，而於政務上之秘密，仍執前議，似認為當然有登載之自由；違犯禁止登載之命令者，又僅處以罰金。是於保持政務機密之意，實有未合，即與刑律限制之條，互相牴觸。若於該院復議施行，恐於國家政務之前途，殊多危險。〔註50〕

這裏軍機大臣稱，刑律對泄露機密罪有專門的章節，報律卻規定不得登載「其它政治上秘密事件」，而不是所有秘密，這與刑律有悖；二、刑律已經規定為機密的事情，自然不用官署禁止，故資政院所審議之第十二條中既是「其它政治上秘密事件」，又需經該管官署禁止登載者，有悖邏輯。

1912 年辛亥革命推翻了清王朝，民國臨時政府宣告成立，民國南京政府立刻通過立法手段，將新聞自由載入國家的根本大法之中。1912 年 3 月 11 日頒行的《中華民國臨時約法》第二章第六條第四項規定：「人民有言論、著作、刊行及結社之自由〔註51〕」，與此同時，因為中華民國政府成立之後

〔註50〕 《軍機大臣會奏資政院復議報律第十二條施行窒礙照章分別居奏摺》見劉哲民：《近現代出版新聞法規彙編》第 44 頁，學林出版社，1992 年 12 月。

〔註51〕 《近代中國憲政歷程：史料薈萃》第 156～157 頁，政法大學出版社，2004 年 12 月。

規定「前清政府頒佈一切法令，非經民國政府聲明繼續有效者，應失其效力。查滿清行用之報律，軍興以來，未經民國政府明白宣示，自無繼續之效力。」〔註52〕至此，清王朝頒行的《欽定報律》壽終正寢。這不是正式狀態下合乎程序的法律廢止，而是通過政權的更迭，通過新政府不予承認的方式而被否定的。

2.2 民國南京臨時政府時期的新聞立法及廢止

民國南京臨時政府時期僅進行了一次新聞立法，所立之法存在時間僅為一周時間。它就是《民國暫行報律》。

2.2.1 《民國暫行報律》

1912 年辛亥革命獲得成功，3 月民國臨時政府內務部頒佈了《民國暫行報律》三條，希望報界遵守。

1912 年 3 月 4 日《大共和日報》刊登了《內務部頒佈暫行報律》的電文，標誌著南京臨時政府暫行報律的正式公佈。電文中解釋了制定暫行報律的原因，並刊登了報律內容。電文是這樣寫道：

　　上海中國報界俱進會轉全國新聞雜誌各社知照：民國完全統一，前清政府頒佈一切法令，非經民國政府聲明繼續有效者，應失其效力。查滿清行用之報律，軍興以來，未經民國政府明白宣示，自無繼續之效力；而民國報律，又未遽行編定頒佈。茲特定暫行報律三章，即希報界各社一律遵守。其文如下：

　　　（一）新聞雜誌已出版及今後出版者，其發行及編輯人姓名須向本部呈明註冊，或就近地方高級官廳呈明，咨部註冊。茲定自令到之日起，截至陽曆四月一號止，在此期限內，其已出版之新聞雜誌，各社須將本社發行及編輯人姓名呈明註冊，其以後出版者須於發行前呈明註冊，否則不准其發行；

　　　（二）流言煽惑，關於共和國體有破壞弊害者，除停止其出版外『其發行人、編輯人並坐以應得之罪。

〔註52〕復旦大學新聞系新聞史教研室編：《中國新聞史文集》第 88 頁，上海人民出版社，1987 年 11 月。

（三）調查失實，污毀個人名譽者，被污毀人得要求其更正。

要求更正而不履行時，經被污毀人提起訴訟，得著重科罰。〔註53〕

《民國暫行報律》出臺伊始，就受到報界一致反對。上海報界致電孫文總統表示萬難承認。1912 年 3 月 6 日《申報》刊登了上海報界給孫文大總統的電報，電文內容爲：

> 南京孫大總統鑒，接內務部電詳定暫行報律三章，今統一政府未定，民選國會未開，內務部擅定報律，侵奪立法之權，且云煽惑關於共和國體有破壞弊害者坐以應得之罪，政府喪權失利，報紙監督並非破壞共和，今殺人行劫之律尚未定，而先定報律，是欲襲滿清專制之故智，鉗制輿論，報界全體萬難承認，除通電各埠外，請轉飭執照報界俱進會，申報，新聞報、時報、神州報、時事新報、民立報、天鐸報、啓民愛國報、民報、大共和報、民聲報公叩。
>
> （附內務部來電）〔註54〕

1912 年 3 月 6 日《民立報》刊登了章士釗撰寫的文章《論報律》，反對限制新聞自由。這篇署名行嚴的文章提出「對於內務部之報律，其所主張，乃根本的取消！無暇與之爲枝枝節節之討論！以後並灌輸眞正之自由理想於國民之腦中，使報律兩字永不發於國會議員之口。」〔註55〕全文如下：

論報律
（一九一二年三月六日）

> 本報對於報律之主張！！！
>
> 民國當求眞正之言論自由！！！
>
> 中國報界俱進會昨接南京內務部來電，頒佈暫行報律三章。（一）發行及編輯人，須向內務部註冊，或就近向地方高級官廳呈明，咨部註冊。（二）著論有犯共和國體者，停版外，發行及編輯人坐罪。
>
> （三）污毀個人名譽當更正，否則科罰。此電既達，同業者群起而抗之。其理由或在內務部之侵權，或在報律內容之失當。此誠然矣。惟記者之所主張，則殊異趣；內務部即握有定報律之權矣，報律之

〔註53〕 復旦大學新聞系新聞史教研室編：《中國新聞史文集》第 88 頁，上海人民出版社，1987 年 11 月。

〔註54〕 《申報》1912 年 3 月 6 日。

〔註55〕 章士釗：《章士釗全集》2 第 70 頁，文匯出版社，2000 年 2 月第一版。

內容即甚當矣，此外尚有一問題，關於國民之自由甚鉅，不可不論，是何也？即民國是否當容報律發生是也。

記者之爲此問，必惹起世人之疑怪，以爲報律者吾鄰日本所有也，吾奈何沒之？而不知世界有第一等法制國而無此物，彼乃不之見。並不知世界有絕大之共和國號稱地球上之樂園，吾方捧心傚之而極不肖者，亦無此物，彼乃未之見。誠未見也，吾無責焉；苟夢見之矣，其速謀排除此物，勿使污吾將來神聖之憲法。

記者所舉之兩國乃指英美，英者言論自由之祖國也。法蘭西號稱共和，其國民之言論權遠遜於英倫。而美者則承英國法系者也，故亦解自由之眞意，今請略論之。

詮英倫出版自由最眞切者，宜莫若曼斯福。曼氏者，英倫之名法官也。其言曰：「出版自由非他，乃出版無預求特許之必要是也。必出版後有違法事件發生，始依法律處理。」葉倫波者亦名法官也，彼又言曰：「英吉利法律者，自由之法律也。自由者，則特許之賓也。特許兩字在英法實無用處。如人欲出版則出版而已，無他手續也。至出版後如或違法，須受法庭審判，則亦與他種違法事件等耳，非於出版獨異也。」兩家之言，可謂博深且明矣。（按原文可在戴雪所著《英吉利憲法》244 頁見之。）持此以衡內務部所頒之報律，則該律尚有存在之理由否？

謗律者，非報律也。其得稱爲報律者，則惟特許、檢稿、索保押費之類耳，前清廷之報律，舉三者而有之。民國之內務部，則已突飛進步，僅標特許一項，故亦惟與之論此一項。

英吉利之憲法乃建築於個人權利之上，此雖似英法之特點，實則憲法之爲物，亟當如是。何以言之？如有人欲作一書與其友人，此固有之自由也。此人又欲刊行其書以公眾覽，此亦固有之自由也。又設此人欲日日作書與其友人，欲日日刊行其書以公眾覽，並多其數以至百千萬億張，其亦爲固有之自山，又奚待問？前者謂之通信自山後者謂之出版自由。此兩自由者，非異物也。謂出版自由必待特許、通信自由又胡獨否？推而至於甲欲向乙發言，此其自山也；乙欲向丙及丁發言，此其自由也，，此不待特許也。甲欲向乙在某

地發言，乙欲向丙及丁在某地發言，甲乙欲向丙丁同在某地發言，此果待特許乎？前者謂之言論自由，後者謂之集會自由，知此理者，甲乙欲向丙丁戊己以至千萬人日日同在某地發言，日日同在某地刊行其言，以至千百萬張，必爲自由自然之序，是何也？即出報自由也。（英人所持之原則如此欲得其詳可讀戴雪《英吉利憲法》第六第七兩章。）

美利堅者，英吉利之高足弟子也。其法律之原則略與英同，不待詳論。今惟引柏哲士一言曰：「美利堅之憲法未嘗與中央政府以操縱言論、出版各自由之權，以此之故，美利堅此種自由極其完全。中央政府對於言論界，絕不得以何種形式施其干涉。」（見柏氏《政治學及比較憲法》一百九十頁。）柏氏之言，其詔予矣。

以是理由，本報對於內務部之報律，其所主張，乃根本的取消！無暇與之爲枝枝節節之討論！以後並灌輸眞正之自由理想於國民之腦中，使報律兩字永不發於國會議員之口。〔註56〕

1912 年 3 月 7 日《大共和日報》、《上海申報》、《新聞報》、《民立報》及其它各報刊登了章炳麟的《卻還內務部所定報律議》，對內務部是否具有立法資格，《民國暫行報律》的立法程序是否合法，《民國暫行條例》內容是否符合法規規範等發表了看法。當時各報同時刊載一文，在那時候尚屬創例。《卻還內務部所定報律議》全文如下：

南京政府已辭職之內務部，於陽曆三月四日發行通告，自言「前清政府頒佈一切法令，非經民國政府聲明繼續有效者，應失其效力。查滿清行用之報律，軍興以來，未經民國政府明白宣示，自無繼續之效力；而民國報律，又未行編定頒佈。茲特定暫行報律三章，即希報界各社一體遵守」云云。案民主國本無報律。觀美法諸國，對於雜誌新聞，只以條件從事，無所謂報律者。亡清諸吏，自知秕政宏多，遭人指謫，汲汲施行報律，以爲壅過輿論之階。今民國政府初成，殺人行劫諸事，皆未繼續前清法令，聲明有效，而獨皇皇指定報律，豈欲蹈惡政府之覆轍乎？且立法之權，職在國會，今縱國會未成，未有編定法律者，而暫行格令亦當由參議院定之。內務部

〔註56〕 章士釗：《論報律》，見章士釗全集 2 第 68～70 頁，文匯出版社，2000 年 2 月第一版。

所司何事，當所自知。輒敢擅定報律，以侵立法大權。已則違法，何以使人遵守！夫名曰「暫行」，則不得稱律可知。三數吏人，口含天憲，越分侵權，已自陷於重辟。身居其職，曾不知官刑之可凜乎？讀其第二章律，蓋實未知法律者。自唐律以下，有斬、絞、流、徒、杖、笞六科，今或改爲死刑、徒刑、懲役、禁錮、拘留諸等，此名例之大略也。今於刑名尚未制定，貿然言坐以應得之罪。所云「應得之罪」者，杖乎？笞乎？禁錮乎？拘留乎？夫云「坐以應得之罪」者，此據律文已定，而後以條教告示申明之；未有無律文而直言「應得之罪」者也。內務部苟知律文體裁，而不質舉刑名，是縱猾吏舞文牘法。若不知律文體裁，而以條教告示之言用爲法律，無怪他人曉爲外行矣。詳案三章之律，其第一章言「自令到之日起，截至陽曆四月初一止，其已出版之新聞雜誌各社，須將本社發行及編輯人姓名呈明註冊，否則不准其發行。」詳前清報律，未呈明者尚只罰金，今云「不准發行」，是較前清專制之法更重。且內務部所管轄者，獨言論一端而已耶？集會、信教、皆內務部所應與聞，今於哥老、三點諸會，白蓮、八卦諸教，妨眾惑民，而未嘗迫其呈明，未嘗有所取締，獨斤斤於報館言論界中，自非鉗制輿論，何以下此偏枯之令也？其二章言「關於共和國體有破環弊害者，除停止其出版外，其發行人、編輯人並坐以應得之罪。」案共和國體今已確定，報界並無主張君主立憲與偏護宗社黨者。本無其事，而忽定此法律禁制，已爲不根；所謂破壞弊害者，其詞亦漫無界限。「弊害」二字蓋剽襲日本人語，施之中土，文義絕不可通（法律只許用本國文義，不得用他國文義。）今詳問內務部：是否昌言時弊，指斥政府，評論約法，即爲弊害共和國體？不然，破環共和國體者惟是主張君主，弊害共和國體者當復云何？若果如前所說，內務部詳定此條，直以約法爲已成之憲，以政府爲無上之尊。豈自處衛巫之地，爲諸公監謗乎？其第三章言「調查失實，污毀個人名譽者，被污毀人得要求其更正；要求更正而不履行時，經被污毀人提起訴訟，得酌量科罰」。案個人名譽亦全無界限之詞。有法律之罪者，有道德之罪者，刑律既定，而有誣人以法律之罪，乃爲污毀個人名譽；若污毀人以道德之罪，即非此例。例如欺詐取財，監守自盜，此法律之罪也；貪財

鄙吝，此道德之罪也。以賄求官，此法律之罪也；爭權干祿，此道德之罪也。誣人以法律之罪，略同誣告，故法律得而懲之；誣人以道德之罪，只尋常評議之罪，尚不得與罵人同例。二者有罪無罪，名實自殊。今刑律尚未制定，突云不得毀人名譽。「名譽」云者，以何者爲標準耶？苟無標準，若有人顏色白皙者，而稱爲面貌醜黑，亦得爲毀人名譽矣。種種不合，應將通告卻還，所定報率決不承認。當知報界中人非不願遵守繩墨，惟內務部既無做法造律之權，而所定者，又有偏黨模糊之失，若貿然遵守斯令，是對於官吏則許其侵權，而對於自身則任人陵踐，雖欲委屈遷就，勢有不能。除電告孫總統外，特公佈駁議，以明內務部無知妄作之罪。〔註57〕

章太炎在文中指出內務部沒有立法權，「內務部既無做法造律之權〔註58〕」，內務部制定報律屬於越權立法。「立法之權，職在國會，今縱國會未成，未有編定法律者，而暫行格令亦當由參議院定之。內務部所司何事，當所自知。輒敢擅定報律，以侵立法大權。已則違法，何以使人遵守！」〔註59〕

　　章太炎同時指出內務部所立之法有「偏黨模糊之失〔註60〕」，如果貿然遵守，則會「對於官吏則許其侵權，而對於自身則任人陵踐。」〔註61〕所以雖然報界中人願意遵守繩墨，但此等情況之下，雖欲委屈遷就，但也「勢有不能〔註62〕」。

　　南京臨時政府接到電文後，很快回電，宣佈《民國暫行報律》不具備法律效力。1912年3月8日《申報》刊登了《南京孫大總統覆上海各報電》，電文內容爲：

〔註57〕 張靜廬輯注：《中國近代出版史料》補編，第 182 頁，群聯出版社，1953 年 10 月出版，1954 年 5 月再版。

〔註58〕 張靜廬輯注：《中國近代出版史料》補編，第 182 頁，群聯出版社，1953 年 10 月出版，1954 年 5 月再版。

〔註59〕 張靜廬輯注：《中國近代出版史料》補編，第 182 頁，群聯出版社，1953 年 10 月出版，1954 年 5 月再版。

〔註60〕 張靜廬輯注：《中國近代出版史料》補編，第 182 頁，群聯出版社，1953 年 10 月出版，1954 年 5 月再版。

〔註61〕 張靜廬輯注：《中國近代出版史料》補編，第 182 頁，群聯出版社，1953 年 10 月出版，1954 年 5 月再版。

〔註62〕 張靜廬輯注：《中國近代出版史料》補編，第 182 頁，群聯出版社，1953 年 10 月出版，1954 年 5 月再版。

報界俱進會及各報館鑒：民國一切法律，需經參議院議決發佈，

乃生效力。此次内務部所布暫行報律三章，未經參議院決議，應作

無效。除令該部知照外，特此覆聞。總統孫文。〔註63〕

1912 年 3 月 9 日《大共和日報》也刊登了《臨時大總統令內務部取銷暫行報
律文》，再次宣佈內務部制定的《民國暫行報律》無法律效力。報導說：

昨據上海報界俱進會及各報館電稱：接內務部電，詳定暫行報

律三章。報界全體萬難承認，請飭部知照等語。案言論自由，各國

憲法所重。善從惡改，古人以爲常師。自非專制淫威，從無過事摧

抑者。該部所頒暫行報律，雖出補偏救弊之苦心，實昧先後緩急之

要序。使議者疑滿清鉗制輿論之惡政，復現於今，甚無謂也。又民

國一切法律，皆當由參議院議決宣佈，乃爲有效。該部所布暫行報

律，即未經參議院議決，自無法律之效力，不得以暫行二字，謂可

從權辦理。尋繹三章條文，或爲出版法所必載，或爲憲法所應稽，

無所特立報律，反形裂缺。民國此後應否設置報律，即如何訂立之

處，當俟國民會議決議，勿遽亟亟可也。除電覆上海各報外，合行

令仰該部知照。此令。〔註64〕

1912 年 3 月 11 日民國南京政府頒佈了《中華民國臨時約法》，在第二章人民
第六條第四項和第二章第十五條中，明確規定「人民有言論、著作、刊行及
集會、結社之自由。」〔註65〕「本章所載人民之權利，有認爲增進公益，維
持治安，或作常緊急必要時，得依法律限制之。」〔註66〕中華民國臨時約法
的頒佈，在民國時期影響深遠。其意義在於以後凡統治者意圖侵害人民的言
論自由和出版自由時，只能制定法律進行限制，以憲法的形式保證了人民在
法律許可的範圍內享有言論自由和出版自由。

〔註63〕　張靜盧輯注：《中國近代出版史料》補編，第 185 頁，群聯出版社，1953 年
　　　　10 月出版，1954 年 5 月再版。

〔註64〕　復旦大學新聞系新聞史教研室編：《中國新聞史文集》第 89 頁，上海人民出
　　　　版社，1987 年 11 月。

〔註65〕　《近代中國憲政歷程：史料薈萃》第 156～157 頁，政法大學出版社，2004
　　　　年 12 月。

〔註66〕　《近代中國憲政歷程：史料薈萃》第 156～157 頁，政法大學出版社，2004
　　　　年 12 月。

2.3 民國北洋政府時期出版新聞立法及廢止

1912 年袁世凱就任臨時大總統，1913 年 10 月當選正式大總統。在他的任期內，袁世凱頒佈了一部憲法、兩部新聞法和一部出版法。

2.3.1《報紙條例》

袁世凱政府對輿論控制十分迫切。其在公佈憲法文件《中華民國約法》之前，先頒佈了當時的新聞法《報紙條例》。1914 年 4 月 2 日《報紙條例》就得到公佈實施，而 1914 年 5 月 1 日袁世凱政府才公佈《中華民國約法》。

《中華民國約法》在第二章第五條第四款中規定「人民於法律範圍內，有言論、著作、刊行及集會、結社之自由。」〔註 67〕較之《中華民國臨時約法》，憲法內容發生了變化。《中華民國臨時約法》明確保障的人民言論自由和出版自由，在《中華民國約法》中變得模糊起來。這樣說的理由在於，雖然《中華民國臨時約法》和《中華民國約法》都表達了人民在法律範圍內享有言論自由和出版自由這一含義，但是在《中華民國臨時約法》中，憲法首先保障人民的言論自由和出版自由，對其限制是有條件的，只有在特殊狀況下，比如「認為增進公益，維持治安，或作常緊急必要」才可以依法限制。這裏我們可以看出「人民言論自由和出版自由」得到了憲法更多的保護，具有優先地位。而在《中華民國約法》中，雖然人民在法律範圍內有言論自由和出版自由，但是卻沒有指出「言論自由和出版自由」在法律範圍內是否具有優先地位。一旦受憲法保護的「言論自由和出版自由」與受憲法保障的其它利益之間出現衝突，哪項權宜更應得到優先保護，沒有在憲法中明確得到規定，這對於保護言論自由和出版自由很不利。

1、《報紙條例》的制定

根據《申報》報導，得知 1914 年 3 月底《報紙條例》處於內務部商議制定階段。1914 年 3 月 31 日《申報》北京電報導：「報紙條例已交內務部議，甲主嚴重，乙謂太嚴，則驅入外籍，因此遲滯，聞原稿所定徒刑頗多。」〔註 68〕

同樣根據《申報》報導，《報紙條例》由內務部商議通過之後，直接提交國務院，而國務院總理孫寶琦只下令，將《報紙條例》分送各部總長和法制

〔註 67〕 《近代中國憲政歷程：史料薈萃》第 471～472 頁，政法大學出版社，2004年 12 月。

〔註 68〕 《申報》1914 年 3 月 31 日。

局，請各部總長簽注，請法制局審定，之後呈請總統公佈。這一內容刊載在 1914 年 4 月 1 日《申報》第六版緊要新聞欄，題爲《又將有報紙條例出現》，原文全文爲：

> 　　內務部近將前清報律改爲報紙條例，計共三十六條，其內容與日本報律無相出入，已提交國務院請轉呈公佈。茲奉孫總理諭，將該條例分送各部總長簽注，並交法制局審定後，再行呈請總統公佈，說者謂實行之期不遠矣。〔註69〕

在法制局審定期間，法制局內部意見不一，有兩種主張，一種認爲報紙條例應該採取從重制裁的原則，主張「取締報紙非用嚴重主義難顯眞正輿論，凡有造謠生事，與故意毀人名譽者，應照刑事辦理。」〔註70〕另一種認爲報紙條例應該尊重輿論，對報紙採取寬大態度。主張「報紙天職有聞必錄，若取締過嚴，殊非尊重輿論之道，故應取寬大主義。試觀近來外人之華文報紙多言我所不能言，營業之盛蒸蒸日上，若對我報紙再用嚴格，是故爲外人之華文報紙所用也。」〔註71〕

　　1914 年 4 月 2 日，《報紙條例》由國務總理孫寶琦、內務總長朱啓鈐之副署簽署頒行。

　　1914 年 4 月 4 日《申報》一天刊登了三條新聞報導了《報紙條例》的內容，它們分別是本報專電、緊要新聞以及特約路透社電。

　　《申報》專電如下：

> 　　報紙條例昨日公佈，分別日刊旬刊月刊年刊納保證金資三百五十至百元不等，京師都會商埠加倍，每發行日送報警署存查，凡淆亂政體者，禁止並沒收處發行編輯印刷人以四五等有期徒刑，妨害治安、敗壞風俗、登載該管官署禁止之外事軍事秘密及其它政務，禁止旁聽之國會及官署會議，及預備或禁止旁聽之訴訟，煽動曲庇、讚賞救護犯罪人刑事被告人或陷害之者，停止發行，科罰金五十元至五元，攻訐個人隱私損害名譽者，爲親告罪科罰二百元至二十元，抄襲不許轉載之論著，爲親告罪科五十元至五元罰金及停止，處分由警署或縣知事執行。〔註72〕

〔註69〕　《申報》1914 年 4 月 1 日《又將有報紙條例出現》。
〔註70〕　《申報》1914 年 4 月 3 日緊要新聞《新報律未即公佈之原因》。
〔註71〕　《申報》1914 年 4 月 3 日緊要新聞《新報律未即公佈之原因》。
〔註72〕　《申報》1914 年 4 月 4 日。

特約路透電如下：

> 北京電報律已於今日宣佈檢閱一節雖已刪去，而此律之能實力鉗制各報口舌，則可預必計分日報星期報旬報月報年報五種發行者，須將該報之性質、報名、年數、創設地、歷來之成績及發行者、印刷者、編輯者之姓名、住址詳細開報。編輯者年齡必在三十以上，及向無神經病者，凡海陸軍行政司法人員及學生均不得任之警廳批准出版後，發行者必存擔保金，日報三百五十元，年報一百元，惟在北京各省城通商口岸出版者均須加倍，凡關學術美術統計公文商情之報均免繳款，所出之報必欲當日送警廳一份，各報不得登載秘密審訊之案件或禁載之外交海陸軍政務及妄詆政府訾議制度，違者論罰，外國報紙凡載有違禁之消息者，禁止出售。北京日報會社將與日內開會反對報律，多數報館因乏經費不能具擔保金，政府如不取消該律，則恐各報館將同盟停止出版。〔註73〕

《申報》題為《新報律內容之概略》的緊要新聞如下：

> 報紙條例不日頒行，已載昨報，茲將條例要點略舉如下：
>
> 辦報人應將左列各款於二十日前呈該管官署存案（甲）名稱（乙）體例（丙）發行編輯印刷人姓名（丁）發行印刷地點。
>
> 編輯印刷人負責須二十五歲以上、無精神病、未經處監禁以上刑者。
>
> 發行人呈報時附繳保押費每月發行四回者三百元，三回者二百五十元。
>
> 每日發行之報應於前一日夜半送該管官署查核。
>
> 記載失實更正之件應於次日登出。
>
> 訴訟及預審時間禁止旁聽，未經公判者不得登載。
>
> 外交海陸軍事禁止登載者不得揭出。
>
> 左列者不得揭載：詆毀政府、淆亂國體、擾害公安、敗壞風俗。
>
> 未經核准，出報者十元至百元罰金。
>
> 違二三各條三元至三十元罰金，並科徒刑。

〔註73〕《申報》1914 年 4 月 4 日。

登載外交軍事二十元至二百元罰金。

本條例施行以前各種規列作廢。〔註74〕

《報紙條例》所引發的反對之聲比任何一次都強烈，反對者也不僅局限於國內媒體，國外媒體也紛紛載文抨擊。

在《報紙條例》頒佈之前，國內媒體已然議論紛紛，對於高額保證金，對於動輒處以十五年有期徒刑，對於事前檢查均表示極大的不滿，認爲「恐新報律發行之日，即爲各報館停版之期，以後遍國中無一輿論機關。」〔註75〕英文京報對《報紙條例》的頒佈作了如下評論：「據本報昨日所登報律大要以觀，則此新報律之宗旨無非禁止登載政府所不樂聞之消息也，以欲達此目的之故，凡各文明國所已經廢除之苛律，内務部一一利用之。」「若報律一旦實行，則不獨爲史上報律比較之最惡者，且將中國公民言論出版自由之權剝奪殆盡也。」〔註76〕

《報紙條例》頒佈之後，國內媒體開報界會議商討對策，意見不一，有主張逃的，「掛洋旗，雇傭一日本人充主筆，或將報館全盤賣與外國人。」〔註77〕有主張躲的，「到天津租界印刷發行，或遷往上海、香港發表自由之言論。」〔註78〕有主張請願的，「請願大總統或分頭向法制局、内務部設法請求。」〔註79〕還有主張罷工的，「同盟罷工，一律停辦，所有主筆全數到外人報館盡義務。」〔註80〕其中，主張逃的和主張罷工的最多。

北京報界同志會討論多次，經過多數議決，決定給總統寫陳情書，「懇求斟酌改修其條例〔註81〕」，據《申報》報導，陳請書的內容爲「報律條件繁苛、範圍廣漠頗與報館營業績眞正輿論有絕大之關係。其中所最反對者爲第十條中各項及第四項中之關於其它政務，文字範圍失於太闊，殊覺不安，至如第十五條以下各條所列之種種處罰，亦過於激屬，如此報律果付實行，則報館將來受苦不可名狀，推其結果，將使報界之發達不能預期，眞正之輿論難於

〔註74〕　《申報》1914 年 4 月 4 日。
〔註75〕　《申報》1914 年 4 月 7 日《對於新頒報律之北京報界觀》。
〔註76〕　《申報》1914 年 4 月 7 日英文京報之論調。
〔註77〕　《申報》1914 年 4 月 7 日《對於新頒報律之北京報界觀》。
〔註78〕　《申報》1914 年 4 月 7 日《對於新頒報律之北京報界觀》。
〔註79〕　《申報》1914 年 4 月 7 日《對於新頒報律之北京報界觀》。
〔註80〕　《申報》1914 年 4 月 7 日《對於新頒報律之北京報界觀》。
〔註81〕　《申報》1914 年 4 月 14 日緊要新聞。

發現，而所謂代表民意之機關亦從此永無綽然進行之餘地矣。」〔註82〕

北京報界同志會的代表還謁見政府官員，陳述利弊。據《申報》報導，政府朱總長的回答是「一、除外交軍事秘密外，其它政務非有特別禁止者自可登。二、其它官署會議亦然，但國會之秘密會不在此內。三、登載個人事實，若關涉公益自非陰私。四、保押費可從緩。」〔註83〕

但這終究不過是一句空言。1914年4月15日，北京警察廳命令北京各報館遵守《報紙條例》的出版規定，在二十天內到警察官署申報獲得批准並繳納保證金。

> 報紙條例業於四月二日奉大總統令公佈在案，查第三條，發行報紙應由發行人開具左列各款請該管警察官署認可，第六條，發行人應於警察官署認可後報紙發行二十日前，以左列各款規定分別繳納保押費，附條在京師及其它都會、商埠、地方發行者，加倍繳納保押費，第十七條，不照第六條規定繳納保押費發行報紙者，科發行人以一百元以下十元以上之罰金，至交足保押費之日止，停止其發行。第三十條，本條例施行前所發行之報紙，應按照本條例第三條之規定，補行呈請該管警察官署認可，並按照第六條之規定補交保押費各等語。查京師地方現在已設立之報館不下數十處，凡日刊、不定期刊、周刊、旬刊、月刊、年刊各種報紙均應一律遵照辦理，為此令行，該報館遵照自令到之日起，於二十日內開具條款來廳補報，並如數補交保押費，所有原領執照應即一併繳銷，再行換給新照，務各依限辦理，以憑彙至內務部備案切切。此令。〔註84〕

對於嚴定報律的原因，《申報》新聞中一個沒有寫出名字的政府中人解釋是為了驅除報界無賴，刷新報界面目。「新報律稍失繁苛，處罰亦失於嚴，是為不可免事。其理由蓋以報界中人雖不乏正人君子，而不免有敗類雜其中，如關於政黨上主張極端之意見者暫措不論，現如京中二三報館之社長及主筆某某濫用報紙之勢力，敢行不正之手段，良民受害。社會被毒，而彼等今日已化成一個富家翁。政府此次頒布新報律，比前稍嚴者，無他，惟在欲扶助報界中之正人君子，而驅除報界中之無賴徒，以刷新報界之面目，是乃一時便宜

〔註82〕　《申報》1914年4月14日緊要新聞。
〔註83〕　《申報》1914年4月15日。
〔註84〕　《申報》4月16日緊要新聞之文告中之報紙與律師《實行報紙條例之見端》。

之處置耳，若幸依新報律而實行報界之風氣面目逐漸刷新，則政府亦絕非吝於修改也。」〔註85〕

　　國內媒體《大陸報》轉載國外媒體《北京通訊》文章，對袁世凱政府把行政命令等同於法律的做法提出批評。1914 年 5 月 9 日《申報》緊要新聞欄刊載題爲《外人對於新約法之批評》一文，文中有文字提到《報紙條例》「由大總統徑自公佈，即政治會議通過之具文，亦未嘗有之」，認爲「大總統既能隨意發佈命令，與法律有同等之效力，則雖欲令中國基督教民每人繳費洋七百元，證明其年滿三十，向無神經病亦無不可，矧報館記者乎？」〔註86〕

　　同時，也對《中華民國約法》的立法程序也提出了質疑。在《外人對於新約法之批評》中，有這樣一段文字：

　　　　新約法所予大總統獨裁之權無異帝制，今試將全文中之大總統三字代以大皇帝，則讀之者方將疑爲俄國之法，新約法中規定大總統吾國之元首，對國民之全體負責任，而於如何能令大總統負責之手續，則付諸闕如。觀約法所列大總統之職權，立法一部分等於弁髦，立法院以人民選舉之議員組織，其組織及議員選舉方法尚未宣佈，立法院之外復設一參政院，大約將爲大總統左右之機關，以應大總統之咨詢、審議重要事物爲專責，而中華民國之憲法即由該院推舉起草委員，憲法案經該院審定後，由國民會議決定之，國民會議大約亦將由大總統舉員組織，蓋制定修改憲法一事何等重要，斷不致委託於選舉團體，此固顯而意料者也。〔註87〕

文中指出，負責立法的應該是由人民選舉的議員組成的立法院，但立法院組織及議員選舉方法尚未宣佈。立法院尚不存在，而《中華民國約法》卻已頒佈存在，作者沒有直接點明《中國民國約法》不具備存在的合法性，但是其意思是很明瞭的。

　　《中華民國約法》的立法程序是這樣的：先由憲法起草委員起草，然後由參政院審定，再由國民會議決定。但是憲法起草委員會是參政院推舉的，參政院是總統的高參智囊，「大總統左右之機關，以應大總統之咨詢、審議重要事務爲專責」，國民會議由總統「舉員」組織。如此制定的憲法所能代表的

〔註85〕　《申報》1914 年 4 月 15 日緊要新聞《官中之新報律理由說》。
〔註86〕　《申報》1914 年 5 月 9 日《外人對於新約法的批評》。
〔註87〕　《申報》1914 年 5 月 9 日《外人對於新約法的批評》。

只能是總統之意志。因而作者認為新約法給予了總統獨裁之權力，其權力與皇帝無異。

2、《報紙條例》的修改

1915 年 7 月 10 日，袁世凱政府根據《報紙條例》執行情況作了一些枝節性的修改，頒佈了《修正報紙條例》，以總理孫寶琦、國務卿徐世昌名義頒佈。〔註88〕

3、《修正報紙條例》的廢止

1916 年 6 月，繼任大總統黎元洪宣佈恢復《中華民國臨時約法》。同年 7 月宣佈廢除《報紙條例》。

2.3.2《出版法》

1、出版法的制定

1914 年 12 月 5 日，袁政府在頒佈《報紙條例》之後又頒佈了《出版法》。這部法律同《報紙條例》一樣，在法律手續上是不完備的，未經國會討論通過，就由國務總理孫寶琦、國務卿徐世昌簽署頒行。

《出版法》共 23 條，其第十一條所載禁止出版事項，與《報紙條例》第十條相似。只有《出版法》第十一條第七款與《報紙條例》第十條第四款、《出版法》第十一條第六款與《報紙條例》第十條第六款略有不同。《報紙條例》第十條第四款規定「外交、軍事之秘密及其它政務，經該管官署禁止登載者不得登載」在《出版法》第十一條第七款中為不得「揭載軍事、外交及其它官署機密之文書圖畫者。但得該官署許可時，不在此限。」從言論自由的角度來看，出版法第十一條第七款從內容上放寬了對政務的報導範圍，不是官署機密的政務信息以及官署允許報導之官署機密，法律允許報導。但是由於沒有對官署機密做限定，在操作中往往為執法者任意解釋。

《報紙條例》第十條第六款規定「國會及其它官署會議，按照法令禁止旁聽者不得登載」，在出版法第十一條第六款中為「訴訟或會議事件之禁止旁聽者不得登載」，從語言表述上看，出版法沒有規定禁止旁聽的主體，混淆了行政命令和司法命令的界限，這於報業維權極為不利。

不但如此，把《報紙條例》中的限禁規定推而廣之到所有的文字、圖畫

〔註88〕張靜廬輯注：《中國近代出版史料》初編，第 326 頁，群聯出版社，1953 年 10 月出版，1954 年 5 月再版。

印刷品，即所有的出版物中，而且更爲嚴苛。例如，該法規定所有出版物須在發行前稟報警察署。由於「稟報」一詞語義含糊，因而許多地方在執行過程中演變爲出版前的預檢制度。該法還給予警察部門認爲必要時沒收出版物的權力。

《報紙條例》廢止後，政府當局仍襲用其精神。〔註89〕1917 年 9 月皖系軍閥段祺瑞當政後，重申袁世凱當政時期制定的《出版法》繼續有效。

2、出版法的廢止

1926 年 1 月 29 日，北洋政府結束後，因北京報界之要求，南京國民政府下令廢止《出版法》。〔註90〕

〔註89〕 張靜廬輯注：《中國近代出版史料》初編，第 330 頁，群聯出版社，1953 年 10 月出版，1954 年 5 月再版。

〔註90〕 張靜廬輯注：《中國近代出版史料》初編，第 330 頁，群聯出版社，1953 年 10 月出版，1954 年 5 月再版。

第 3 章　清末民初新聞法律法規的內容

　　從 1906 年清政府制定《大清印刷對象專律》起到民國北洋政府結束，清政府、中華民國臨時政府及北洋政府一共制定了 11 部有關印刷出版和報紙方面的法規。其中，《大清印刷對象專律》、《報章應守規則》和《報館暫行條規》是清末學習和嘗試制定新聞法規的產物，在某些方面存在缺陷，《大清印刷對象專律》未頒佈，《報章應守規則》只有禁止性條款，《報館暫行條規》中的行為模式與法律後果之間沒有對應關係。

　　自《大清報律》起，以後清末民初所頒佈的八部出版新聞方面的法律法規對當時的新聞出版活動起到了重要作用。它們分別是 2 部著作權方面的法律法規：1910 年的《著作權章程》和 1915 年的《著作權法》；一部出版法：1914 年的《出版法》；五部新聞法規：1908 年的《大清報律》、1911 年的《欽定報律》，1912 年的《民國暫行報律》，1914 年的《報紙條例》、1915 年的《修正報紙條例》。

　　這八部法律法規中有中國新聞出版法制史上幾個第一，第一部出版法，第一部新聞法，第一部著作權法……下面論者從對出版自由的保護和限制、對言論自由的保護和限制、對媒介行為的規範三方面對這八部法規內容作一介紹。

3.1 對出版自由的保護和限制

　　按照法律規範為人們設定的行為模式進行分類，法律規範可以劃分權利

性規範和義務性規範。〔註1〕那麼清末民初的出版新聞法規是如何規定權利性規範的呢？

3.1.1 權利性規範

權利性規範也稱授權性規範，它是以「可為」這一行為模式為核心的法律規範，它規定人們有權自己做出或不做出一定行為，以及要求他人做出或不做出一定行為。〔註2〕

清末民初出版新聞法規共有 6 部（1 部出版法，5 部新聞法），這些法規雖然在條款中沒有明文規定「公民有出版自由」或者「出版准自由」，但是制定法規本身就表明出版自由在法律領域內得到了承認。因為「沒有關於出版的立法就是從法律領域中取消出版自由，因為法律上所承認的自由在一個國家中是以法律形式存在的。」〔註3〕

承認出版自由即意味著公民辦報出版的權利不僅受到憲法保護還受到法律保護。根據法無禁止即為允許，可以推論民間辦報成為合法行為。

3.1.2 義務性規範

義務性規範包括命令性規範和禁止性規範。〔註4〕

1、清末民初新聞法規的命令性規範

命令性規範是以「應為」這一行為模式為核心的法律規範，它要求人們通過積極的行為，即做出一定行為來履行某種法律義務。法律條文表達命令性規範時常常使用「應當……」「必須……」等字樣。〔註5〕

在清末《報館暫行條規》及其之後的法規中都有對辦報人的命令性規範。這些規範規定了辦報人所必須做出的行為。

〔註 1〕 徐永康：《法理學》第 233 頁，上海人民出版社，2003 年 9 月一版，2003 年 12 月第二次印刷。

〔註 2〕 徐永康：《法理學》第 233 頁，上海人民出版社，2003 年 9 月一版，2003 年 12 月第二次印刷。

〔註 3〕 馬克思恩格斯全集第一卷，第 71 頁，見孫旭培：《新聞學新論》第 98 頁，當代中國出版社，1994 年 7 月；鄭保衛《當代新聞理論》第 553 頁，新華出版社，2003 年 11 月。

〔註 4〕 徐永康：《法理學》第 233 頁，上海人民出版社，2003 年 9 月一版，2003 年 12 月第二次印刷。

〔註 5〕 徐永康：《法理學》第 233 頁，上海人民出版社，2003 年 9 月一版，2003 年 12 月第二次印刷。

出版要遵守出版管理規定。

近代以來世界各國對報刊的出版管理一般採取了採取兩種不同的制度——預防制和追懲制。

預防制是事先限制，它包括保證金制和批准制兩種，也有以同時滿足兩種條件作爲報刊創辦條件的，它意味著，創辦一家報刊需要或者交納保證金，或者經過批准，或者經過批准又交納保證金才能獲得出版權。預防制是一種限制出版自由的一種出版管理制度。從嚴苛程度來說，保證金制輕於批准制，批准制又輕於批准制加保證金制。

追懲制是事後懲罰，出版管理採用的是註冊登記制，意思是只需註冊登記即可出版，報刊違法才受到法律懲罰，是一種有利於出版自由的一種出版管理制度。

在清末民初的 6 部出版新聞法規中，各個時期採取的出版管理制度不同，有的有利於出版自由，有的限制出版自由。總體來說，從出版管理制度來說，清末民初人們享有較高的辦報自由度。出版自由只是在袁世凱執政時期處於壓制狀態。

下面按照有利於出版自由的順序對這七部新聞法規的出版管理規定做一梳理。

（1）註冊登記

採用註冊登記制的是《民國暫行報律》和《出版法》。《民國暫行報律》第一條第一項規定：「新聞雜誌已出版及今後出版者，其發行及編輯人姓名，須向本部呈明註冊，或就近地方高級官廳呈明，咨部註冊。」〔註 6〕《出版法》第三條、第四條規定：「出版之文書圖畫，應將下列各款記載之：一著作人之姓名、籍貫；二發行人之姓名、住址及發行之年月日；三印刷人之姓名、住址及印刷之年月日，其印刷所有名稱者，並其名稱。」「出版之文書圖畫，應於發行或散佈前，稟報該管警察官署。並將出版物以一份送該官署，以一份經由該官署送內務部備案。官署或國家他種機關及地方自治團體機關之出版，應送內務部備案。但其出版關於職權內之記載或報告者，不在此限。」〔註 7〕

如果不履行這一法律義務，根據《民國暫行報律》第一條第二項，報紙

〔註 6〕　劉哲民：《近現代出版新聞法規彙編》第 51 頁，學林出版社，1992 年 12 月。
〔註 7〕　劉哲民：《近現代出版新聞法規彙編》第 54 頁，學林出版社，1992 年 12 月。

將不准發行。「新聞雜誌已出版及今後出版者，其發行及編輯人姓名，須向本部呈明註冊，或就近地方高級官廳呈明，咨部註冊。茲定自令到之日起，截至陰曆四月初一日止，在此限期內，其已出版之新聞雜誌各社，須將本社發行及編輯員姓名呈明註冊。其以後出版者，須於發行前呈明註冊，否則不准其發行。」〔註8〕根據《出版法》第十四條，將處五元以上、五十元以下罰款。「違反第三條、第四條、第八條、第九條之規定者，處發行人以五十元以下、五元以上之罰金。」〔註9〕

（2）註冊登記並繳納保證金。

採用註冊登記並繳納保證金制的是《大清報律》和《欽定報律》。

《大清報律》和《欽定報律》採用了註冊登記制度。《大清報律》第一條、第五條規定：「凡開設報館發行報紙者，應開具下列各款，於發行二十日以前，呈由該管地方官衙門申報本省督撫，咨明民政部存案。一、名稱；二、體例；三、發行人、編輯人及印刷人之姓名、履歷及住址；四、發行所及印刷所之名稱、地址。」「第一條所列各款，發行後如有更易，應於二十日以內重行呈報。發行人有更易時，在未經呈報更易以前，以代理人之名義發行。」〔註10〕《欽定報律》第一條、第五條規定「凡開設報館發行報紙者，應由發行人開具下列各款，於發行二十日前，呈由該管官署申報民政部，或本省督撫咨部存案：一、名稱；二、體例；三、發行時期；四、發行人、編輯人及印刷人之姓名、履歷及住址；五、發行所及印刷所之名稱及地址。」「第一條所列各款，呈報後如有更易，應於二十日內重行呈告。發行人有更易時，在未經呈報更易以前，以假定發行人之名義行之。」〔註11〕

如果不履行這一法律義務，發行人將罰款十元以上、一百元以下。根據《大清報律》第十六條規定「凡未照第一條呈報，遽行登報者，該發行人處十元以上、一百元以下之罰金。」〔註12〕根據《欽定報律》第十六條規定「不照第一條、第五條第一項呈報，發行報紙者，處該發行人以五十元以下、五元以上之罰金。呈報不實者，處該發行人以一百元以下、十元以上之罰金。」〔註13〕

〔註 8〕 劉哲民：《近現代出版新聞法規彙編》第 51 頁，學林出版社，1992 年 12 月。
〔註 9〕 劉哲民：《近現代出版新聞法規彙編》第 55 頁，學林出版社，1992 年 12 月。
〔註 10〕 劉哲民：《近現代出版新聞法規彙編》第 32 頁，學林出版社，1992 年 12 月。
〔註 11〕 劉哲民：《近現代出版新聞法規彙編》第 39 頁，學林出版社，1992 年 12 月。
〔註 12〕 劉哲民：《近現代出版新聞法規彙編》第 32 頁，學林出版社，1992 年 12 月。
〔註 13〕 劉哲民：《近現代出版新聞法規彙編》第 40 頁，學林出版社，1992 年 12 月。

　　同時，《大清報律》和《欽定報律》採用了保證金規定。《大清報律》第四條規定：「發行人應於呈報時分別附繳保押費如下：每月發行四回以上者，銀五百元；每月發行三回以下者，銀二百五十元。其專載學術、藝事、章程、圖表及物價報告等項之彙報，免繳保押費。其宣講及白話等報，確係開通民智，由官鑒定，認爲毋庸預繳者，亦同。」〔註 14〕《欽定報律》第四條規定「發行人應於呈報時，分別附繳保押費如下：一、每月發行四回以上者，銀三百元；一、每月發行三回以下者，銀一百五十元。在京師省會及商埠以外地方發行者，前項之保押費得酌量情形減少三分之一及至三分之二。其宣講白話報，專以開通民智爲目的，經官鑒定者，得全免保押費。若專載學術、藝事、章程、圖表及物價報告者，毋庸附繳保押費。」〔註 15〕保證金規定中，辦報人要履行的法律義務有兩點，一是繳納保證金，二是報導不得超出範圍。

　　不繳納保證金，發行人將受到罰款十元以上、一百元以下。根據《欽定報律》第十八條規定「違第四條第一項者，以未經呈報論。」

　　報導了免繳範圍之外的內容，編輯人也將受到五元以上、五十元以下的罰款處罰。根據《大清報律》十九條規定「第四條末項所指各報，其記載有出於範圍以外者，該編輯人處五元以上、五十元以下之罰金。」〔註 16〕根據《欽定報律》第十九條「第四條第四項所指各報，其登載有出於範圍以外者，處編輯人以五十元以下、五元以上之罰金。」〔註 17〕

　　繳還是不繳，少繳與否是政府用來表達鼓勵辦報的一種辦法，《大清報律》和《欽定報律》都分別通過免繳和少繳保押費的辦法表達官方允許、提倡和照顧。比如，允許和提倡創辦「以專載學術、藝事、章程、圖表及物價報告等項之彙報〔註 18〕」「以開通民智爲目的宣講及白話等報〔註 19〕」。《欽定報律》還照顧在京師省會及商埠以外地方發行的報刊，「前項之保押費得酌量情形減少三分之一及至三分之二〔註 20〕」。

〔註 14〕　劉哲民：《近現代出版新聞法規彙編》第 31 頁，學林出版社，1992 年 12 月。

〔註 15〕　劉哲民：《近現代出版新聞法規彙編》第 39 頁，學林出版社，1992 年 12 月。

〔註 16〕　劉哲民：《近現代出版新聞法規彙編》第 32 頁，學林出版社，1992 年 12 月。

〔註 17〕　劉哲民：《近現代出版新聞法規彙編》第 40 頁，學林出版社，1992 年 12 月。

〔註 18〕　劉哲民：《近現代出版新聞法規彙編》第 31 頁、39 頁，學林出版社，1992 年 12 月。

〔註 19〕　劉哲民：《近現代出版新聞法規彙編》第 31 頁、39 頁，學林出版社，1992 年 12 月。

〔註 20〕　劉哲民：《近現代出版新聞法規彙編》第 39 頁，學林出版社，1992 年 12 月。

（3）批准制並繳納保證金。

採用批准制並繳納保證金制的是《報紙條例》和《修正報紙條例》。

《報紙條例》《修正報紙條例》採用批准制，其第三條、第七條規定：「發行報紙，應由發行人開具下列各款呈請該管警察官署認可：一、名稱；二、體例；三、發行期間；四、發行人、編輯人、印刷人之姓名、年齡、籍貫、履歷、住址；五、發行所、印刷所之名稱、地址。警察官署認可後，給予執照，並將發行人原呈及認可理由，呈報本管長官，彙呈內務部備案。」〔註21〕「第三條所列各款，於呈請警察官署認可後有變更時，應於十日內另行呈請認可。」〔註22〕

違反這一法律義務，辦報人將受到罰款和停止發行的處罰。根據《報紙條例》《修正報紙條例》第十五條規定「不照第三條、第七條之規定呈請認可發行報紙者，科發行人二百元以下、二十元以上之罰金；至呈報之日止，停止其發行。呈報不實者，科發行人二百元以下、二十元以上之罰金；至呈報更正之日止，停止其發行。」〔註23〕

《報紙條例》、《修正報紙條例》採用繳納保證金制。其第六條規定「發行人應於警察官署認可後，報紙發行二十日前，依下列各款規定，分別繳納保押費：日刊者，三百五十元；二、不定期刊者，三百元；三、周刊者，二百五十元；四、旬刊者，二百元；五、月刊者，一百五十元；六、年刊者，一百元。在京師及其它都會商埠地方發行者，加倍繳納保押費。專載學術、藝事、統計、官文書、物價、報告之報紙，得免繳保押費。保押費于禁止發行或自行停版後還付之。」〔註24〕

保證金制度中，辦報人要履行的法律義務有兩點，一是繳納保證金，二是遵守免繳規定。

不繳納保證金，辦報人將受到罰款並停止發行的處罰。根據《報紙條例》《修正報紙條例》第十七條規定「不照第六條規定繳納保押費發行報紙者，

〔註21〕 劉哲民：《近現代出版新聞法規彙編》第 86 頁、97 頁，學林出版社，1992 年 12 月。

〔註22〕 劉哲民：《近現代出版新聞法規彙編》第 87 頁、97 頁，學林出版社，1992 年 12 月。

〔註23〕 劉哲民：《近現代出版新聞法規彙編》第 88 頁、97 頁，學林出版社，1992 年 12 月。

〔註24〕 劉哲民：《近現代出版新聞法規彙編》第 86 頁、97 頁，學林出版社，1992 年 12 月。

科發行人以一百元以下、十元以上之罰金；至繳足保押費之日止，停止其發
行。」〔註25〕不遵守免繳規定，辦報人將受到五元以上、五十元以下罰款。
根據《報紙條例》《修正報紙條例》第十八條規定「第六條第三須所指各報，
其登載事件，有出於範圍外者，科編輯人以五十元以下、五元以上之罰金。」
〔註26〕

　　綜上所述，清末民初這段時間裏，出版管理採用過有利於出版自由的追
懲制，也採用過限制出版自由的預防制。具體情況見表一。

（表一）

大清報律	欽定報律		報紙條例 修正報紙條例	出版法	
1908／1	1911／1	1912／1	1914／4	1916／6	1926／1
保證金制 （鬆）					
	保證金制 （鬆）				
		徹底自由			
			批准、保證金 （非常緊）		
					註冊登記制（正常）

　　如果把沒有出版新聞法作爲出版自由的一個級別——徹底自由，那麼出
版自由可以分爲五種。以自由度遞增的順序排列，它們分別爲控制非常緊（批
准並繳納保證金）、控制緊（批准制）、控制鬆（註冊登記並繳納保證金）、正
常（註冊登記制）和徹底自由。

　　清末民初時期這五種出版自由度存在過四種，自《大清報律》起，依照
出版新聞法規頒佈的順序，出版自由度經歷了從控制鬆——徹底自由——控
制非常緊——正常的過程。

　　這一發展順序並不總是由低一級的自由度過渡到高一級的自由度，實

〔註25〕劉哲民：《近現代出版新聞法規彙編》第 88 頁、97 頁，學林出版社，1992 年
　　　　12 月。
〔註26〕劉哲民：《近現代出版新聞法規彙編》第 88 頁、97 頁，學林出版社，1992 年
　　　　12 月。

現出版自由的平穩的漸進式的增加。中間一度出現了兩次波動，先是跳躍式增長，由「控制鬆」跨越「正常」而進入出版方面的徹底自由，接著又一落千丈跌入最嚴苛的出版管理。好在之後出版管理採用了註冊登記制，回歸正常。

從清末到南京臨時政府達到徹底的自由，這一階段出版自由度呈增加趨勢，當時的報刊業也空前的興盛和繁榮起來。袁世凱執政時期是對報紙出版控制最嚴的時期，報紙創辦採用了世上最嚴苛的出版管理制度——批准制並繳納保證金，出版自由度跌入谷底，報刊的創辦受到重創。只有到 1916 年《報紙條例》廢止後，報刊的創辦按照《出版法》規定執行，出版管理採取了追懲制，只需註冊登記，即可出版。報刊業才有重新開始繁榮。

發行人、編輯人、印刷人應符合規定。

《報館暫行條規》、《民國暫行報章》和《出版法》對發行人、編輯人、印刷人沒有任何要求。

《大清報律》、《欽定報律》、《報紙條例》、《修正報紙條例》有程度不同的規定。

關於國籍。《大清報律》第二條規定「凡充發行人、編輯人及印刷人者，須具備下列要件：一、年滿二十歲以上之本國人。」〔註 27〕《欽定報律》第二條規定「凡本國人民……得充報紙發行人、編輯人、印刷人。」〔註 28〕《報紙條例》和《修正報紙條例》第四條規定「本國人民……得充報紙發行人、編輯人、印刷人。」〔註 29〕

關於年齡。《大清報律》、《欽定報律》都規定，發行人、編輯人和印刷人要年滿二十歲以上。《大清報律》第二條規定「凡充發行人、編輯人及印刷人者，須具備下列要件：一、年滿二十歲以上之本國人。」〔註 30〕《欽定報律》第二條規定「凡本國人民年滿二十歲以上，無下列情事者得充報紙發行人、編輯人、印刷人。」〔註 31〕《報紙條例》、《修正報紙條例》規定，發行人、編輯人和印刷人要年滿三十歲以上。《報紙條例》、《修正報紙條例》第四條規

〔註 27〕 劉哲民：《近現代出版新聞法規彙編》第 31 頁，學林出版社，1992 年 12 月。
〔註 28〕 劉哲民：《近現代出版新聞法規彙編》第 39 頁，學林出版社，1992 年 12 月。
〔註 29〕 劉哲民：《近現代出版新聞法規彙編》第 86 頁、97 頁，學林出版社，1992 年 12 月。
〔註 30〕 劉哲民：《近現代出版新聞法規彙編》第 32 頁，學林出版社，1992 年 12 月。
〔註 31〕 劉哲民：《近現代出版新聞法規彙編》第 39 頁，學林出版社，1992 年 12 月。

定：「本國人民年滿三十歲以上，無下列情事之一者，得充報紙發行人、編輯人、印刷人。」〔註32〕

違反這一規定者，處以罰款。根據《大清報律》第十七條規定「凡違第二、三條及第五條之第一項與第六、七條者，該發行人處三元以上、三十元以下之罰金。」〔註33〕根據《欽定報律》第十七條規定「不具第二條所定資格，充發行人、編輯人或印刷人者，處該發行人以五十元以下、五元以上之罰金。其編輯人、印刷人詐稱者，罰同。」〔註34〕

每天的報紙上要刊載發行人、編輯人、印刷人的姓名及地址。

除《民國暫行報律》外，報紙上都要求要刊載發行人、編輯人和印刷人的姓名和地址。

《報館暫行條規》第二條規定：「凡報紙，不論日報、旬報、月報，均應載明發行人、編輯人、印刷人之姓名及其住址。」〔註35〕《大清報律》第六條規定：「每號報紙均應載明發行人、編輯人及印刷人之姓名、住址。」〔註36〕《欽定報律》第六條規定「每號報紙，應載明發行人、編輯人及印刷人之姓名及住址。」〔註37〕《報紙條例》和《修正報紙條例》第八條規定：「每號報紙，應載明發行人、編輯人、印刷人之姓名、住址。」〔註38〕

違反者，罰款。根據《大清報律》、《欽定報律》罰三元以上、三十元以下。《大清報律》第十七條規定「凡違第二、三條及第五條之第一項與第六、七條者，該發行人處三元以上、三十元以下之罰金。」〔註39〕《欽定報律》第二十條規定「違第六條、第七條者，處該發行人以三十元以下、三元以上之罰金。」〔註40〕《報紙條例》和《修正報紙條例》第十九條規定「違第八條、第九條之規定者，科發行人以五十元以下、五元以上之罰金。」〔註41〕

〔註32〕　劉哲民：《近現代出版新聞法規彙編》第86～87頁，學林出版社，1992年12月。

〔註33〕　劉哲民：《近現代出版新聞法規彙編》第32頁，學林出版社，1992年12月。

〔註34〕　劉哲民：《近現代出版新聞法規彙編》第40頁，學林出版社，1992年12月。

〔註35〕　《東方雜誌》第一期，第29頁～31頁。

〔註36〕　劉哲民：《近現代出版新聞法規彙編》第31頁，學林出版社，1992年12月。

〔註37〕　劉哲民：《近現代出版新聞法規彙編》第39頁，學林出版社，1992年12月。

〔註38〕　劉哲民：《近現代出版新聞法規彙編》第86～87頁，學林出版社，1992年12月。

〔註39〕　劉哲民：《近現代出版新聞法規彙編》第32頁，學林出版社，1992年12月。

〔註40〕　劉哲民：《近現代出版新聞法規彙編》第41頁，學林出版社，1992年12月。

〔註41〕　劉哲民：《近現代出版新聞法規彙編》第88頁、97頁，學林出版社，1992年12月。

2、清末民初新聞法規的禁止性規範

禁止性規範是「勿爲」這一行爲模式爲核心的法律規範。它規定禁止人們做出一定行爲，即通過不作爲來履行某種法律義務。法律條文在表達禁止性規範時常採用「不得……」、「禁止……」等字樣。但有時候也省卻「不得」、「禁止」等字樣，通過行爲模式與否定性法律後果的同條表達來說明禁止性規範。〔註42〕

在清末《報館暫行條規》及其之後的法規中只有《大清報律》、《欽定報律》、《報紙條例》和《修正報紙條例》有對辦報人的禁止性規範。這些規範規定了辦報人不得做出的行爲，也即禁止辦報人採取的行爲。

禁止褫奪公權或現在停止公權者擔任發行人、編輯人和印刷人。

《大清報律》第二條規定「凡充發行人、編輯人及印刷人者，須具備下列要件：……三、未經處監禁以上之刑者。」〔註43〕《欽定報律》第二條規定「凡本國人民年滿二十歲以上，無下列情事者，得充報紙發行人、編輯人、印刷人：……二、褫奪公權或現在停止公權者。」〔註44〕《報紙條例》和《修正報紙條例》第四條規定「本國人民年滿三十歲以上，無下列情事之一者，得充報紙發行人、編輯人、印刷人：……三、褫奪公權尚未復權者；……」〔註45〕

違反者，罰款。根據《大清報律》第第十七條規定罰款三元以上、三十元以下。「凡違第二、三條及第五條之第一項與第六、七條者，該發行人處三元以上、三十元以下之罰金。」〔註46〕根據《欽定報律》第十七條規定罰款五元以上、五十元以下，「不具第二條所定資格，充發行人、編輯人或印刷人者，處該發行人以五十元以下、五元以上之罰金。其編輯人、印刷人詐稱者，罰同。」〔註47〕根據《報紙條例》和《修正報紙條例》第十六條規定，罰款十元以上、一百元以下。「不具第四條第一項之資格，或有第四條第一項各款情事之一，充發行人、編輯人、印刷人者，科發行人以一百元以下、十元以上之罰金。其編輯人、印刷人詐稱者同。」〔註48〕

〔註42〕 徐永康：《法理學》第 233 頁，上海人民出版社，2003 年 9 月一版，2003 年 12 月第二次印刷。

〔註43〕 劉哲民：《近現代出版新聞法規彙編》第 31 頁，學林出版社，1992 年 12 月。

〔註44〕 劉哲民：《近現代出版新聞法規彙編》第 39 頁，學林出版社，1992 年 12 月。

〔註45〕 劉哲民：《近現代出版新聞法規彙編》第 86 頁、97 頁，學林出版社，1992 年 12 月。

〔註46〕 劉哲民：《近現代出版新聞法規彙編》第 32 頁，學林出版社，1992 年 12 月。

〔註47〕 劉哲民：《近現代出版新聞法規彙編》第 40 頁，學林出版社，1992 年 12 月。

〔註48〕 劉哲民：《近現代出版新聞法規彙編》第 86 頁、97 頁，學林出版社，1992 年 12 月。

禁止精神病者擔任發行人、編輯人和印刷人。

《大清報律》第二條規定「凡充發行人、編輯人及印刷人者須具備下列要件：一、……二、無精神病者。」〔註49〕《欽定報律》第二條規定「凡本國人民年滿二十歲以上，無下列情事者得充報紙發行人、編輯人、印刷人：一、精神病者，……」〔註50〕

《報紙條例》和《修正報紙條例》第四條規定「本國人民年滿三十歲以上，無下列情事之一者得充報紙發行人、編輯人、印刷人：一、……二、精神病者；……」〔註51〕

違反者，罰款。根據《大清報律》第第十七條規定罰款三元以上、三十元以下。「凡違第二、三條及第五條之第一項與第六、七條者，該發行人處三元以上、三十元以下之罰金。」〔註52〕根據《欽定報律》第十七條規定罰款五元以上、五十元以下，「不具第二條所定資格，充發行人、編輯人或印刷人者，處該發行人以五十元以下、五元以上之罰金。其編輯人、印刷人詐稱者，罰同。」〔註53〕根據《報紙條例》和《修正報紙條例》第十六條規定，罰款十元以上、一百元以下。「不具第四條第一項之資格，或有第四條第一項各款情事之一，充發行人、編輯人、印刷人者，科發行人以一百元以下、十元以上之罰金。其編輯人、印刷人詐稱者同。」〔註54〕

禁止國內無住所或居所者擔任發行人、編輯人和印刷人。

《報紙條例》和《修正報紙條例》第四條規定：「本國人民年滿三十歲以上，無下列情事之一者，得充報紙發行人、編輯人、印刷人：一、國內無住所或居所者；……」〔註55〕

違反者，罰款。根據《報紙條例》和《修正報紙條例》第十六條規定，罰款十元以上、一百元以下。「不具第四條第一項之資格，或有第四條第一項

〔註49〕劉哲民：《近現代出版新聞法規彙編》第 31 頁，學林出版社，1992 年 12 月。

〔註50〕劉哲民：《近現代出版新聞法規彙編》第 39 頁，學林出版社，1992 年 12 月。

〔註51〕劉哲民：《近現代出版新聞法規彙編》第 86 頁，97 頁，學林出版社，1992 年 12 月。

〔註52〕劉哲民：《近現代出版新聞法規彙編》第 32 頁，學林出版社，1992 年 12 月。

〔註53〕劉哲民：《近現代出版新聞法規彙編》第 40 頁。學林出版社，1992 年 12 月。

〔註54〕劉哲民：《近現代出版新聞法規彙編》第 86 頁、97 頁，學林出版社，1992 年 12 月。

〔註55〕劉哲民：《近現代出版新聞法規彙編》第 86 頁、97 頁，學林出版社，1992 年 12 月。

各款情事之一，充發行人、編輯人、印刷人者，科發行人以一百元以下、十元以上之罰金。其編輯人、印刷人詐稱者同。」〔註56〕

禁止海陸軍軍人、行政司法官吏、學校學生擔任發行人、編輯人和印刷人

《報紙條例》和《修正報紙條例》第四條規定「本國人民年滿三十歲以上，無下列情事之一者，得充報紙發行人、編輯人、印刷人：……四、海、陸軍軍人；五、行政司法官吏；六、學校學生。」〔註57〕

違反者，罰款。根據《報紙條例》和《修正報紙條例》第十六條規定，罰款十元以上、一百元以下。「不具第四條第一項之資格，或有第四條第一項各款情事之一，充發行人、編輯人、印刷人者，科發行人以一百元以下、十元以上之罰金。其編輯人、印刷人詐稱者同。」〔註58〕

禁止印刷人兼任編輯。

《大清報律》第三條第二款規定「印刷人不得充發行人或編輯。」〔註59〕《欽定報律》第三條規定「編輯人、印刷人不得以一人兼充。」〔註60〕《報紙條例》和《修正報紙條例》第五條規定「編輯人、印刷人不得以一人兼充。」〔註61〕對於違反者，《大清報律》進行罰款處罰。根據《大清報律》第十七條規定「凡違第二、三條及第五條之第一項與第六、七條者，該發行人處三元以上、三十元以下之罰金。」〔註62〕《欽定報律》、《報紙條例》和《修正報紙條例》未作專門規定。

禁止印刷人兼任發行人。

《大清報律》第三條第二款規定「印刷人不得充發行人或編輯〔註63〕」。對於違反者，同上。

〔註56〕 劉哲民：《近現代出版新聞法規彙編》第86頁、97頁，學林出版社，1992年12月。

〔註57〕 劉哲民：《近現代出版新聞法規彙編》第86頁、97頁，學林出版社，1992年12月。

〔註58〕 劉哲民：《近現代出版新聞法規彙編》第86頁、97頁，學林出版社，1992年12月。

〔註59〕 劉哲民：《近現代出版新聞法規彙編》第31頁，學林出版社，1992年12月。

〔註60〕 劉哲民：《近現代出版新聞法規彙編》第39頁，學林出版社，1992年12月。

〔註61〕 劉哲民：《近現代出版新聞法規彙編》第86頁、97頁，學林出版社，1992年12月。

〔註62〕 劉哲民：《近現代出版新聞法規彙編》第32頁，學林出版社，1992年12月。

〔註63〕 劉哲民：《近現代出版新聞法規彙編》第31頁，學林出版社，1992年12月。

　　綜上所述，清末民初的新聞法規對辦報人有一些義務規範，其中有些規定正常的規定，起到了完備法律規範的作用。比如，《大清報律》和《欽定報律》對辦報人國籍、年齡和公民身份的規定。《大清報律》規定「辦報人必須是年滿 20 歲以上的本國人，未經處監禁以上之刑者。」〔註 64〕《欽定報律》規定辦報人為本國人民，年滿二十歲以上，不能是「褫奪公權或現在停止公權者〔註 65〕」，用通俗的話說，就是只有年滿 20 歲具有政治權利的本國公民才可以創辦報紙。這一規定以今天的眼光來看，也是基本和必要的。年齡及要求「未經處監禁以上之刑者」「褫奪公權或現在停止公權者」意味著辦報人要是法律意義上的擁有政治權利的公民，「本國國民」的規定則是辦報人的申報資格。並無任何限製辦報人辦報的意思，相反對報刊業健康發展更有一定的進步意義。

　　清末民初的新聞法法規對辦報人也有苛刻的規定，剝奪了某些人的出版自由。

　　比如「精神病者」，法律概念不明確，剝奪了曾得到精神病但已經治癒者的辦報權利。

　　比如年齡。袁世凱執政時期把年齡增加到了 30 歲，剝奪了 30 歲以下成年人的辦報的權利。

　　比如必須要有住所或居所。比如不得是「海、陸軍軍人」、「行政司法官吏」和「學校學生」。這些人在袁世凱執政時期也被剝奪了辦報權利。

3.2 對言論自由的保護和限制

　　根據《現代漢語詞典》解釋，言論為「關於政治和一般公共事務的議論〔註 66〕」。自由為「在法律規定的範圍內，隨自己意志活動的權利〔註 67〕」，「不受拘束、不受限制〔註 68〕」，由此可以得知言論自由的字面意思為：在法律規

〔註 64〕　劉哲民：《近現代出版新聞法規彙編》第 31 頁，學林出版社，1992 年 12 月。

〔註 65〕　劉哲民：《近現代出版新聞法規彙編》第 39 頁，學林出版社，1992 年 12 月。

〔註 66〕　《現代漢語詞典》第 1311 頁，1978 年 12 月第一版。，1981 年 6 月，北京第 27 次印刷。

〔註 67〕　《現代漢語詞典》第 1523 頁，1978 年 12 月第一版。，1981 年 6 月，北京第 27 次印刷。

〔註 68〕　《現代漢語詞典》第 1523 頁，1978 年 12 月第一版。，1981 年 6 月，北京第 27 次印刷。

定的範圍內，公民和媒體對於政治和一般公共事務的議論不受拘束和限制。

根據國際新聞學會（International Press Institute）的解釋，言論自由包括傳播新聞的自由（Free Transmission of News）、發行報紙的自由（Free Publication of Newspaper）以及表達意見的自由（Free Expression of Views）。〔註69〕也就是說，公民和媒體對政治和一般公共事務的議論要在表達、傳播時不受政府事前檢查，媒體不因發表、傳播了對政府不利的言論而被禁止發行；公民和媒體只根據法律規定承擔責任。

新聞法規是國家制定和頒佈的有關新聞傳播的法律條文的總稱。清末民初這一階段有關新聞的專門法有清政府時期的《大清報律》、《欽定報律》，中華民國臨時政府時期的《民國暫行報律》，北洋政府時期的《報紙條例》和《修正報紙條例》。同時還有一些有關新聞的法律條文，散見於憲法、刑法、民法及《出版法》等其它法律文本中。

3.2.1 權利性規範

清政府時期公民在法律範圍內享有言論自由的權利。

清末民初所制定的各部新聞法律法規中對言論部分規定有禁載範圍，根據法無禁止即為允許原則，規定了禁載範圍，意思是這些內容不可以報導，也就意味著除了這些內容的其它內容是可以報導的，所以清末民初的新聞法律法規是承認言論自由的。

3.2.2 禁止性規範

清末民初頒佈的每一部法規中對言論自由都設有禁止性規範。禁載內容分為普通法已包括的內容和普通法之外新聞法規所禁止的內容。

1、依照普通法該禁止的內容

普通法所禁止的內容在新聞法規頒佈之前就已存在，新聞法規包含這部分內容是正常的，並不存在限制言論自由之說。

（1）清政府時期

禁止「詆毀宮廷；淆亂政體；妨害治安；敗壞風俗」

清政府時期新聞出版法所包括的普通法禁載內容有報刊「不得詆毀宮

〔註69〕蘇進添：《日本新聞自由與傳播事業》第 5 頁，致良出版社，中華民國 79 年 10 月初版。

廷。不得妄議朝政。不得妨害治安。不得敗壞風俗。」〔註70〕這裏不得「詆
毀宮廷」是封建社會的時代產物。因爲光緒三十四年頒佈的《欽定憲法大綱》
在君上大權部分第一、第二條明確規定:「大清皇帝統治大清帝國,萬世一系,
永永尊戴。君上神聖尊嚴,不可侵犯。」〔註71〕

　　《大清報律》第十四條規定「報紙不得揭載:詆毀宮廷之語,淆亂政體
之語,損害公安之語,敗壞風俗之語。」〔註72〕違反此條款前三項者,《大清
報律》給與監禁、罰款處罰,情節較重者,依照刑律治罪。其第二十三條規
定「違第十四條第一、二、三款者,該發行人、編輯人、印刷人處六月以上、
二年以下之監禁。附加二十元以上、二百元以下之罰金。其情節較重者,仍
照刑律治罪;但印刷人實不知情者,免其處罰。」〔註73〕違反此條款第四項,
《大清報律》未予處罰。

　　《欽定報律》第十條規定「報紙不得登載:一、冒瀆乘輿之語。二、淆
亂政體之語。三、妨害治安之語。四、敗壞風俗之語。」〔註74〕違反此條者,
《欽定報律》給以罰款處罰。《欽定報律》第二十二、二十三條規定「違第十
條登載第一、第二款者,處該發行人、編輯人、印刷人以二年以下二月以上
之監禁。並科二百元以下、二十元以上之罰金。其印刷人實不知情者,免其
處罰。」「違第十條登載第三、第四款者,處該發行人、編輯人以二百元以下
二十元以上之罰金。」〔註75〕

侵犯名譽權

　　《大清報律》第十五條規定「發行人或編輯人,不得受人賄囑,顛倒是
非。發行人或編輯人,亦不得挾嫌誣衊,損人名譽。」〔註76〕違反者罰款並
賠償損害。根據《大清報律》第二十四、二十五、二十六條規定「違第十五
條第一項者,該發行人、編輯人經被害人呈訴訊實,照所受賄之數,加十倍
處以罰金;仍究其致賄人,與受同罪。」「違第十五條第二項者,該發行人、

〔註70〕　劉哲民:《近現代出版新聞法規彙編》第32頁、40頁,學林出版社,1992年
　　　　　12月。
〔註71〕　《近代中國憲政歷程:史料薈萃》第 127～128 頁,政法大學出版社,2004
　　　　　年12月。
〔註72〕　劉哲民:《近現代出版新聞法規彙編》第32頁,學林出版社,1992年12月。
〔註73〕　劉哲民:《近現代出版新聞法規彙編》第33頁,學林出版社,1992年12月。
〔註74〕　劉哲民:《近現代出版新聞法規彙編》第40頁,學林出版社,1992年12月。
〔註75〕　劉哲民:《近現代出版新聞法規彙編》第41頁,學林出版社,1992年12月。
〔註76〕　劉哲民:《近現代出版新聞法規彙編》第32頁,學林出版社,1992年12月。

編輯人經被害人呈訴訊實，處二十元以上、二百元以下之罰金。」「違第十五條者，除按照前兩條處罰外，其被害人得視情節之輕重，由發行人、編輯人賠償損害。」〔註77〕

《欽定報律》第十一條規定「損害他人名譽之語，報紙不得登載。但專為公益不涉陰私者，不在此限。」〔註78〕違反者罰款。根據《欽定報律》第二十四條規定「違第十一條者，處該編輯人以二百元以下、二十元以上之罰金。遇有前項情形，須被害人告訴乃論其罪。本條第一項之罪，若編輯人係受人囑託者，該囑託人罰與編輯人同。其有賄賂情事者，得按賄賂之數，各處十倍以下之罰金；若十倍之數不滿二百元，仍處二百元以下之罰金，並將賄賂沒收。」〔註79〕

關於政務報導

《欽定報律》第十三條規定「……或會議事件，按照法令禁止旁聽者，報紙不得登載。」〔註80〕違反者罰款二十元以下、二百元以上。根據《欽定報律》第二十五條規定「違第十二條、第十三條者，處該編輯人以二百元以下、二十元以上之罰金。」〔註81〕

關於司法報導

《報館暫行條規》第五條規定「凡遇重要之刑事案件，於該案未定以前，報紙不得妄下斷語，並不得作庇護犯人之語。」〔註82〕違反此條款，《報館暫行條規》並未有針對性地指出作何種處罰。只是籠統地規定「凡違反本條規者，該管官署得酌情節輕重，分別科發行人、編輯人及印刷人以一月以上、一年以下之監禁或十元以上、二百元以下之罰金。但印刷人以知情為斷，如實不知情者得免其罰。」「凡遇犯本條規者，日報得命停報三日至七日；旬月等報得命停報一期至三期。若情節較重時得命停止發行。」「凡報館已命停止發行者，該管官署應即知照郵政局及電報局，不為郵遞發電，並出示禁止。送報人不得代為分送。」〔註83〕

〔註77〕劉哲民：《近現代出版新聞法規彙編》第33頁，學林出版社，1992年12月。
〔註78〕劉哲民：《近現代出版新聞法規彙編》第40頁，學林出版社，1992年12月。
〔註79〕劉哲民：《近現代出版新聞法規彙編》第40頁，學林出版社，1992年12月。
〔註80〕劉哲民：《近現代出版新聞法規彙編》第40頁，學林出版社，1992年12月。
〔註81〕劉哲民：《近現代出版新聞法規彙編》第41頁，學林出版社，1992年12月。
〔註82〕《東方雜誌》第一期，第29頁～31頁。
〔註83〕《東方雜誌》第一期，第29頁～31頁。

《欽定報律》第十三條規定「訴訟……按照法令禁止旁聽者，報紙不得登載。」〔註84〕違反者罰款二十元以上、二百元以下。根據《欽定報律》第二十五條規定「違第十二條、第十三條者，處該編輯人以二百元以下、二十元以上之罰金。」〔註85〕

（2）民國時期

禁止「淆亂政體、妨害治安、敗壞風俗」

辛亥革命後，1912 年 3 月南京臨時政府頒佈了《民國暫行報律》。其所包括的普通法禁載內容有報刊不得刊登「流言煽惑關於共和國體有破壞弊害者〔註86〕」，違反者判以停報處罰，並根據法律治罪。「除停止其出版外，其發行人、編輯人並坐以應得之罪。」〔註87〕

袁世凱執政時期的頒佈了一部出版法，兩部新聞法。這三部法規的禁載內容中均包括不得刊載「淆亂政體、妨害治安、敗壞風俗」的內容。

出版法第十一條第一、二、三項規定「文書圖畫有下列各款情事之一者，不得出版：一、淆亂政體者；二、妨害治安者；三、敗壞風俗者。」〔註88〕違反前二項者，沒收印刷物和印版，並處以徒刑或拘役；違反第三項者，罰款十五元以上、一百五十元以下。根據《出版法》第十五、十六條條規定「違反第十一條第一款、第二款者，除沒收其印本或印版外，處著作人、發行人、印刷人以五等有期徒刑或拘役。」「違反第十一條第三款至第七款者，除沒收其印本或印版外，處著作人、發行人以一百五十元以下、十五元以上之罰金。」〔註89〕

《報紙條例》和《修正報紙條例》第十條第一、二、三款規定報紙不得刊登「一、淆亂政體者；二、妨害治安者；三、敗壞風俗者；」〔註90〕違反第一項者，停報，沒收其報紙及營業器具，並處以有期徒刑。違反第二、三項者，停報，處以有期徒刑。《修正報紙條例》賦予警察官署以封報的權利。

〔註84〕　劉哲民：《近現代出版新聞法規彙編》第 40 頁，學林出版社，1992 年 12 月。
〔註85〕　劉哲民：《近現代出版新聞法規彙編》第 41 頁，學林出版社，1992 年 12 月。
〔註86〕　劉哲民：《近現代出版新聞法規彙編》第 51 頁，學林出版社，1992 年 12 月。
〔註87〕　劉哲民：《近現代出版新聞法規彙編》第 51 頁，學林出版社，1992 年 12 月。
〔註88〕　劉哲民：《近現代出版新聞法規彙編》第 54 頁，學林出版社，1992 年 12 月。
〔註89〕　劉哲民：《近現代出版新聞法規彙編》第 56 頁，學林出版社，1992 年 12 月。
〔註90〕　劉哲民：《近現代出版新聞法規彙編》第 87 頁、97 頁，學林出版社，1992 年
　　　　12 月。

根據《報紙條例》第二十二條第二十三條規定「登載第十條第一款之事件者，禁止其發行，沒收其報紙及營業器具，處發行人、編輯人、印刷人以四等或五等有期徒刑；但印刷人實不知情者，免其處罰。」「登載第十條第二款至第七款之事件者，停止其發行，科發行人編輯人以五等有期徒刑。前項停止發行，日刊者，停止十日以上一月以下；不定期刊、週刊、旬刊、月刊者，停止二次以上十次以下；年刊者，停止一次。」〔註91〕違反者根據《修正報紙條例》第二十一條、二十二條規定「登載第十條第一款之事件者，禁止其發行，沒收其報紙及營業器具，處發行人、編輯人、印刷人以四等或五等有期徒刑；警察官署因維持治安之必要，對於前項之報紙，得停止其發行。但印刷人實不知情者，免其處罰。」「登載第十條第二款至第八款之事件者，停止其發行，科發行人編輯人以五等有期徒刑。前項停止發行，日刊者，停止十日以上一月以下；不定期刊、週刊、旬刊、月刊者，停止二次以上十次以下；年刊者，停止一次。警察官署因維持治安之必要，對於第一項之報紙，得先命其停止發行。」〔註92〕

侵犯名譽權

《出版法》第十一條第八項規定不得「攻訐他人陰私損害其名譽〔註93〕」，違反者依刑律處罰。根據《出版法》第十七條規定「違反第十一條第八款經被害人告訴時，依刑律處斷。」〔註94〕

保密

《出版法》第十一條第七項規定「揭載軍事、外交及其它官署機密之文書圖畫者。但得該官署許可時，不在此限。」〔註95〕違反者沒收印刷物及印版，罰款十五元以上、一百五十元以下。根據《出版法》第十六條規定「違反第十一條第三款至第七款者，除沒收其印本或印版外，處著作人、發行人以一百五十元以下、十五元以上之罰金。」〔註96〕

《報紙條例》和《修正報紙條例》第十條第四項規定「外交、軍事之秘

〔註91〕 劉哲民：《近現代出版新聞法規彙編》第88頁，學林出版社，1992年12月。
〔註92〕 劉哲民：《近現代出版新聞法規彙編》第97～98頁，學林出版社，1992年12月。
〔註93〕 劉哲民：《近現代出版新聞法規彙編》第56頁，學林出版社，1992年12月。
〔註94〕 劉哲民：《近現代出版新聞法規彙編》第56頁，學林出版社，1992年12月。
〔註95〕 劉哲民：《近現代出版新聞法規彙編》第55頁，學林出版社，1992年12月。
〔註96〕 劉哲民：《近現代出版新聞法規彙編》第56頁，學林出版社，1992年12月。

密經該管官署禁止登載者〔註 97〕」禁止報導，違反者停止發行，處以有期徒刑，《修正報紙條例》賦予警察官署以封報的權利。根據《報紙條例》第二十三條「登載第十條第二款至第七款之事件者，停止其發行，科發行人編輯人以五等有期徒刑。前項停止發行，日刊者，停止十日以上一月以下；不定期刊、周刊、旬刊、月刊者，停止二次以上十次以下；年刊者，停止一次。」〔註 98〕根據《修正報紙條例》第二十二條規定「登載第十條第二款至第八款之事件者，停止其發行，科發行人編輯人以五等有期徒刑。前項停止發行，日刊者，停止十日以上一月以下；不定期刊、周刊、旬刊、月刊者，停止二次以上十次以下；年刊者，停止一次。警察官署因維持治安之必要，對於第一項之報紙，得先命其停止發行。」〔註 99〕

關於政務報導

《報紙條例》和《修正報紙條例》第十條第六項規定「國會及其它官署會議按照法令禁止旁聽者〔註 100〕」禁止報導，違反者停止發行，處以有期徒刑，《修正報紙條例》賦予警察官署以封報的權利。根據《報紙條例》第二十三條「登載第十條第二款至第七款之事件者，停止其發行，科發行人編輯人以五等有期徒刑。前項停止發行，日刊者，停止十日以上一月以下；不定期刊、周刊、旬刊、月刊者，停止二次以上十次以下；年刊者，停止一次。」〔註 101〕根據《修正報紙條例》第二十二條規定「登載第十條第二款至第八款之事件者，停止其發行，科發行人編輯人以五等有期徒刑。前項停止發行，日刊者，停止十日以上一月以下；不定期刊、周刊、旬刊、月刊者，停止二次以上十次以下；年刊者，停止一次。警察官署因維持治安之必要，對於第一項之報紙，得先命其停止發行。」〔註 102〕

〔註97〕 劉哲民：《近現代出版新聞法規彙編》第 87 頁、97 頁，學林出版社，1992 年
　　　　12 月。

〔註98〕 劉哲民：《近現代出版新聞法規彙編》第 88 頁，學林出版社，1992 年 12 月。

〔註99〕 劉哲民：《近現代出版新聞法規彙編》第 97～98 頁，學林出版社，1992 年 12
　　　　月。

〔註100〕 劉哲民：《近現代出版新聞法規彙編》第 87 頁、97 頁，學林出版社，1992
　　　　年 12 月。

〔註101〕 劉哲民：《近現代出版新聞法規彙編》第 88 頁，學林出版社，1992 年 12 月。

〔註102〕 劉哲民：《近現代出版新聞法規彙編》第 97～98 頁，學林出版社，1992 年 12
　　　　月。

關於司法報導

《出版法》第十一條第四、五項規定「煽動曲庇犯罪人、刑事被告人或陷害刑事被告人者；出版法。「輕罪、重罪之預審案件未經公判者〔註103〕」禁止報導，違反者沒收印刷物及印版，罰款十五元以上、一百五十元以下。根據《出版法》第十六條規定「違反第十一條第三款至第七款者，除沒收其印本或印版外，處著作人、發行人以一百五十元以下、十五元以上之罰金。」〔註104〕

《報紙條例》和《修正報紙條例》第十條第七條規定「煽動、曲庇、讚賞、救護犯罪人、刑事被告人，或陷害刑事被告人者〔註105〕」禁止報導，違反者停止發行，處以有期徒刑，《修正報紙條例》賦予警察官署以封報的權利。根據《報紙條例》第二十三條「登載第十條第二款至第七款之事件者，停止其發行，科發行人編輯人以五等有期徒刑。前項停止發行，日刊者，停止十日以上一月以下；不定期刊、周刊、旬刊、月刊者，停止二次以上十次以下；年刊者，停止一次。」〔註106〕根據《修正報紙條例》第二十二條規定「登載第十條第二款至第八款之事件者，停止其發行，科發行人編輯人以五等有期徒刑。前項停止發行，日刊者，停止十日以上一月以下；不定期刊、周刊、旬刊、月刊者，停止二次以上十次以下；年刊者，停止一次。警察官署因維持治安之必要，對於第一項之報紙，得先命其停止發行。」〔註107〕

2、在普通法之外新聞法規所禁止的內容

清末民初的新聞法規添加了普通法之外的內容，賦予官員禁止言論自由的權利。

對言論自由的限制對通過下列兩種方法實現的。

第一經衙門或者該館官署禁止媒體不得揭載。這個禁止方式需要官署先行告知禁止登載某特定內容，然後報刊方能執行。如果官署未告知或者告知不及時則問題在告知方，而非報刊。媒體只要未接到禁止通知，就可以認為

〔註103〕劉哲民：《近現代出版新聞法規彙編》第54頁，學林出版社，1992年12月。

〔註104〕劉哲民：《近現代出版新聞法規彙編》第56頁，學林出版社，1992年12月。

〔註105〕劉哲民：《近現代出版新聞法規彙編》第 87 頁、97 頁，學林出版社，1992年 12月。

〔註106〕劉哲民：《近現代出版新聞法規彙編》第88頁，學林出版社，1992年12月。

〔註107〕劉哲民：《近現代出版新聞法規彙編》第97～98頁，學林出版社，1992年12月。

是允許報導的。從這個角度來說，用這種表述法來禁止報導，實際上是一種法律授權，授予官署禁止某些特定報導的權力。

第二類禁止內容模糊不清。比如《欽定報律》第十二條之「外交、陸海軍事件及其它政務」之「其它政務」。禁止內容明確，一方面便於媒體遵照執行，另一方面也便於媒體在出現糾紛時依法維護自己的權利。而法律上未明確規定禁止內容，統治者則可以藉此隨意決定禁止的內容。而對於媒體則只能任其宰割，無法依法保護自己。

（1）清政府時期

關於政務新聞

《大清報律》第十三條規定「凡諭旨章奏，未經閣鈔、官報公佈者，報紙不得揭載。」〔註108〕違反者處以監禁和罰款。根據《大清報律》第二十二條規定「違第十二、第十三條及第十四條第四款者，該發行人、編輯人處二十日以上、六月以下之監禁；或二十元以上、二百元以下之罰金。」〔註109〕

《欽定報律》第十二條規定「……及其它政務，經該管官署禁止登載者，報紙不得登載。」〔註110〕違反者罰款。根據《欽定報律》第二十五條規定「違第十二條、第十三條者，處該編輯人以二百元以下、二十元以上之罰金。」〔註111〕

有關司法報導

《大清報律》第十、十一條規定「訴訟事件，經審判衙門禁止旁聽者，報紙不得揭載。」「豫審事件，於未經公判以前，報紙不得揭載。」〔註112〕違反者罰款十元以上、以百元以下。根據《大清報律》第二十一條規定「違第十、第十一條者，該編輯人處十元以上、一百元以下之罰金。」〔註113〕

外交、軍事事件

《報館暫行條規》第一條規定「凡關涉外交軍事之件，如經該管衙門傳諭報館秘密者，該報館不得揭載。」〔註114〕違反此條款，《報館暫行條規》並

〔註108〕劉哲民：《近現代出版新聞法規彙編》第 32 頁，學林出版社，1992 年 12 月。
〔註109〕劉哲民：《近現代出版新聞法規彙編》第 33 頁，學林出版社，1992 年 12 月。
〔註110〕劉哲民：《近現代出版新聞法規彙編》第 40 頁，學林出版社，1992 年 12 月。
〔註111〕劉哲民：《近現代出版新聞法規彙編》第 41 頁，學林出版社，1992 年 12 月。
〔註112〕劉哲民：《近現代出版新聞法規彙編》第 32 頁，學林出版社，1992 年 12 月。
〔註113〕劉哲民：《近現代出版新聞法規彙編》第 33 頁，學林出版社，1992 年 12 月。
〔註114〕《東方雜誌》第一期，第 29 頁～31 頁。

未有針對性地指出作何種處罰。只是籠統地規定「凡違反本條規者，該管官署得酌情節輕重，分別科發行人、編輯人及印刷人以一月以上、一年以下之監禁或十元以上、二百元以下之罰金。但印刷人以知情為斷，如實不知情者得免其罰。」「凡遇犯本條規者，日報得命停報三日至七日；旬月等報得命停報一期至三期。若情節較重時得命停止發行。」「凡報館已命停止發行者，該管官署應即知照郵政局及電報局，不為郵遞發電，並出示禁止。送報人不得代為分送。」〔註115〕

《大清報律》第十二條規定「外交、海陸軍事件，凡經該管衙門傳諭禁止登載者，報紙不得揭載。」〔註116〕違反者處以監禁及罰款。根據《大清報律》第二十二條規定「違第十二、第十三條及第十四條第四款者，該發行人、編輯人處二十日以上、六月以下之監禁；或二十元以上、二百元以下之罰金。」〔註117〕

《欽定報律》第十二條規定「外交、陸海軍事件及……，經該管官署禁止登載者，報紙不得登載。」〔註118〕違反者罰款二十元以上、二百元以下。根據《欽定報律》第二十五條規定「違第十二條、第十三條者，處該編輯人以二百元以下、二十元以上之罰金。」〔註119〕

（2）民國時期

關於政務報導

《報紙條例》第十條第四項規定「……及其它政務，經該管官署禁止登載者〔註120〕」不得登載，違反者停止發行，處以有期徒刑。根據《報紙條例》第二十三條「登載第十條第二款至第七款之事件者，停止其發行，科發行人編輯人以五等有期徒刑。前項停止發行，日刊者，停止十日以上一月以下；不定期刊、周刊、旬刊、月刊者，停止二次以上十次以下；年刊者，停止一次。」〔註121〕

《修改報紙條例》第十條第五款規定「各項政務經該管官署禁止登載者

〔註115〕《東方雜誌》第一期，第29頁～31頁。
〔註116〕劉哲民：《近現代出版新聞法規彙編》第32頁，學林出版社，1992年12月。
〔註117〕劉哲民：《近現代出版新聞法規彙編》第33頁，學林出版社，1992年12月。
〔註118〕劉哲民：《近現代出版新聞法規彙編》第40頁，學林出版社，1992年12月。
〔註119〕劉哲民：《近現代出版新聞法規彙編》第41頁，學林出版社，1992年12月。
〔註120〕劉哲民：《近現代出版新聞法規彙編》第87頁，學林出版社，1992年12月。
〔註121〕劉哲民：《近現代出版新聞法規彙編》第88頁，學林出版社，1992年12月。

〔註 122〕」不得登載，違反者停止發行，處以有期徒刑，警察官署可以封報。根據《修正報紙條例》第二十二條規定「登載第十條第二款至第八款之事件者，停止其發行，科發行人編輯人以五等有期徒刑。前項停止發行，日刊者，停止十日以上一月以下；不定期刊、周刊、旬刊、月刊者，停止二次以上十次以下；年刊者，停止一次。警察官署因維持治安之必要，對於第一項之報紙，得先命其停止發行。」〔註 123〕

　　出版法第十一條第六項規定「……或會議事件之禁止旁聽者〔註 124〕」不得報導，違反者沒收印刷物及印版，罰款十五元以上、一百五十元以下。根據《出版法》第十六條規定「違反第十一條第三款至第七款者，除沒收其印本或印版外，處著作人、發行人以一百五十元以下、十五元以上之罰金。」〔註 125〕

關於司法報導

　　出版法第十一條第六項規定「訴訟或……事件之禁止旁聽者〔註 126〕」不得登載，違反者沒收印刷物及印版，罰款十五元以上、一百五十元以下。根據《出版法》第十六條規定「違反第十一條第三款至第七款者，除沒收其印本或印版外，處著作人、發行人以一百五十元以下、十五元以上之罰金。」〔註 127〕

　　《報紙條例》第十條第五項規定「預審未經公判之案件及訴訟之禁止旁聽者」不得登載，違反者停止發行，處以有期徒刑，警察官署可以封報。根據《修正報紙條例》第二十二條規定「登載第十條第二款至第八款之事件者，停止其發行，科發行人編輯人以五等有期徒刑。前項停止發行，日刊者，停止十日以上一月以下；不定期刊、周刊、旬刊、月刊者，停止二次以上十次以下；年刊者，停止一次。警察官署因維持治安之必要，對於第一項之報紙，得先命其停止發行。」〔註 128〕

〔註 122〕劉哲民：《近現代出版新聞法規彙編》第 97 頁，學林出版社，1992 年 12 月。
〔註 123〕劉哲民：《近現代出版新聞法規彙編》第 97～98 頁，學林出版社，1992 年 12 月。
〔註 124〕劉哲民：《近現代出版新聞法規彙編》第 55 頁，學林出版社，1992 年 12 月。
〔註 125〕劉哲民：《近現代出版新聞法規彙編》第 56 頁，學林出版社，1992 年 12 月。
〔註 126〕劉哲民：《近現代出版新聞法規彙編》第 55 頁，學林出版社，1992 年 12 月。
〔註 127〕劉哲民：《近現代出版新聞法規彙編》第 56 頁，學林出版社，1992 年 12 月。
〔註 128〕劉哲民：《近現代出版新聞法規彙編》第 97～98 頁，學林出版社，1992 年 12 月。

3.3 規範媒介行為

清末民初，各政府分別通過出版法、著作權法和新聞專門法規範媒介行為，防止新聞自由被濫用。

3.3.1 著作權

1、著作權法的規定

清末民初，清政府、北洋政府分別頒佈了兩個有關著作權方面的法規，它們分別是 1910 年的《著作權章程》和 1915 年的《著作權法》。中華民國臨時政府時期並未頒佈自己制定的相關法律，而是繼續沿用清政府時期制定的《著作權章程》。1912 年內務部在《著作物呈請註冊暫照前清著作權律分別核辦通告》中稱「查著作物註冊給照，關係人民私權。本部查前清著作權律，尚無與民國國體牴觸之條。自應暫行援照辦理。為此刊登公報，有凡著作物擬呈請註冊，及曾經呈報未據繳費領照者，應即遵照著作權律分別呈候核辦可也。」〔註 129〕

兩個法規給著作權以界定。《著作權章程》第一章第一條規定「凡稱著作物而專有重制之利益者，曰著作權。稱著作物者：文藝、圖畫、帖本、照片、雕刻、模型皆是。」〔註 130〕《著作權法》第一章第一條規定「下列著作物，依本法註冊，專有重制之利益者，為著作權。一、文書講義演述；二、樂譜戲曲；三、圖畫帖本；四、照片、雕刻、模型；五、其它關於學藝、美術之著作權。」〔註 131〕

兩個法規規定下列著作不享有著作權保護：《著作權章程》第四章第三十一條規定「法令約章及文書案牘、各種善會宣講之勸誡文、各種報紙記載政治及時事上之論說新聞、公會之演說〔註 132〕」不能得著作權。《著作權法》第二章第二十三、二十四條規定「法令、約章及文書案牘；各種善會宣講之勸誡文；各種報紙記載關於政治及時事之論說、新聞；公開之演說。」〔註 133〕「以出版法之規定不得出版之著作物〔註 134〕」不得享有著作權。

〔註 129〕劉哲民：《近現代出版新聞法規彙編》第 50 頁，學林出版社，1992 年 12 月。
〔註 130〕劉哲民：《近現代出版新聞法規彙編》第 10 頁，學林出版社，1992 年 12 月。
〔註 131〕劉哲民：《近現代出版新聞法規彙編》第 57 頁，學林出版社，1992 年 12 月。
〔註 132〕劉哲民：《近現代出版新聞法規彙編》第 12 頁，學林出版社，1992 年 12 月。
〔註 133〕劉哲民：《近現代出版新聞法規彙編》第 59 頁，學林出版社，1992 年 12 月。
〔註 134〕劉哲民：《近現代出版新聞法規彙編》第 59 頁，學林出版社，1992 年 12 月。

　　《著作權章程》規定下列著作視爲公共之利益，它們是「著作權年限已
滿者；著作者身故後別無承繼人者；著作久經通行者；願將著作任人翻印者
〔註 135〕」。

　　根據《著作權章程》和《著作權法》的規定，著作權包括以下五個方面
的人身權和財產權：發表權、署名權、修改權、保護作品完整權、使用權和
獲得報酬權。

　　著作人有發表與不發表之自由。《著作權章程》第二十四條規定「數人合
成之著作，其中如有一人不願發行者，應視所著之體裁，如可分別，即將著
作之一部分提開，聽其自主；如不能分別，應由餘人酬以應得之利，其著作
權歸餘人公有。」〔註 136〕《著作權法》第十八條也有類似規定「數人合成之
著作，其中如有一人不願發行者，其著作之體裁如可分割，應將該著作之一
部分提開，聽其自主；如不能分割時，應由各發行人酬以相當之利益，其著
作權歸各發行人公有。」〔註 137〕

　　著作人對其著作物有署名權，除非自願，他人不可剝奪其署名權，更不
可假冒或者更改其名。《著作權章程》在第二十四條中規定「數人合成之著作，
其中如有一人不願發行者，應視所著之體裁，如可分別，即將著作之一部分
提開，聽其自主；如不能分別，應由餘人酬以應得之利，其著作權歸餘人公
有。但其人不願於著作內列名者，應聽其便。」〔註 138〕在第三十四條中規定
「接受他人著作者，不得就原著……變匿姓名……發行。」〔註 139〕第三十五
條規定「對於他人著作權期限已滿之著作，不得……變匿姓名……發行。」〔註
140〕第三十六條規定「不得假託他人姓名，發行己之著作。」〔註 141〕《著作
權法》第十八條規定「數人合成之著作，其中如有一人不願發行者，其著作
之體裁如可分割，應將該著作之一部分提開，聽其自主；如不能分割時，應
由各發行人酬以相當之利益，其著作權歸各發行人公有。但其人不願列名於
該著作者，應聽其便。」〔註 142〕《著作權法》第二十七條規定「接受或繼承

〔註 135〕劉哲民：《近現代出版新聞法規彙編》第 13 頁，學林出版社，1992 年 12 月。
〔註 136〕劉哲民：《近現代出版新聞法規彙編》第 12 頁，學林出版社，1992 年 12 月。
〔註 137〕劉哲民：《近現代出版新聞法規彙編》第 59 頁，學林出版社，1992 年 12 月。
〔註 138〕劉哲民：《近現代出版新聞法規彙編》第 12 頁，學林出版社，1992 年 12 月。
〔註 139〕劉哲民：《近現代出版新聞法規彙編》第 13 頁，學林出版社，1992 年 12 月。
〔註 140〕劉哲民：《近現代出版新聞法規彙編》第 13 頁，學林出版社，1992 年 12 月。
〔註 141〕劉哲民：《近現代出版新聞法規彙編》第 13 頁，學林出版社，1992 年 12 月。
〔註 142〕劉哲民：《近現代出版新聞法規彙編》第 59 頁，學林出版社，1992 年 12 月。

著作權者，不得就原著作……變匿姓名……發行。」〔註143〕第二十八條規定「著作權年限已滿之著作，視爲公共之物。但不問何人，不得加以……變匿姓名……發行。」〔註144〕

著作人對著作有修改權，他人不得侵犯。《著作權章程》第三十四條規定「接受他人著作者，不得就原著……更換名目發行。」〔註145〕第三十五條規定「對於他人著作權期限已滿之著作，不得……更換名目發行。」〔註146〕《著作權法》第二十七條規定「接受或繼承著作權者，不得就原著作……更換名目發行。」〔註147〕第二十八條規定「著作權年限已滿之著作，視爲公共之物。但不問何人，不得……更換名目發行。」〔註148〕

《著作權章程》和《著作權法》保護著作人作品完整。《著作權章程》第三十四條規定「接受他人著作者，不得就原著加以割裂、改竄……發行。」〔註149〕第三十五條規定「對於他人著作權期限已滿之著作，不得加以割裂、改竄發行。」〔註150〕《著作權法》第二十七條規定「接受或繼承著作權者，不得就原著作加以割裂改竄……發行。」〔註151〕第二十八條規定「著作權年限已滿之著作，視爲公共之物。但不問何人，不得加以割裂、改竄……發行。」〔註152〕

法律保護著作人對著作物的使用權和獲得報酬權。《著作權章程》第三十三條規定「凡既經呈報註冊給照之著作，他人不得翻印仿製，及用各種假冒方法，以侵損其著作權。」〔註153〕《著作權法》第二十五條規定「著作權經註冊後，遇有他人翻印、仿製及其它各種假冒方法，致損害其權力利益時，得提起訴訟。」〔註154〕

《著作權章程》和《著作權法》對作品範圍、著作權內容、歸屬及保護

〔註143〕 劉哲民：《近現代出版新聞法規彙編》第 59 頁，學林出版社，1992 年 12 月。
〔註144〕 劉哲民：《近現代出版新聞法規彙編》第 60 頁，學林出版社，1992 年 12 月。
〔註145〕 劉哲民：《近現代出版新聞法規彙編》第 13 頁，學林出版社，1992 年 12 月。
〔註146〕 劉哲民：《近現代出版新聞法規彙編》第 13 頁，學林出版社，1992 年 12 月。
〔註147〕 劉哲民：《近現代出版新聞法規彙編》第 59 頁，學林出版社，1992 年 12 月。
〔註148〕 劉哲民：《近現代出版新聞法規彙編》第 60 頁，學林出版社，1992 年 12 月。
〔註149〕 劉哲民：《近現代出版新聞法規彙編》第 13 頁，學林出版社，1992 年 12 月。
〔註150〕 劉哲民：《近現代出版新聞法規彙編》第 13 頁，學林出版社，1992 年 12 月。
〔註151〕 劉哲民：《近現代出版新聞法規彙編》第 59 頁，學林出版社，1992 年 12 月。
〔註152〕 劉哲民：《近現代出版新聞法規彙編》第 60 頁，學林出版社，1992 年 12 月。
〔註153〕 劉哲民：《近現代出版新聞法規彙編》第 13 頁，學林出版社，1992 年 12 月。
〔註154〕 劉哲民：《近現代出版新聞法規彙編》第 59 頁，學林出版社，1992 年 12 月。

期限、侵犯著作權和與著作權有關權益的行為及法律責任等作了明確規定，它的頒佈不僅僅保護了著作人的著作權，也保護了出版者、表演者等擁有的著作鄰接權，對鼓勵人們創作和推廣智力成果，促進科學文化事業的發展繁榮具有積極意義。

2、新聞專門法中有關著作權的規定

在清末民初的六個新聞專門法中有四個作了關於保護著作權的規定，它們分別是清政府時期的《大清報律》和《欽定報律》，北洋政府時期的《報紙條例》和《修改報紙條例》。這些新聞專門法均允許「報刊所創有的論說、紀事、譯著等」注明不許轉載字樣，禁止他報對注明「不許轉載」的論說、紀事、譯著等的抄襲。（《大清報律》第三十八條、《欽定報律》第十五條、《報紙條例》第十四條、《修改報紙條例》第十四條）另外《大清報律》還對附刊內容作了特別的規定：「凡報中附刊之作，他日足以成書者，得享有版權之保護。」

3.3.2 名譽權

言論自由和名譽權都是法律規定的基本人權。但是言論自由和個人名譽之間存在著權利衝突。言論自由包括了揭發壞事的自由，也就意味著一人的言論自由可能會損害他人的人身、財產或名譽權利。如果所發表的言論傷害了其它公民的人身、財產或名譽，那麼必須對其言論所造成的損害負責。所以清末民初的法律制定了相關法規，既允許公民為公共利益自由發表確實的言論，又對不負責的錯誤言論所產生的損失規定了刑事或民事的處罰。

1、出版法有關名譽權保護的相關規定

清末民初頒佈了一部出版法，那就是 1915 年的《出版法》。

這部《出版法》對侵犯名譽權做的規定較前簡單，僅有第十一條第八項、第十七條兩條：第十一條第八款稱「攻訐他人陰私，損害其名譽者不得出版。」〔註 155〕第十七條「違反第十一條第八款經被害人告訴時，依刑律處斷。」〔註 156〕

2、新聞專門法對侵犯名譽權的規定

清末民初一共頒佈了六個新聞專門法，除《報館暫行條規》沒有做出專

〔註 155〕劉哲民：《近現代出版新聞法規彙編》第 56 頁，學林出版社，1992 年 12 月。
〔註 156〕劉哲民：《近現代出版新聞法規彙編》第 56 頁，學林出版社，1992 年 12 月。

門的規定外，其它法律都包含有保護名譽權和侵犯名譽權的民事訴訟處罰規定。

《大清報律》第十五條規定「發行人或編輯人，不得受人賄囑，顛倒是非。發行人或編輯人，亦不得挾嫌誣衊，損人名譽。」〔註157〕違反者罰款並賠償損害，根據《大清報律》的第二十四、二十五、二十六條「違十五條第一項者，該發行人、編輯人經被害人呈訴訊實，照所受賄之數，加十倍處以罰金；仍究其致賄人，與受同罪。」「違第十五條第二項者，該發行人、編輯人經被害人呈訴訊實，處二十元以上、二百元以下之罰金。」「違第十五條者，除按照前兩條處罰外，其被害人得視情節之輕重，由發行人、編輯人賠償損害。」〔註158〕

《欽定報律》第十一條規定「損害他人名譽之語，報紙不得登載。」〔註159〕違反者罰款，根據《欽定報律》的第二十四條「違第十一條者，處該編輯人以二百元以下、二十元以上之罰金。遇有前項情形，須被害人告訴乃論其罪。本條第一項之罪，若編輯人係受人囑託者，該囑託人罰與編輯人同。其有賄賂事者，得按賄賂之數，各處十倍以下之罰金；若十倍之數不滿二百元，仍處二百元以下之罰金，並將賄賂沒收。」〔註160〕

《民國暫行報律》第三條規定「調查失實，污毀個人名譽者，被污毀人得要求其更正。要求更正而不履行時，經被污毀人提起訴訟時，得酌量科罰。」〔註161〕

《報紙條律》第十條第八項規定「攻訐個人隱私損害其名譽者〔註162〕」不得登載。《修正報紙條例》第十條第九款規定「攻訐他人隱私損害其名譽者〔註163〕」不得登載。違反者罰款。根據《報紙條例》的第二十四條「登載第十條第八款之事件，經被害人告訴者，科編輯人二百元以下、二十元以上罰金。前項之登載，若編輯人係受人囑託者，科囑託人以編輯人同等之罰金。前項之囑託，有賄賂情事者，按照賄賂之數，各科十倍以下之罰金，並沒收

〔註157〕劉哲民：《近現代出版新聞法規彙編》第 32 頁，學林出版社，1992 年 12 月。
〔註158〕劉哲民：《近現代出版新聞法規彙編》第 33 頁，學林出版社，1992 年 12 月。
〔註159〕劉哲民：《近現代出版新聞法規彙編》第 40 頁，學林出版社，1992 年 12 月。
〔註160〕劉哲民：《近現代出版新聞法規彙編》第 41 頁，學林出版社，1992 年 12 月。
〔註161〕劉哲民：《近現代出版新聞法規彙編》第 51 頁，學林出版社，1992 年 12 月。
〔註162〕劉哲民：《近現代出版新聞法規彙編》第 87 頁，學林出版社，1992 年 12 月。
〔註163〕劉哲民：《近現代出版新聞法規彙編》第 97 頁，學林出版社，1992 年 12 月。

其賄賂。前項賄賂十倍之數，不滿二百元者，仍各科二百元以下之罰金。」〔註 164〕《報紙修改條例》的第二十三條「登載第十條第九款之事件，經被害人告訴者，科編輯人二百元以下、二十元以上罰金。前項之登載，若編輯人係受人囑託者，科囑託人以編輯人同等之罰金。前項之囑託，有賄賂情事者，按照賄賂之數，各科十倍以下之罰金，並沒收其賄賂。前項賄賂十倍之數，不滿二百元者，仍各科二百元以下之罰金。」〔註 165〕

《欽定報律》還規定了為了公共利益而損害他人名譽，如果不涉及陰私，報紙是可以登載的。「但專為公益不涉陰私者，不在此限。」〔註 166〕

3.3.3 更正

更正的實質是媒體及其從業人員義務與公民權利的平衡點。更正與答辯權的提出，有兩方面的意義，一是限制濫用新聞自由，一是保障新聞產品消費者的合法權益。

清末民初各新聞專門法都對報紙記載失實做出更正的規定。

1、法律規定記載失實要立即更正，否則將受到處罰

《大清報律》第八、第九條規定「報紙記載失實，經本人或關係人聲請更正，或送登辨誤書函，應即於次號照登」，「記載失實事項，由他報轉抄而來者，如見該報自行更正或登有辨誤書函時，應於本報次號照登。」〔註 167〕違反者罰款三元以上、三十元以下。根據《大清報律》第二十條規定「第二十條違第八條第一項及第九條者，該編輯人經被害人呈訴訊實，處三元以上、三十元以下之罰金。」〔註 168〕

《欽定報律》第八、第九條規定「報紙登載錯誤，若本人或關係人請求更正，或將更正辯駁書請求登載者，應即於次回或第三回發行之報紙更正。或將更正書、辯駁書照登。」「登載錯誤事項，由他報鈔襲而來者，雖無本人或關係人之請求，若見該報更正，或登載更正書、辯駁書，應即於次回或第三回發行之報紙分別照辦。」〔註 169〕違反者罰款三元以上、三十元以下。根

〔註 164〕 劉哲民：《近現代出版新聞法規彙編》第 89 頁，學林出版社，1992 年 12 月。
〔註 165〕 劉哲民：《近現代出版新聞法規彙編》第 98 頁，學林出版社，1992 年 12 月。
〔註 166〕 劉哲民：《近現代出版新聞法規彙編》第 40 頁，學林出版社，1992 年 12 月。
〔註 167〕 劉哲民：《近現代出版新聞法規彙編》第 32 頁，學林出版社，1992 年 12 月。
〔註 168〕 劉哲民：《近現代出版新聞法規彙編》第 32 頁，學林出版社，1992 年 12 月。
〔註 169〕 劉哲民：《近現代出版新聞法規彙編》第 40 頁，學林出版社，1992 年 12 月。

據《欽定報律》第二十一條規定「違第一條、第八條第一項、第二項或第九條者,處該編輯人以三十元以下、三元以上之罰金。遇有前項情形,若所登載繫屬私事者,須被害人告訴乃論其罪。」〔註170〕

《民國暫行報律》第三條規定「調查失實,污毀個人名譽者,被污毀人得要求其更正。要求更正而不履行時,經被污毀人提起訴訟時,得酌量科罰。」〔註171〕

《報紙條例》和《修正報紙條例》第十二、十三條規定「報紙登載錯誤,經本人或關係人開具姓名、住址、事由、請求更正,或將更正辯明書請求登載者,應於次回或第三回發行之報紙照登。」「登載錯誤事項,由他報抄襲而來者,雖無本人或關係人之請求,若經原報更正或登載更正辯明書後,應於次回或第三回發行之報紙分別登載。」〔註172〕違反者罰款五元以上、五十元以下。根據《報紙條例》第二十六條《修正報紙條例》第二十五條規定「違第十二條第一項、第二項或第十三條之規定,經被告人告訴者,科編輯人以五十元以下、五元以上之罰金。」〔註173〕

2、在更正新聞事實錯誤上,規定媒體有責任提供給相當於原文的相同數字,免費刊登。

《大清報律》第八條規定「如辨誤字數過原文二倍以上者,准照該報普通告白例,計字收費。」第九條規定「記載失實事項,由他報轉抄而來者,如見該報自行更正或登有辨誤書函時,應於本報次號照登,不得收費。」〔註174〕

《欽定報律》第八條規定「更正或登載更正書、辯駁書,字形大小及次序先後,須與記載錯誤原文相同。更正書、辯駁書字數逾原文二倍者,得計所逾字數,照該報登載告白定例收費。」第九條規定「登載錯誤事項,由他報鈔襲而來者,雖無本人或關係人之請求,若見該報更正,或登載更正書、辯駁書,應即於次回或第三回發行之報紙分別照辦。但不得收費。」〔註175〕

〔註170〕劉哲民:《近現代出版新聞法規彙編》第41頁,學林出版社,1992年12月。
〔註171〕劉哲民:《近現代出版新聞法規彙編》第51頁,學林出版社,1992年12月。
〔註172〕劉哲民:《近現代出版新聞法規彙編》第 87 頁、97 頁,學林出版社,1992年12月。
〔註173〕劉哲民:《近現代出版新聞法規彙編》第 88 頁、98 頁,學林出版社,1992年12月。
〔註174〕劉哲民:《近現代出版新聞法規彙編》第32頁,學林出版社,1992年12月。
〔註175〕劉哲民:《近現代出版新聞法規彙編》第40頁,學林出版社,1992年12月。

《報紙條例》和《修正報紙條例》第十二條規定「登載更正或更正辯明書，其字形大小、次序先後，須與錯誤原文相同。更正辯明書逾原文二倍者，得計所逾字數，照該報告白定例收費。」〔註176〕第十三條規定「登載錯誤事項，由他報抄襲而來者，雖無本人或關係人之請求，若經原報更正或登載更正辯明書後，應於次回或第三回發行之報紙分別登載。但不得收費。」〔註177〕

3、如果更正內容有悖於法律，媒體可以拒絕刊登。

《大清報律》第八條規定「更正及辨誤書函，如措詞有背法律或未書姓名、住址者，毋庸照登。」〔註178〕

《欽定報律》第八條規定「若更正辯駁詞意有背法律，或不署姓名及住址者，毋庸登載。」〔註179〕

《報紙條例》和《修正報紙條例》第十二條規定「更正辯明書，有違背法令者，不得登載。」〔註180〕

〔註176〕劉哲民：《近現代出版新聞法規彙編》第 87 頁、97 頁，學林出版社，1992
　　　　年 12 月。
〔註177〕劉哲民：《近現代出版新聞法規彙編》第 87 頁、97 頁，學林出版社，1992
　　　　年 12 月。
〔註178〕劉哲民：《近現代出版新聞法規彙編》第 32 頁，學林出版社，1992 年 12 月。
〔註179〕劉哲民：《近現代出版新聞法規彙編》第 40 頁，學林出版社，1992 年 12 月。
〔註180〕劉哲民：《近現代出版新聞法規彙編》第 87 頁、97 頁，學林出版社，1992
　　　　年 12 月。

第 4 章　清末民初的新聞自由

新聞法是保護新聞自由和限制濫用新聞自由的法律規範文件。清朝末年我國開始了新聞出版法規的創制，到北洋政府結束一共制定了 9 部這方面的法規，頒佈了 8 部。這些法規的頒佈對於當時我國公民和媒介的新聞自由具有一定的保護作用。本章從新聞自由的法律保障、立法學視角中的新聞自由和新聞自由思想三方面試圖勾勒出清末民初新聞自由狀況。

4.1 清末民初新聞自由的法律保障

新聞自由是憲法規定的言論、出版自由在新聞領域中的實施和表現。主要是指公民和媒介所擁有的新聞報導和意見表達的自由權利。清末民初我國新聞自由受到憲法、新聞法和出版法的保障。

4.1.1 憲法保障

憲法是一個國家的根本大法。通常規定一個國家的社會制度和國家制度的基本原則、國家機關的組織和活動的基本原則，公民的基本權利和義務等重要內容。憲法具有最高法律效力，是制定其它法律的依據，一切法律、法規都不得同憲法相牴觸。〔註 1〕

言論出版自由自 1908 年起，一直是清末民初制定的憲法內容之一。這一時期一共公佈了四個全國範圍的憲法文件，四個文件都明確規定臣民或人民具有言論出版自由，但在程度上有區別。

〔註 1〕 張雲秀：《法學概論》（第二版）第 71 頁，北京大學出版社，2000 年 10 月第二版重排本，2001 年 5 月第二次印刷。

1923 年 10 月北洋政府制定的憲法賦予人民完全的言論出版自由。

1923 年 10 月 10 日北洋政府制定了《中華民國約法》,其第四章第十一條規定,「中華民國人民有言論、著作及刊行之自由,非依法律,不受制限。」〔註 2〕這一憲法文件賦予了言論出版最大的自由,「非依法律,不受制限」幾個字,意思是只有在違法情況下才受法律干涉,公民和媒介在新聞報導和意見表達時只要不違法就不受法律干涉。這一憲法賦予人民享有完全的言論出版自由。

1912 年 3 月民國南京臨時政府制定的憲法明確規定在正常情況下,言論出版自由不受干涉;只有在特殊情況下,言論出版自由才會依法受到限制。

1912 年 3 月 11 日民國南京臨時政府公佈了《中華民國臨時約法》,其第二章第四條、第十五條規定「人民有言論、著作、刊行及集會、結社之自由;」「本章所載人民之權利,有認爲增進公益,維持治安,或作常緊急必要時,得依法律限制之。」〔註 3〕

與前面兩個憲法相比,清政府和袁世凱政府制定的憲法就對言論出版自由給與了限制。

1908 年 8 月 27 日清政府公佈的《欽定憲法大綱》臣民權利義務部分第二條規定,「臣民於法律範圍之內,所有言論、著作、出版及集會、結社等事,均准其自由。」〔註 4〕

1914 年 5 月 1 日袁世凱政府公佈的《中華民國約法》第二章第四條規定「人民於法律範圍內,有言論、著作、刊行及集會、結社之自由。」〔註 5〕

這兩個憲法性文件在人民有言論出版自由前,增加了「在法律範圍內」這樣幾個字,給言論出版自由增加了限制。因爲憲法所保護的權利很多,並非言論出版自由一項;權利和權利之間發生衝突是必然和正常的,關鍵是如何解決這種衝突,這兩個憲法性文件沒有規定解決的辦法,把解決權利和權

〔註 2〕 《近代中國憲政歷程:史料薈萃》第 521～522 頁,政法大學出版社,2004 年 12 月。

〔註 3〕 《近代中國憲政歷程:史料薈萃》第 156～157 頁,政法大學出版社,2004 年 12 月。

〔註 4〕 《近代中國憲政歷程:史料薈萃》第 127～128 頁,政法大學出版社,2004 年 12 月。

〔註 5〕 《近代中國憲政歷程:史料薈萃》第 471～472 頁,政法大學出版社,2004 年 12 月。

利之間衝突的權力交給了法院。這表明言論出版自由和其它憲法保護的權利一樣具有同等的地位，不具有優先保護的權利。

　　清末爆發了推翻清朝統治的大革命，這一時期各省、軍政府所制定的臨時約法也有保護言論出版自由這方面內容。據《近代中國憲政歷程：史料薈萃》一書記載，共有四個，它們分別是《廣西軍政府臨時約法》、《中華民國鄂州臨時約法草案》、《浙江軍政府臨時約法》、《江西省臨時約法》。其中有三個臨時約法保護言論出版自由，只有廣西軍政府限制言論出版自由，這四個臨時約法有關言論出版自由條款如下：

　　在《廣西軍政府臨時約法》中第二章第七條中規定：「人民於法律範圍內得自由言論、著作、刊行及集會結社。」〔註6〕

　　1911 年 10 月 28 日至 11 月 13 日公佈的《中華民國鄂州臨時約法草案》第二章第六條規定：「人民自由言論著作刊行並集會結社。」第二十一條規定：「本章所載人民之權利，於有認為增進公益、維持公安之必要，或非常緊急必要時，得以法律限制之。」第十四條規定：「人民得訴訟於法司，求其審判，其對於行政官署所為違法損害權利之行為，則訴訟於行政審判院。」〔註7〕

　　在 1911 年 12 月 29 日公佈的《浙江軍政府臨時約法》第五條第四款規定人民得享有「言論、著作、集會結社之自由」，第十三條規定「本章所載人民之權利，於有認為增進公益，維持治安，或非常緊急必要時，得依法律限制之。」第八條規定「人民對於官吏違法損害權利之行為，有陳訴於行政審判院之權。」〔註8〕

　　1912 年 1 月 24 日公佈的《江西省臨時約法》第二十條規定「人民有言論、著作、出版及集會結社之自由。」第三十三條規定「本章所載人民之權利，有認為增進公益，維持治安之必要，或非常緊急時，依法律限制之。」第二十八條規定：「第二十八條人民得訴訟於法司，請求審判。其由於行政官署之違法致權利受有損害時，得提起訴訟於行政審判院。」〔註9〕

〔註6〕　《近代中國憲政歷程：史料薈萃》第 631～632 頁，政法大學出版社，2004
　　　　年 12 月。

〔註7〕　《近代中國憲政歷程：史料薈萃》第 609～610 頁，政法大學出版社，2004
　　　　年 12 月。

〔註8〕　《近代中國憲政歷程：史料薈萃》第 627 頁，政法大學出版社，2004 年 12
　　　　月。

〔註9〕　《近代中國憲政歷程：史料薈萃》第 627 頁，政法大學出版社，2004 年 12
　　　　月。

4.1.2 出版新聞法保障

清末民初清政府制定了五部報律，南京臨時政府制定了一部，袁世凱政府制定了二部及一部出版法。這些報律、出版法雖然並不盡是以建立民主法制國家爲宗旨而制定的，制定的手段也是非民主化的居多，新聞法和出版法也沒有把「新聞自由」或者「言論自由」「出版自由」寫入法律條文，但是它們的頒布施行卻保護了公民和媒介的言論出版自由。

之所以這麼說，首先是因爲嚴格意義上，新聞法和出版法的制定頒佈本身就意味著國家對於公民和媒介在言論出版時的權利、義務和責任進行了法律規範。意味著公民和媒介在依法享有言論出版自由的同時，負有不得損害社會和他人權利的義務。這裏公民和媒介的言論出版自由，作爲新聞法規的一部分被包含在了法規裏。不管法律條款是否明文標出，新聞法規都會對其進行保護。

其次，法規的頒佈還意味著如果要修改法律，必須依照法律修改程序修改，以確保法律所保護的自由不受侵害。

在立法過程和法律實施中，管理者與公民、媒介的出發點是不同的。管理者往往從統治和管理的角度希望對言論出版加以限制，公民和媒介往往從自由、正義、公正的角度要求給與保護，但是國家機關依照立法程序制定並頒佈法律後，這部法律即具有法律效力，儘管權力者未必是有法必依，但也會盡可能依法辦事。所以權力者只能通過修改報律來修訂對自己統治或者管理更爲有力的條款。這裏法律修改程序成了人們監督政府行爲合法與否的依據。

1920 年 5、6 月間，上海中國學生與商人罷課罷市，要求罷免親日派之閣員。市肆之間，滿貼排斥政府之陰謀及日本之侵略手段之文字。工部局乃藉口治安大受影響實緣報紙及印刷品傳播之力，乃提出《印刷附律》於納稅人會議，請求通過。〔註10〕公部局之所以請求納稅人會議通過《印刷附律》，是希望能夠借助法律的力量可以名正言順的進行裁制。在從一個側面說明，要合法的剝奪或侵犯報律和出版部所保護的言論出版自由，是需要根據法律修改程序來完成的，並不是權力者率性任意之事。

在法律實施中，報律和出版法的存在給公民和媒介的合法行爲提供了法律保護。

〔註10〕 戈公振：《中國報學史》第 280 頁，中國新聞出版社，1985 年 11 月。

新聞自由部分取決於憲法和法律的性質和規定，部分取決於法律的實施。並且法律的實施在更大的程度上左右著自由。因爲公民的自由是以法律形式存在的，但法律並不是自由權的自動保障，公民的自由權必須在實際的權利行使而導致的具體的權利衝突中，通過對權利及其衝突的公正、合理的安排和調整來實現。

1、總體上，清末民初民間辦報限制少，出版自由有保障。

在清末民初的 20 多年時間裏，有報律的時間只有將近七年的時間，沒有報律的時間遠遠比有報律的時間長。即使把民國沒有報律時用以規範報業的《出版法》算在內，辦報受到的限制也只存在於報律存在的六、七年。

這六七年不是連續的六七年，是兩個階段的綜合。它們分別是指 1908 年 1 月 18 日到 1912 年 1 月民國成立前這段時間和 1914 年 4 月 2 日到 1916 年 7 月。這前一個階段清政府頒佈了可以在全國施行的報律——《大清報律》和《欽定報律》，存在時間合計四年多。在後一階段袁世凱政府頒佈了《報紙條例》和《修正報紙條例》，存在時間持續了 2 年零三個月。1916 年 6 月繼任大總統黎元洪宣佈恢復《中華民國臨時約法》，同年 7 月廢除了《報紙條例》。之後辦報又恢復爲無任何限制。

清末民初的辦報限制分爲兩種，清政府時期辦報無需批准只需呈報，但需繳納保押費；袁世凱政府時期辦報需批准，需繳納保押費。有鑒於此，除了在袁世凱政府時期，民間辦報自由受到嚴酷的限制外，其它時間，包括清末，人們是具有辦報自由的。

由於清末報律辦報無需批准只需呈報，繳納保押費，對辦報自由管控較寬。清末一些報刊因言論禁止出版後，往往這份報紙剛剛禁止出版，同一班人馬重新申請，又可以辦起一份報紙來。于右任的豎三民就是一個很好的例證。

1908 年 8 月，于右任開始籌辦《民呼日報》，1909 年 5 月 15 日，《民呼日報》正式創刊，于右任自任社長。發行前《民呼日報》在上海各報登載特別廣告，表明自己爲民請命的辦報宗旨。發行當天于右任在宣言書中，認爲報紙天然就具有監督政府的責任。在接下來的報導中，《民呼日報》揭發了各省的腐敗吏治，特別是對西北地區自然災害的嚴重狀況和大小官吏匿災不報、橫征暴斂進行了集中的報導。遭到了陝甘總督以及被批評者的仇恨，他們向公共租界當局指控民呼日報毀壞名譽，並有侵吞賑款嫌疑。租界會審公

廳受理了他們的指控，經過多次審訊，雖然查清指控並不成立，但在于右任還是被判逐出租界，並具結今後不得再開報館。8月14日，《民呼日報》發表了與讀者告別書。

《民呼日報》停止出版一個多月後，1909年10月3日，《民吁日報》誕生了，人還是《民呼日報》的人，機器設備也是《民呼日報》的，只是註冊地點換在法租界，名稱換了一個字，所謂民不敢聲，唯有籲耳。《民吁日報》的創辦人還是于右任。

不僅在租界辦報自由，在其它地方也是如此。《吉林日報》因登載外務部與東省督撫之間商量間島交涉往來的電報，被禁止出版後，重以《吉林時報》為名註冊，出版發行。《申報》1909年9月25日緊要新聞欄裏發表了《吉林時報緩期出版》的消息，講述的就是在吉林發生的易名出版的事情。原稿如下：

吉林日報前月抄，因登載外務部與東省督撫籌商間島交涉往來之要電，經外部請旨轉飭錫督，諭禁出版，茲該報已重行組織，易名吉林時報，原定八月初六日出版，以一切手續頭緒紛繁，忽促不能就理，大約緩至節後，始可照常發行云。〔註11〕

2、報律有助於突破言論禁區。

報律一經頒布施行，就成為報人保護權益的法律武器。據《申報》1908年～1914年記載，報人們在這段時間維權的主要依據是「報刊有言論出版自由」、司法審判及更正等三條規定。

（1）依據「報刊有言論出版自由權」維權。

《京華報》因轉載美國舊金山《世界日報》稿件，被順天府認為是與革命黨「潛通聲氣」受到傳喚，在審案時，《京華報》經理唐君繼就以報刊有言論自由權進行辯護。《申報》1908年4月20日緊要新聞刊登了審訊過程，報導內容如下：

日前順天府派差到京華報館傳提主筆，該館經理唐君繼星挺身前往，初九日府署審判處訊詰，問官先問該報所登各新聞任意謗毀，主筆究係何人，何以不令到案，唐答稱館中雖請有主筆，特登載各件多由自己主持，如有罪我一人，獨當可也，不必拖累他人，問官

〔註11〕1909年9月25日申報《吉林時報緩期出版》。

云：某日所載某條何以得憑空謗毀，唐答稱從他報抄來，不知謗毀。少頃遣人到館將底報取來，呈堂閱看，問官云：何以別條不抄，而獨抄此條，豈非有意？唐答稱報有言論自由權，何況抄報，請長官指示，何條應抄，何條不應抄？問官語塞，但云雖如此說，虛實究應辨明，有關他人名譽者更應留意，我爲爾計，或去託體面人代求某堂官，以後只一恪遵報律之甘結，堂官當可准爾再開報館，否則空要勒停發行。唐答稱，報館係文明事業，我們既爲此事早已不怕封閉，你且不要以此等搖尾乞憐之言，加之於我，辱我報界。問官至此大怒，但云：我替你說好話，你不聽我說實爲可惡，當令差役將唐暫行押管，唐答稱：我絕不逃逸，你如何叫我來，並需如何送我回去云云。問官不語。憤憤退堂。翼兩日，順天府尹特將審訊情形專摺奏聞，略云京華報種種謗毀，擬請即行封禁，該管經理唐繼星擬科以監禁之罪，十一日奉旨依議欽此，由軍機處片交到府署，立刻黏貼封條，將唐收禁，其餘主筆諸人一概不予深究。

　　按京師報館不過三四家，而封禁停報前年爲中華報，去年爲京報，今年爲京華報，三年之中，以歷三次，再閱數年，京師可以無報館。〔註12〕

在這篇報導中審判官有三句問話，一是詢問主筆是誰，因何未到，二是質問報紙爲什麼侵犯他人名譽權，當《京華報》經理唐君繼回答道，稿件是由他報轉抄而來的，不知道該稿件違反報律時，審判官又問了第三個問題，爲什麼要抄這篇稿件，是有意的嗎？唐以報刊有言論自由權爲辨，並反問審判官，要求告知轉載稿件的範圍。結果審判者語塞。雖然這場新聞官司報人並沒有獲得勝利，報人最後以刑律治罪。但是報人利用報律據理力爭的事例卻被記載了下來。

（2）根據報律相關規定維權，主要有兩種。

第一種是根據報律關於司法審判的規定維權。

清政府時期，廣東《天民報》和報界工會根據《欽定報律》司法獨立之規定對警察局勒令停版行爲進行了抗爭。

1911 年 6 月 27 日，警察局以擾亂治安爲名勒令《天民報》停版。6 月 28

〔註12〕　《申報》1908 年 4 月 20 日《審訊〈京華報〉經理述聞》。

日廣東報界工會集會，認爲警察局不經審判廳審判，就勒令《天民報》停版，有違報律，強烈要求按照新報律，交審判廳判決，以重法權。《申報》1911 年 7 月 1 日的報導詳細的記載了這一過程。原稿如下：

> 天民報出版後，警道謂其擾亂治安，遂於 27 日勒令停版。報界公會即於 28 日提出集議，以警道不經審判廳審判，遽勒停版，有違報律，即議決電京。云，新報律已行，審判庭開庭，現《天民報》不經判決，遂由警道勒令停版，請電飭仍照新律，交審判廳判決，以重法權。廣東報界公會扣。
>
> 29 日，督院將案劄行檢察廳，主控大意謂，該報雖永遠停版，不足蔽辜，應照違反報律第十條第一、二項科罪。故於昨午由地方審判庭傳該報發行兼編輯人黃平到庭，林檢察蒞庭，開刑庭審訊，鍾庭長及毛鄭兩推事以該報登載革命黨之大文章一段，有冒瀆乘輿之意，應照律科罪，據黃平申辯，此稿係由上海某報轉載而來，且警道不先交審判遽勒令停版，有違新律，庭長即命黃平具辯訴狀，留後判決。〔註13〕

這裏報界工會和報人黃平所說的「有違報律」指的是《欽定報律》附律第二、第三條，這兩條條款分別規定：「關於本律之訴訟，由審判衙門按照法院編製法及其它法會審理」，「本律施行以後，所有光緒三十四年二月十二日頒行之報律即行作廢。」〔註14〕

袁世凱執政時期，警察局未經審判就禁止出版的事情仍然存在。

1914 年 10 月廣東《時敏報》被警察廳一道命令勒令停版，廣東報界工會和《時敏報》以《報紙條例》有關規定力爭。《申報》記載了當時的情況，原稿如下：

> 日領之函告：廣東報界工會函云逕啓者，現準政務廳函開，頃奉巡按使發下日本領事函一件，飭即轉送尊處，轉飭各該報館，迅即遵將原函所列各條逐一更正，合將原函抄送，即希查照辦理爲荷。附抄原函一件。內開。九月二十二日時敏報載有日軍強取驢馬，並不給值，華人卻之，遂被擊斃一段。又九月二十二日廣州共和報特電內載有日軍在龍口附近之市鎮殺斃居民一千五百餘名，並勸繳軍

〔註13〕 《申報》1911 年 7 月 1 日《何廣東報界之多不幸》。
〔註14〕 劉哲民：《近現代出版新聞法規彙編》第 42 頁，學林出版社，1992 年 12 月。

飽，無飽者出駟馬抵償等語。其餘各報亦載有類此之記事，覽閱之餘，殊堪詫異，日本軍律嚴屬。對於此種劣迹毫無假藉此等記事，全屬子虛，請即飭令各報館等，於明日要欄用大字更正爲荷等由。查此種特電新聞，檢閱二十二日報章，不止時敏、共和兩報，如七十二行商報，廣州共和報、商權報、國報、人權報等均有登載，相應函請貴公會轉致，函開各報及其它登載此種特電新聞，各報館一律於明日要欄用大字更正，以敦睦誼爲要，此致，報界公會主任先生。

被封之概情：廣州時敏報素頗感言，現見日人近來舉動違反我國中立條規，因於標題上冠以雙鈎字名曰「日人破我中立警告」，昨被日領事照會。巡按使飭令警廳干涉，九月二十一號晚二時，該報接到警察第九區署函開，現奉警察所長面諭，轉奉巡按使面諭，即勒令時敏報館即日停版，聽候批示核辦。仰區遵照執行等。因奉此合行傳知，希即遵照爲要云云。其原函並未聲敍停版理由，未知究竟所因何事云。

停版之傳單：時敏報傳單云，啓者本報於九月廿二號夜二時接到警察廳第九區署函開，現奉警察廳長面諭轉奉巡按使，面諭即勒令時敏報館即日停版，聽候批示辦理，仰區遵照執行等。因奉此合行傳知希即遵照爲要，此函並未聲敍停版理由，本報編輯人即於二十三號午親到警廳詰問，據云係由日本領事干涉所致，惟至今尚未奉到正式文件，未知因何干涉，姑先停版後再理論。特此布告。九月二十三日

報會之電訴：廣東報界公會電致北京政事堂、都肅正史、平政院各長官暨同鄉京官云，現據時敏報投稱，連日登有日本破壞我國中立之標題及騷擾事實，致爲日本領事函請禁載，李巡按使不查事由，妄行面諭，警廳於九月二十二晚飭區勒令停版，警廳隨即面諭警區，即晚執行，查該報所載各節，先經中外各報登載，原與報律實無違反，且報紙條例第二十八條第二十二條至二十七條之處罰，由司法官署審判執行之。今官廳不經司法審判，竟以警區命令執行，並與報紙條例不合，乃竟委令停版，輿論譁然。迭詢警廳，一味含

> 糊，似此濫用職權，實與大總統尊重言論、綏定人心之旨大相違背。
> 除由該報赴京公訴外，應請據實彈，以維法令，而飭官常達舉，幸
> 甚。廣東報界公會叩敬。〔註15〕

在報界工會的電文中，報界工會以《報紙條例》第二十八條爲依據，認爲未
經審判進行處罰，已經不符報律，而且處罰極重，竟至停止出版。這是警察
濫用職權的行爲，希望政府能夠維護法律的尊嚴。

這一時期，報界還因憲兵動輒干涉言論自由，遭到停止出版或者暫時停
止出版的命運。儘管當時報律嚴苛，對言論出版有諸多限制，但是，報律還
是爲報人們維護合法權益提供著法律支持。

1914 年 5 月 20 日《申報》專電報導了《北京日報》對「泄露秘密」的抗
辯，《北京日報》認爲泄密並非報館身份所能犯之罪，處置報館應按照報律執
行。

> 北京日報前登陸部將添設次長，即有憲兵往干涉，謂泄露秘密。
> 該報即以即諷刺之言論更正。謂本日已奉令以徐樹錚爲次長，可見
> 非捏造。但本報與日本人之順天時報不同，謹奉諭更正。後憲兵營
> 長又函該報，謂憲兵執行命令錯誤，已處罰。惟本營是查究此項新
> 聞所由來，是在命令未公佈前，事屬秘密。照刑律百三四條，候即
> 正式起訴。該報又論辯，謂泄漏秘密非報館之身份所能犯之罪，處
> 治報館自有報律。且政府改組前，各總長名字喧傳不以爲泄露，何
> 獨預載一次長消息即爲泄露秘密。昨英文京報著論謂陸軍當道疑該
> 報係梁泄漏，故飭交訪員係飭將梁交出，頗含黨爭意味。此或附會。
> 〔註16〕

1914 年 8 月 3 日《申報》刊登了文章《〈大自由報〉得續出版之原因》，文中
指出法律原因是大自由報得續出版的原因。原稿如下：

> 大自由報被憲兵干涉暫時停版問題，以屬志前報，茲聞該報與
> 陸軍部交涉，有漸漸轉圜消息，並聞該報個中人謂自警庭傳來消息
> 有令該報出版之說，茲從政界方面而調查得數種原因。

> 關於事實。陸軍部之命憲兵干涉該報也，坐其罪名曰無端造謠，
> 查該報所誌專電與新聞專電，實轉載滬報新聞，實譯之日報之《新

〔註15〕《申報》1914 年 10 月 3 日《時敏報停版之原委》。
〔註16〕《申報》1914 年 5 月 20 日。

支那》，是否有無關事，姑不具論，即使造謠則造言者不在該報也，陸部不以造謠之罪加諸從始登載之某某兩報，而加諸大自由報，此實第一不可解之問題，現已知大自由非首先造謠之人，不欲強加以罪名，此一原因也。

關於法律。蓋總統所頒之報紙條例，報館歸警察管轄。即有登載軍事有違該條例所規定，則該部只宜咨行內務部轉飭警庭執行，即有應科以有期徒刑，又屬司法範圍以內，由警庭訴之審判庭，科以應得之罪名可也。非軍事範圍以內，陸軍部固無直接科以罪名之權限。違乎報紙條例則法律上又通不過去，此又一原因也。〔註17〕

《大自由報》得以繼續出版的法律原因指的就是《報紙條例》。報人們根據《報紙條例》第二十八條規定「第二十二條至第二十七條之處罰由司法官署審判執行之〔註18〕」、第二十一條規定「第十五到第十九條之罰金及停止發行之處分，有該管警察官署執行之〔註19〕」等條款反對憲法干涉言論出版自由。

第二種是根據報律關於更正的規定維權。

1910 年 12 月 25 日《申報》刊登了題為《國民公報停版原因》的稿件，稿件中講述了《國民公報》獲罪的原因，也包括報人依據報律更正條款維權的內容。原文如下：

國民公報自十一月初十日起停版七日，茲述其原因如下：

該報初六日歐洲通信欄內，有上月歐美各報喧傳北京又有政變，謂隆裕皇太后為舊黨所運動，將出而干涉政治，與攝政王反對，尤忌濤郡王奮發有為，掃清積弊，如裁撤內務之類，皆不為太后所喜。此外，如赦黨人，剪辮易服，召用袁世凱等事，因而亦遭阻力，深恐又演新舊之劇戰，見戊戌庚子之變。日前美公使之電告，謂京城將再有拳禍，當亦指此而言。一段，該報旋接警廳來文，問歐洲通信欄內所載語言多涉不敬，核報律，違背實非淺鮮。雖據該報館聲稱係轉載他報，究屬失於檢點，不能不酌量處罰，今處以罰金三十元，停版七日，以示薄戒等語。該報編輯人吳君曾至警廳，聲明此項通信係遠東通訊社寄稿，非轉載他報，惟該報因西報謠傳甚多，

〔註17〕　《申報》1914 年 8 月 3 日《〈大自由報〉得續出版之原因》。
〔註18〕　劉哲民：《近現代出版新聞法規彙編》第 89 頁，學林出版社，1992 年 12 月。
〔註19〕　劉哲民：《近現代出版新聞法規彙編》第 88 頁，學林出版社，1992 年 12 月。

恐生國際上之誤解，已於登載之後加以辯駁，茲摘錄十月二十六日該報緊要新聞及十一月初八日時評，即可知其用意之所在矣。

緊要欄云：西曆九月三十號巴黎日報載其紐約訪事專電，謂美國太平洋艦隊現奉其華盛頓政府命令，預備戒嚴，因美國駐北京公使格爾豪電其政府，謂中國將復有拳匪之亂，與外國人生命至爲危險。故有此舉。其它一面，與菲律賓之馬里爾所駐之陸軍，亦同時得戒嚴之命令，而美國之教士及商人在中國者現極恐慌云云。自此電宣佈之後，歐陸各報轉抄一時，風聲鶴唳，殊足惑人觀聽。今午遠東通信社特發傳單辯正，略謂：紐約專電所述，美國駐京公使電告其本國政稱，中國不久將再有拳匪之亂，而美政府已命其太平洋艦隊及菲律賓陸軍同時戒嚴云云。此種新聞荒誕無稽，本社不得不急爲更正。按中國情勢在前數月雖微有不靖，然皆出於饑民窮餓，並非往年拳匪可比，至於現在各地秋收在即，以大平穩，決無一意外之變，況近來政府復有強大之陸軍，即使萬一不測，遇有匪亂，頃刻之間即可平定，亦決無虛勞動外國，就令政界再有新舊之爭，其知識程度亦斷非往年所可同日而語云云。現此謠言已漸消滅，加以復有歡迎美實業團之舉，歐美間亦知前說之妄也。

時評欄云：今日西報謠傳甚多，大抵對於吾國政治皆懷一種憂懼之意，其實以外國人談吾國事甚謬誤，之點故自不可掩也，大抵各國當變法之初，其社會上必含有一種不安之現象。而吾國今日適丁其迹，故報紙於國際上易生誤會之事。必揭破其隱，以除前途之荊棘，前月二十六日，本報已將西人種種之謠傳加以辯闢矣，今日聖明在上，賢王負扆，一切政治皆遵軌道以進行，有何疑慮之有？記者竊願友邦之人民力戒出言之輕易也云云。

該報停版原因如此，其是非姑不具論，存之以俟天下之公論也。
[註20]

1910 年農曆十一月六日《國民公報》在歐洲通信欄內刊登了《上月歐美各報喧傳北京又有政變》一文後，接到警察廳做出的處罰——罰金三十元，停版七日。《國民公報》對此不服，認爲這篇稿件是遠東通訊社來稿，編輯在登載

[註20]　《申報》1910 年 12 月 25 日《國民公報停版原因》。

後不但登載了該通訊社的辨正稿，還發表時評予以辯駁，盡最大可能杜絕了記載失實，根據報律，自己行爲無過失。

　　這裏報人用以辯護的法律依據是《大清報律》和更正有關的條款——第八條第一款、第九條、第二十條。《大清報律》第八條第一款規定「報紙記載失實，經本人或關係人申請更正，或送登辨誤書函，應給於次號照登。」〔註21〕第九條規定「記載失實事項，由他報轉抄而來者，如見該報自行更正或登有辨誤書函時，應於本報次號照登，不得收費。」〔註22〕第二十條規定「違第八條第一項及第九條者，該編輯人經被害人呈訴訊實，處三元以上、三十元以下之罰金。」〔註23〕根據這三個條款，報紙記載失實是法律允許的，並無處罰，但是記載失實還不更正，則在呈訴訊實後，受到最高爲三十元的罰金。據此，《國民公報》並無違法行爲，自然不應該受到法律處罰。

4.2 立法學視角下清末民初的新聞自由

　　清末民初的新聞出版法中有國家立法機關制定的法律，也有國家最高行政機關制定的行政法規，有符合立法程序制定的，也有不符合立法程序制定的，甚至還有超越權限制定的。符合立法主體和立法程序要求的只有兩部，它們是清政府時期制定的《大清報律》和《欽定報律》，這使得當時的新聞出版法不可能完全履行保護新聞自由的重任。

4.2.1 從立法主體來看

　　從立法主體來看，清政府巡警部無權立法。內務部不經授權無權制定行政法規。清末民初頒佈的 8 部新聞出版法律法規中符合立法主體資格的只有 6 部。它們分別是由君主制定的法律《報館暫行條規》、《大清報律》、《欽定報律》和由國家行政機關制定的行政法規《報紙條例》、《修正報紙條例》、《出版法》。

　　法的創制，又稱立法，通常是指一定的國家機關依照法定權限和程序，制定、修改、補充和廢止規範性法律文件的專門活動。〔註24〕

〔註21〕劉哲民：《近現代出版新聞法規彙編》第 32 頁，學林出版社，1992 年 12 月。
〔註22〕劉哲民：《近現代出版新聞法規彙編》第 32 頁，學林出版社，1992 年 12 月。
〔註23〕劉哲民：《近現代出版新聞法規彙編》第 32 頁，學林出版社，1992 年 12 月。
〔註24〕徐永康：《法理學》第 215 頁，上海人民出版社，2003 年 9 月一版，2003 年 12 月第二次印刷。

　　立法是一種國家活動，它與國家權力相聯繫，是國家權力的運用。但並不是所有行使國家權力的國家機關都有權創制法律。〔註 25〕只有特定的國家機關才可以行使法的創制權，進行創制法律的活動。〔註 26〕這些機關被稱為立法主體。

　　立法主體是指有權制定、認可、修改、廢除法律的國家機關。包括專門行使立法權或主要行使立法權的立法機關，也包括制定憲法的制憲機關，還包括制定行政法規和規章的國家機關以及制定地方法規的地方國家機關。〔註 27〕

　　國家專門立法機關制定的法律和國家行政機關制定的行政法規是不同的。

　　國家專門立法機關制定的法律是狹義上的法律，特指專門的立法機關比如議會按照法定職權和法定程序制定的規範性法律文件。〔註 28〕其法律地位僅次於憲法，高於行政法規、地方性法規、自治條例和單行條例等。〔註 29〕

　　行政法規是國家最高行政機關——國務院制定的有關國家行政管理活動的規範性法律文件的總稱〔註 30〕。其具體名稱有條例、規定、辦法和實施細則等。〔註 31〕

　　法律（狹義的）和行政法規的不同之處在於立法主體不同。法律是最高國家權力機關——國家立法機關制定，由國家立法機關或國家元首發佈的。行政法規是國家最高行政機關——國務院制定並發佈的。行政法規的具體制定與發佈形式有：國務院制定並發佈的，國務院批准並由各部委發佈的，國務院批准並由直屬機構發佈的等。〔註 32〕也就是說，從制定主體上看，行政

〔註 25〕徐永康：《法理學》第 216 頁，上海人民出版社，2003 年 9 月一版，2003 年 12 月第二次印刷。

〔註 26〕徐永康：《法理學》第 216 頁，上海人民出版社，2003 年 9 月一版，2003 年 12 月第二次印刷。

〔註 27〕張根大等：《立法學總論》第 143 頁，法律出版社，1991 年 8 月版。

〔註 28〕徐永康：《法理學》第 240 頁，上海人民出版社，2003 年 9 月一版，2003 年 12 月第二次印刷。

〔註 29〕徐永康：《法理學》第 240 頁，上海人民出版社，2003 年 9 月一版，2003 年 12 月第二次印刷。

〔註 30〕徐永康：《法理學》第 241 頁，上海人民出版社，2003 年 9 月一版，2003 年 12 月第二次印刷。

〔註 31〕崔卓蘭主編：《行政法學》第 9 頁，吉林大學出版社，1998 年 12 月第一版。

〔註 32〕崔卓蘭主編：《行政法學》第 9 頁，吉林大學出版社，1998 年 12 月第一版。

法規的制定權專屬於國務院，其它任何組織均無權制定行政法規。〔註33〕

　　通觀清末民初頒佈的八部法律，立法主體分為這樣六種情況：

　　第一種是由北京內外城警廳制定，巡警部審議，巡警部頒佈；

　　第二種是民政部制定，經皇帝批准頒佈；

　　第三種是民政部制定，國家各部門審議通過，皇帝批准頒佈；

　　第四種是民政部制定，由國家各部門及具有議會性質的資政院審議通過，皇帝批准頒佈的；

　　第五種是內務部制定審議頒佈；

　　第六種是內務部制定審議，由國務院頒佈。見下圖。

	名　稱	制定者	審議者	頒佈者
1	報章應守條例	北京內外城警廳	巡警部	巡警部
2	報館暫行條規	民政部	皇帝	清政府
3	大清報律	民政部	皇帝、軍機處、外務部、政務會議等	清政府
4	欽定報律	民政局	皇帝、資政院、軍機處等	清政府
5	民國暫行報律	內務部	內務部	內務部
6	報紙條例	內務部	內務部	國務院
7	修正報紙條例	內務部	內務部	國務院
8	出版法	內務部	內務部	國務院

　　第一種情況，立法主體是北京內外城警廳和巡警部，它們均屬於國家執法機關，不是國家規定的立法機關，沒有制定法律的權限。

　　第二、三、四種情況，都是君主專制國家仿行憲政過程中君主制定的法律。所不同的是，第三種和第二種相比，參與立法的部門和數量增加了，使立法得以妥協各種意見，整合各種不同利益。不過無論立法部門數量增加還是減少，只要是君主之下的官吏，法律的專制性質都不會變；第四種和第三種相比，立法者中增加了資政院，國民代表參與審議法律草案，法律的創制具有了一定的民主色彩。

　　第五、六、七、八種情況，制定者和審議者都是內務部。內務部是國務

〔註33〕崔卓蘭主編：《行政法學》第 137 頁，吉林大學出版社，1998 年 12 月第一版。

院下屬的國家行政機關，根據行政法規定，它具有立法權，可以進行授權性立法和管轄性立法。所制定的法律規範性文件分別屬於行政法規和部門規章。根據國務院授權制定的規範性法律文件是行政法規，在本部門的權限範圍內所制定的規範性法律文件是部門規章。〔註34〕

南京臨時政府內務部是具有立法權的國家行政機關，它可以對管轄權之內的行政事務制定和頒佈規章，這種行為稱為職能性立法或管轄性立法。但是未經授權，不可以對管轄權之外的行政事務制定和頒佈法規。南京臨時政府內務部未經授權，自己制定、審議、頒佈了《民國暫行報律》，這種行為超出了法律規定的範圍。南京臨時政府內務部制定頒佈《民國暫行報律》是越權立法。當時上海報界以「內務部擅定報律，侵奪立法之權〔註35〕」為由拒絕接受。章太炎也在《卻還內務部所訂報律議》一文中指出「內務部無做法造律之權〔註36〕」，指出內務部制定報律屬於越權立法。「立法之權，職在國會，今縱國會未成，未有編定法律者，而暫行格令亦當由參議院定之。內務部所司何事，當所自知。輒敢擅定報律，以侵立法大權。已則違法，何以使人遵守！」〔註37〕

《報紙條例》、《修正報紙條例》、《出版法》，因為它們是由國務院頒佈的，屬於授權性行政法規。

4.2.2 從立法程序來看

以立法程序的角度來看，清政府時期的《報館暫行條規》、《大清報律》、《欽定報律》是符合君主專制國家立法程序的法律。袁世凱政府時期制定的3部法規是不符合行政立法程序的行政法規。

立法程序是指一定的國家機關在創制、修改、補充和廢止規範性法律文件的活動中所必須遵循的法定步驟和方法。〔註38〕

〔註34〕 徐永康：《法理學》第 242 頁，上海人民出版社，2003 年 9 月一版，2003 年 12 月第二次印刷。
〔註35〕 《申報》1912 年 3 月 6 日
〔註36〕 張靜廬輯注：《中國近代出版史料》補編，第 182 頁，群聯出版社，1953 年 10 月出版，1954 年 5 月再版。
〔註37〕 張靜廬輯注：《中國近代出版史料》補編，第 182 頁，群聯出版社，1953 年 10 月出版，1954 年 5 月再版。
〔註38〕 徐永康：《法理學》第 223 頁，上海人民出版社，2003 年 9 月一版，2003 年 12 月第二次印刷。

　　立法程序具有保障權利的功能。它一方面可以使立法權力處於規則的具體規範之下，立法權力的獲取、存在、運行、轉授或者變更，都依照規則行事，任何立法主體不得越雷池一步；另一方面，可以爲公民參與立法過程提供了直接或者間接的渠道，使公民的利益要求和權利主張在立法階段就受到關注，至少可以最大限度地防止對權利保障的忽視；與此同時，立法程序還爲立法者提供公平的權利保障：既保證法律按照多數人的意志產生，也保證少數人的意志受到尊重。

　　一般情況下，立法程序包括提出法律議案、審議法律草案、表決通過法律草案和公佈法律這四道程序。〔註 39〕

　　1、清末民初由君主創制的新聞法規有 3 部，它們是清政府時期的《報館暫行條規》、《大清報律》和《欽定報律》。3 部新聞法規都符合專制立法體制的立法程序。

　　立法體制是關於一國立法機關設置及其立法權限劃分的體系和制度。它包括哪些國家機關享有哪些範圍的立法權，不同立法權之間的關係如何等方面，其核心問題是立法權限的劃分問題。〔註 40〕在君主專制國家，君主獨攬國家大權（包括立法權），一般都實行個人專制或獨裁的立法體制；在現代民主國家裏，一般都建立了以議會爲核心的民主立法體制。〔註 41〕

　　清末創制新聞法規的時期，正是中國由一個君主專制國家自上而下地向一個君主立憲國家轉變時期，但是，其立法體制依然是一個專制的立法體制：以君主爲核心的，君主具有最後的裁奪權。

　　《報館暫行條規》的創制，是民政部根據君主的命令制定法律草案，然後經皇帝批准頒佈執行的，不僅符合君主專制國家的立法程序，而且其專制或獨裁的特點非常典型。

　　《大清報律》也是如此，不過增加了參與的人數和政府部門，法部、軍機處、外務部等其它國家行政部門參與了法律草案的審議，這使得法律規範在完備程度和可行性上大大加強。

〔註 39〕 徐永康：《法理學》第 223 頁，上海人民出版社，2003 年 9 月一版，2003 年
　　　　 12 月第二次印刷。

〔註 40〕 徐永康：《法理學》第 220 頁，上海人民出版社，2003 年 9 月一版，2003 年
　　　　 12 月第二次印刷。

〔註 41〕 徐永康：《法理學》第 220 頁，上海人民出版社，2003 年 9 月一版，2003 年
　　　　 12 月第二次印刷。

《欽定報律》制定時，情況發生了一點點變化，當時國家已經有了類似議會性質的部門——資政院，國民代表具有了審議法律草案的權力。這在立法體制上是前所未有的。資政院參與法律草案的審議意味著原有專制立法體制發生了轉變，一種由專制向民主的轉變，從此，國民的意見可以在法律創制過程中有所體現。

不過資政院在立法體制中並不是處於核心位置。根據「資政院章程第十八條，資政院於軍機大臣或各部行政大臣資送復議事件，若仍執前議，應由資政院總裁副總裁及軍機大臣各部行政大臣，分別具奏；各陳所見，恭候呈裁。」〔註 42〕從這一章程條款中，可以看到資政院不是立法體制的核心，它只擁有和軍機大臣及其它各部行政大臣一樣的權力，如果權力之間發生衝突，最終具有決定權的是皇帝。

資政院在立法體制中並不是處於核心地位，這就意味著當時的立法體制並不是民主的立法體制，只是具有一些民主色彩的立法體制而已。不過在具有民主色彩的立法體制下審議通過的法律，比起在專制立法體制下制定的法律，自然要多了一些民主色彩。

2、民初創制的《報紙條例》、《修正報紙條例》和《出版法》是不符合行政立法程序的行政法規。

行政法規的立法程序要經過規劃、起草、協商、徵求意見、審定、發佈六個步驟。〔註 43〕為了最大限度的防止少數人專斷立法，最大程度消除少數人知識有限給立法帶來的片面和缺陷，從而保證立法機關在立法中切實按照少數服從多數的原則表達意志，充分反映民意。〔註 44〕所以法律的立法程序規定必須要經過審議法律草案、表決和通過法律草案才能發佈，行政法規的立法程序規定必須經過協商、徵求意見、審定三個步驟，然後才可以發佈。

協商程序是行政法規制定過程中必不可少的一道程序。對涉及幾個部門的行政法規，行政機關在制定過程中必須協調一致，防止出現法規生效後互相推諉或爭權現象。

〔註42〕 宣統二年八月資政院奏摺、軍機大臣奏摺，見戈公振：《中國報學史》第 271 頁，中國新聞出版社，1985 年 11 月。
〔註43〕 崔卓蘭主編：《行政法學》第 139 頁，吉林大學出版社，1998 年 12 月第一版。
〔註44〕 徐永康：《法理學》第 224 頁，上海人民出版社，2003 年 9 月一版，2003 年 12 月第二次印刷。

徵求意見：對於涉及公民、法人合法權益的重要行政法規，法規草案或者主要內容應當通過新聞媒介予以公佈，允許利害相關人及專家學者提出意見和建議。

審定：行政法規的起草部門完成起草後，由起草部門將行政法規草案報送國務院審批。起草部門向國務院報送的行政法規草案應由起草部門主要負責人簽署，並附送該行政法規的草案說明和有關材料。法規草案規定由主管部門制定實施細則的，還應當附送實施細則草案。報送國務院審定的行政法規草案，在國務院審定前，事先由國務院法制局審查，並向國務院提出審查報告。行政法規草案的最後審定有兩種形式：一是由國務院常務會議或全體會議審議通過；二是由國務院總理審批。〔註45〕

《報紙條例》是袁世凱執政時期的北洋政府內務部根據前清報律添改而成的，經內務部商議通過後，直接提交國務院，然後國務院總理孫寶琦將《報紙條例》分送各部總長和法制局，請各部總長簽注，請法制局審定後，由國務總理孫寶琦簽署頒行。《出版法》和《修正報紙條例》的立法過程大致相同。

《報紙條例》、《修改報紙條例》和《出版法》均屬涉及公民和媒介言論出版自由的重要行政法規，法規草案或者法規主要內容既沒有通過新聞媒介予以公佈，也沒有允許公民和媒介及專家學者提出意見和建議，缺乏徵求意見這一步驟，就予以頒佈執行，是不符合行政法規的制定程序的。

缺乏利害相關人的意見帶來的嚴重後果在袁世凱政府制定的三個「行政法規」中體現得清清楚楚。

首先，違法限制權利。

《報紙條例》、《修正報紙條例》、《出版法》在禁載內容上對政務信息和社會公共信息的報導有明確的限制——必須經該管官署允許方可報導。《報紙條例》第十條第四款規定：報紙不得登載「外交、軍事之秘密及其它政務，經該管官署禁止登載者〔註46〕」。《修正報紙條例》第十條第五款規定：報紙不得登載「各項政務經該管官署禁止登載者〔註47〕」。《出版法》第十一條第六款：「訴訟或會議事件之禁止旁聽者〔註48〕」不得出版。這就使得媒介報導

〔註45〕　崔卓蘭主編：《行政法學》第139～140頁，吉林大學出版社，1998年12月第一版。
〔註46〕　劉哲民：《近現代出版新聞法規彙編》第87頁，學林出版社，1992年12月。
〔註47〕　劉哲民：《近現代出版新聞法規彙編》第97頁，學林出版社，1992年12月。
〔註48〕　劉哲民：《近現代出版新聞法規彙編》第54頁，學林出版社，1992年12月。

政務信息和社會公共信息時需依政府的意思爲意思，政府所不欲人們知道的信息，媒介無權報導，報導即違法。

在《報紙條例》和《修正報紙條例》中還規定發行人、編輯人和印刷人必須「年滿三十歲以上〔註49〕」，剝奪了三十歲以下成年人編輯、出版發行、印刷報刊的權利。還規定「一、國內無住所或居所者；二、精神病者；三、褫奪公權尚未復權者；四、海、陸軍軍人；五、行政司法官吏；六、學校學生〔註 50〕」不得擔任報紙發行人、編輯人和印刷人。剝奪了三十歲以上的軍人、官吏、學校學生、沒有住所或居所的人的編輯出版印刷報刊的權利。

上述規定限制以致取消了憲法賦予公民和媒介的法定權利，致使公民和媒介的言論出版自由實際上沒有條件和機會行使或實現。

其次，違法創設義務。

《出版法》第四條規定出版只需「稟報該管警察官署，並將出版物以一份送該官署，以一份經由該官署送內務部備案。」〔註 51〕而《報紙條例》和《修正報紙條例》第三條、第六條則規定辦報要經過批准許可並繳納保證金。

近代以來世界各國的新聞法規對報刊的出版管理一般採取兩種不同的制度，它們是預防制和追懲制。預防制具體分爲兩種情況：保證金制和批准制，追懲制採用註冊登記制。從報紙可以自由自主的出版發行這一角度來說，「批准制的限制重於保證金制，而保證金制又重於註冊登記制。」〔註 52〕

由此觀之，《報紙條例》和《修正報紙條例》都採用了出版許可制度中的預防制，而且同時採用兩種預防手段，可謂是近代以來世界範圍內最嚴苛的出版許可制度。

第三，違法追究法律責任。

《報紙條例》和《修改報紙條例》第三條、第六條、第七條規定警察官署具有出版審批權，第九條規定警察官署具有稿件檢查權，《報紙條例》第二十一條，《修改報紙條例》第三十條規定警察官署具有審判權。這些條款賦予行政長官無上權力，報刊活動完全受控於行政長官之手。

〔註 49〕 劉哲民：《近現代出版新聞法規彙編》第 86 頁，學林出版社，1992 年 12 月。
〔註 50〕 劉哲民：《近現代出版新聞法規彙編》第 86 頁，學林出版社，1992 年 12 月。
〔註 51〕 劉哲民：《近現代出版新聞法規彙編》第 54 頁，學林出版社，1992 年 12 月。
〔註 52〕 蕭燕雄：《新聞傳播制度研究》第 13 頁，嶽麓書社，2002 年 3 月。

　　關於侵害名譽，《報紙條例》第十條第八款和第二十四條、《修正報紙條例》第十條第九款和第二十三條規定，只需被害人告訴司法官署，就判編輯人二百元以下、二十元以上罰款。《出版法》處罰更重。第十一條第八款和第十七條規定，如果被害人告訴司法官署，將根據刑律處斷。上述條款所表達的意思是「告訴即處理」，只要被報導對象感覺自己的名譽權受到傷害，就可以告訴司法官署，編輯人就會被處以罰款或者根據刑律處斷，不符合法律規範要求。

　　作為一個法律規範，這些條款缺乏犯罪客觀要件。按照我國刑法理論的通說，犯罪構成要件分別包括犯罪主體、犯罪主觀要件、犯罪客觀要件和犯罪客體四個有機組成部分。犯罪客觀要件是用以說明刑法所保護的社會關係是通過行為人怎樣的行為受到侵害，在怎樣的情況下受到侵害，以及受到怎樣的侵害的要件，它分別包括危害行為、危害結果等。〔註 53〕北京大學法學院教授賀衛方曾指出，媒體是否構成對被報導對象的侵權，並不完全取決於對象感到其名譽受到了傷害，更應考慮記者及編輯在處理報導的過程中是否故意違反了新聞業者的基本倫理準則和正常工作程序。如果沒有違反，或並非故意違反，則不應追究媒體責任。〔註 54〕《報紙條例》和《修正報紙條例》關於侵犯名譽權的條款對於公民和媒介的行為是否構成侵權和犯罪，在何種情況下構成侵權和犯罪不予規定，缺少侵權判定要件和犯罪構成要件，自然不符合法律規範要求。

　　《報紙條例》和《修正報紙條例》關於侵犯名譽權的條款是取消新聞自由的條款。「告訴即處理」是報導對象借助不合規範的法規對報導者的絕對的審判。根據這幾個條款，公民和媒介的行為不論有無過錯都已在違法行為之列，只不過是由被報導者是否起訴來決定是否收到處罰。由此，公民和媒體無權批評任何人，更不用說出於公益目的批評政府官員了。這不是對濫用新聞自由的限制，而是對公民和媒介言論出版自由的限制以致取締，是對新聞自由的限制以致取締。

　　對此，當時的國內外媒介紛紛發表反對意見。

　　《字林西報》認為「法令在今日實無所謂規則章程，唯以地方官之權力伸縮為定，地方官有權則可隨其意見行事，地方官無權則隨人民之意見行事。」

<hr />

〔註 53〕劉憲權：《刑法學》第 84 頁，上海人民出版社，2005 年 2 月 1 版。
〔註 54〕賀衛方：《名人的名譽權官司》，南方周末，1998 年 4 月 17 日。

〔註 55〕英文《京報》認爲「若報律一旦實行，則不獨爲史上報律比較之最惡者，且將中國公民言論出版自由之權剝奪殆盡也。」〔註 56〕北京《國華報》認爲「恐新報律發行之日，即爲各報館停版之期，以後遍國中無一輿論機關。」〔註 57〕北京報界同志會給總統寫了一份陳請書，認爲「如此報律果付實行，則報館將來受苦不可名狀，推其結果，將使報界之發達不能預期，眞正之輿論難於發現，而所謂代表民意之機關亦從此永無綽然進行之餘地矣。」〔註 58〕

4.2.3 從法律規則來看

從法律規則來看，清末民初所頒佈的報律和出版法中，《報章應守條例》和《報館暫行條規》不具備完整的法律規則，新聞自由不可能得到保障。

法律規則，即我國法律學界通常所說的法律規範，是指具體規定人們的權利和義務，並設置相應的法律後果的行爲準則。它是構成法律的最基本、最主要的要素。〔註 59〕

作爲一個完整的法律規範，其邏輯結構包括三個組成要素，即適用條件、行爲模式和法律後果。這三個組成要素，缺一不可。〔註 60〕

適用條件，是指法律規範中規定的適用該規範的條件和情況。即在一定範圍內，具備一定條件時，該法律規範才對人的行爲產生效力。它包括適用該規範的主體、時間、地點和情節等條件和情況。〔註 61〕

行爲模式，是指法律規範中具體規定的人們的行爲規則。它包括可以做什麼（可爲），應該做什麼（應爲），不得做什麼（勿爲）三種模式。行爲模式是法律規範中的主體部分和核心部分，也就是法律權利和義務的具體表現。〔註 62〕

〔註 55〕《申報》1914 年 4 月 19 日《字林報論報律》。
〔註 56〕《申報》1914 年 4 月 7 日緊要新聞《對於新頒報律之北京報界觀》英文京報之論調。
〔註 57〕《申報》1914 年 4 月 7 日緊要新聞《對於新頒報律之北京報界觀》。
〔註 58〕《申報》1914 年 4 月 14 日緊要新聞 北京報界同志會之陳情書。
〔註 59〕徐永康：《法理學》第 33 頁，上海人民出版社，2003 年 9 月第一版，2003 年 12 月第二次印刷。
〔註 60〕徐永康：《法理學》第 230 頁，上海人民出版社，2003 年 9 月一版，2003 年 12 月第二次印刷。
〔註 61〕徐永康：《法理學》第 231 頁，上海人民出版社，2003 年 9 月一版，2003 年 12 月第二次印刷。
〔註 62〕徐永康：《法理學》第 231 頁，上海人民出版社，2003 年 9 月一版，2003 年 12 月第二次印刷。

　　法律後果，是指法律規範中規定的遵守或違反該規範的行爲模式所引起的法律後果。它包括肯定性法律後果和否定性法律後果。前者是法律承認某種行爲合法有效並加以支持、保護和獎勵，後者是對違法行爲不予承認、給予撤銷乃至制裁。〔註63〕

　　在清末民初頒佈的 7 部報律、1 部出版法中，不具備完整的法律規則的有 3 部，它們是 1906 年頒佈的《報章應守規則》和 1907 年頒佈的《報館暫行條規》。下面分別闡述其不符合之處。

《報章應守規則》

　　這個命令式的「法令」共有九條，但是在這九條條款中只有法律規則三部分中的一部分，行爲模式部分，不包括適用條件和法律後果兩部分，這就決定了這部「法規」是不完整和不具有法律效力的。這也是人們認爲它是一項行政命令的重要原因。

　　《報章應守規則》有行爲模式，七條規定人們不可以做什麼，兩條規定人們必須做什麼。爲人們的行爲提供了確定的標準和方向，從而對人們的行爲產生明確的指引作用。

　　但是《報章應守規則》沒有法律後果部分，人們無法在選擇一定的行爲之前就明確的預見該行爲的結果。人們不明白按照行爲模式去做會有什麼樣的法律後果，國家對人們的合法行爲或違法行爲所持的不同態度是什麼。

　　《報章應守規則》沒有明確規定行爲的後果，還有兩方面危害。其一，執法人員和司法人員無法直接適用法律規則處理各種行爲，用以保護合法，制裁違法；其二，執法人員和司法人員的法律強制權沒有限制。法律強制權不受限制，那麼執法人員和司法人員就可以隨意決定其動用國家強制力的條件、方式、程序和幅度，這使得執法人員和司法人員濫用暴力、踐踏人們正當權利就成爲可能。

《報館暫行條規》

　　《報館暫行條規》是在《報章應守規則》基礎上修改而成了，它既規定了行爲模式，又規定了法律後果，在邏輯結構上比《報章應守規則》要完整點，但是依然沒有規定適用條件，行爲模式和法律後果之間沒有必然的對應關係，不符合法律規則的要求。

〔註63〕　徐永康：《法理學》第 231 頁，上海人民出版社，2003 年 9 月一版，2003 年 12 月第二次印刷。

《報館暫行條規》第一條到第六條是對行為模式的規定，其中第一、二條是關於出版方面的命令性條款。第三、四、五是關於言論方面的禁止性條款，第六條是關於更正的命令性條款。

《報館暫行條規》第七、八條是對法律後果的規定，這兩條規定違反者將受到監禁、罰款、停止發行、永遠停止發行的處罰。

但是沒有適用條件，行為模式和法律後果之間也就缺少一一對應的關係，如果違反第一條到第六條所規定的行為模式，將會受到什麼法律處罰呢？結論是不清楚的，這不符合「法的規範應具有明確性、肯定性〔註64〕」的要求，不具備操作性。

4.2.4 從法律概念來看

從法律概念來看，清末民初的報律和出版法事實概念不明確，使得新聞自由的界限不確定。在這種情況下，新聞自由就遭到了不必要的限制甚至阻礙。

法律概念是指對各種法律事實進行概括，抽象出它們的共同特徵而形成的權威性範疇。〔註65〕它是法律不可缺少的要素之一。雖然概念本身並未規定主體的權利、義務及相應的法律後果，但它卻是確定主體的權利、義務和責任的前提。只有當人們把某人、某一情況、某一行為或某一物品歸入某一法律概念時，有關的法律規則和法律原則才可適用。

在清末民初公佈頒行的報、出版法中，除《民國暫行報律》外，法律概念中都有不明確情況。

主要分這樣三類：

第一類是法律規定了禁止範圍，但沒有規定禁止主體。例如：《報紙條例》第十條第五項「預審未經公判之案件及訴訟之<u>禁止旁聽者</u>」。

第二類是法律規定了禁止主體，但是沒有規定禁止範圍。例如：《報章應守條例》的第五條「凡關外交、內政之件，如經<u>該管衙門傳諭報館秘密者</u>，該報館不得揭載。」〔註66〕《報館暫行條規》的第四條「凡關涉外交軍事之

〔註64〕 周旺生：《立法學》第585頁，法律出版社，2000年9月第二版，2001年2月第二次印刷。

〔註65〕 徐永康：《法理學》第35頁，上海人民出版社，2003年9月一版，2003年12月第二次印刷。

〔註66〕 劉哲民：《近現代出版新聞法規彙編》第30頁，學林出版社，1992年12月。

件，<u>如經該管衙門傳諭報館秘密者，該報館不得揭載。</u>」〔註67〕《大清報律》
的第十條「訴訟事件，<u>經審判衙門禁止旁聽者，報紙不得登載</u>」、第十二條「外
交、海陸軍事件，<u>凡經該管衙門傳諭禁止登載者，報紙不得揭載。</u>」〔註68〕
《欽定報律》的第十二條「外交、陸海軍事件及其它政務，<u>經該管官署禁止
登載者，報紙不得登載。</u>」〔註69〕《出版法》第十一條第六項「訴訟或會議
事件<u>之禁止旁聽者</u>」不得出版。《報紙條例》第十條第四項「外交、軍事之秘
密及其它政務，<u>經該管官署禁止登載者</u>」。《修正報紙條例》第十條第五款「各
項政務<u>經該管官署禁止登載者</u>」。

　　第三類是法律規定了禁止主體，但禁止範圍不明確。例如，《欽定報律》
的第十二條「外交、陸海軍事件<u>及其它政務</u>，經該管官署禁止登載者，報紙
不得登載。」〔註70〕《報紙條例》第十條第四項「外交、軍事之秘密及<u>其它
政務</u>，經該管官署禁止登載者」不得登載。

　　當然不是每類情況均單獨出現，《欽定報律》第十二條和《報紙條例》第
十條第四項是第二類和第三類情況同時出現的。

　　《民國暫行報律》是南京臨時政府內務部越權所立之法，文中對處罰部
分的規定也是模糊不清的。

　　《民國暫行報律》一共三條，第二條和第三條規定：「（二）流言煽惑，
關於共和國體有破壞弊害者，除停止其出版外，其發行人、編輯人並坐以應
得之罪。（三）調查失實，污毀個人名譽者，被污毀人得要求其更正。要求更
正而不履行時，經被污毀人提起訴訟時，得酌量科罰。」〔註71〕

　　這裏「坐以應得之罪」和「酌量科罰」，語意含混，在法律條文上給予執
法者無上的權限，公民和媒體只能任由擺佈，無法依法保護自己並對執法者
予以監督。

　　在法的諸要素中，法律概念的獨特功能在於對紛繁複雜的事實因素進行
區分和歸類，法律概念不清，人們則無法借助相應的法律概念，對相應的事
實因素進行認識和評價，因而也無法運用法律規則和法律原則為確定主體的
權利、義務及責任創造條件。

〔註67〕民政部奏擬定報館暫行條規摺：《東方雜誌》第一期，第29頁～31頁。
〔註68〕劉哲民：《近現代出版新聞法規彙編》第32頁，學林出版社，1992年12月。
〔註69〕劉哲民：《近現代出版新聞法規彙編》第40頁，學林出版社，1992年12月。
〔註70〕劉哲民：《近現代出版新聞法規彙編》第40頁，學林出版社，1992年12月。
〔註71〕劉哲民：《近現代出版新聞法規彙編》第51頁，學林出版社，1992年12月。

　　法律概念不明確，則法律規範必然不明確，人們也就無法通過法律規範來調節他們的行為，因而，人們能夠自由地做的事情就會是模糊不清的。對於報刊而言，報律法律概念不明確，使得新聞自由的界限不確定。在這種情況下，新聞自由就遭到了不必要的限制甚至阻礙。而執法人員和司法人員隨意執法行為，無疑更是雪上加霜。

4.3 清末民初新聞自由思想

　　清末民初的新聞法制過程多種聲音，多種主張紛呈。有主張師從日本的，也有主張學習英美新聞法規制度的，有主張新聞立法的，也有主張不立法的；有主張速定報律的，也有認為從緩的，對於言論出版自由，有主張限制宜嚴的，也有主張限制宜寬的，還有主張絕對不受限制的。每次報律制定和頒佈前後，各種意見紛呈，形成了一個個輿論高潮。

　　究其根本，這些不同主張與人們對新聞自由的認識和態度相關。

　　言論出版自由一直是清末民初憲法保護的內容之一。自 1908 年 8 月 27 日清政府公佈《欽定憲法大綱》起，1912 年 3 月 11 日民國南京臨時政府公佈的《中華民國臨時約法》、1914 年 5 月 1 日袁世凱政府公佈的《中華民國約法》、1923 年 10 月 10 日北洋政府制定的《中華民國約法》都賦予臣民或者人民言論出版自由，甚至在推翻清朝統治的大革命時期，廣西軍政府臨時約法、浙江軍政府臨時約法、江西省臨時約法和鄂州臨時約法草案中也包括這一內容。

　　清末民初上至政府官員，下至商賈士紳，對言論出版自由的重要性有足夠的認識，反對言論出版自由者寥寥。即使有反對者，在清末也被清政府總管報刊的民政部看來，是「小題大做，意不謂然。」〔註72〕

　　但是對於如何保護新聞自由，人們的認識和態度迥異，主要有以下三種。

4.3.1「絕對自由觀點」

　　在 1911 年、1912 年、1914 年政府頒佈報律時，章士釗都撰文發表看法，闡述了自己的觀點主張。

　　1910 年 12 月 29 日清政府頒佈《欽定報律》，章士釗在《帝國日報》1911 年 1 月 11～12 日發表文章《言論自由與報律》，1912 年 3 月 4 日民國南京臨時政府頒佈《民國暫行報律》，章士釗在 3 月 6 日的《民立報》上發表了文章

〔註72〕　《申報》1910 年 12 月 8 日《胡思敬固仇視報館者》。

《論報律》，1914 年 4 月 2 日袁世凱政府頒佈《報紙條例》，章士釗在 5 月 10 日的《甲寅雜誌》上發表了文章《新聞條例》。

在這三篇文章中，章士釗大聲疾呼取消報律：「保押費果正當乎！報律果有存在之必要乎！！中國果容言論自由之發生乎！！！」〔註 73〕「辦報對於報律之主張！！！民國當求眞正之言論自由！！！」〔註 74〕認爲「送報存查及繳納保押費，乃鋤除言論自由之刀斧也。吾人不欲言論自由則已，欲則不容有此律。」〔註 75〕「本報對於內務府之報律，其所主張，乃根本的取消！無暇與之爲枝枝節節之討論！以後並灌輸眞正之自由理想於國民之腦中，使報律兩字永不發於國會議員之口。」〔註 76〕

章士釗之所以反對報律，其原因在於章士釗認爲英國式的或者說英美式的言論自由是全世界最完滿的言論自由。「言論神聖自由之權，則在環球各國中爲最完滿。」〔註 77〕之所以認爲這種言論自由是最完滿的，是因爲它承認言論出版自由是憲法所保護的天賦人權，神聖不可侵犯的，規定言論出版自由非至違法不受法律干涉。

章士釗在文中寫到，出版自由、言論自由和集會自由和通信自由、說話自由一樣，都是憲法保護的個人權利。「如有人欲作一書與其友人，此固有之自由也。此人又欲刊行其書以公眾覽，此亦固有之自由也。又設此人欲日日作書與其友人，欲日日刊行其書以公眾覽，並多其數以至百千萬億張，其亦爲固有之自由，又奚待問？前者謂之通信自由後者謂之出版自由。此兩自由者，非異物也。謂出版自由必待特許、通信自由又胡獨否？推而至於甲欲向乙發言，此其自由也；乙欲向丙及丁發言，此其自由也，此不待特許也。甲欲向乙在某地發言，乙欲向丙及丁在某地發言，甲乙欲向丙丁同在某地發言，此果待特許乎？前者謂之言論自由，後者謂之集會自由，知此理者，甲乙欲

〔註 73〕章士釗：《言論自由與報律》，見《章士釗全集》第 1 卷，第 459 頁，文匯出版社，2000 年 2 月第一版。

〔註 74〕章士釗：《論報律》，見《章士釗全集》第 2 卷，第 68 頁，文匯出版社，2000 年 2 月第一版。

〔註 75〕章士釗：《言論自由與報律》，見《章士釗全集》第 1 卷，第 462 頁，文匯出版社，2000 年 2 月第一版。

〔註 76〕章士釗：《論報律》，見《章士釗全集》第 2 卷，第 70 頁，文匯出版社，2000 年 2 月第一版。

〔註 77〕章士釗：《言論自由與報律》，見《章士釗全集》第 1 卷，第 460 頁，文匯出版社，2000 年 2 月第一版。

向丙丁戊己以至千萬人日日同在某地發言，日日同在某地刊行其言，以至千百萬張，必爲自由自然之序，是何也？即出報自由也。」〔註78〕

言論自由權屬於私權範疇，不屬於公權範疇。「夫言論自由者，私權也，非公權也。」〔註79〕認爲政府干涉私權是件荒誕不經的事情。「今政府沒收個人之私權，至於如是，則過此以往，倘政府頒發懲淫之律，則無論男女皆當以前一夜床第之事呈報政府（由第七條推出），自非不能人者，皆當課以淫具保押費（第四條），無可疑也。」〔註80〕

據此，章士釗對清末民初政府頒佈的三個報律均持批評態度，要求取消報律。

在清政府頒佈《欽定報律》時，章士釗批評《欽定報律》以司法行爲干涉國民日常生活，剝奪人權。他寫到：「今僅請爲指出第七條：每號報紙應於發行日遞送該管官署、本省督撫及民政部各一份存查。及第四條：發行人應於呈時分別附繳保押費種種。質問其命意何在？以法律原理繩之，是果爲剝奪國民之特權否？」〔註81〕認爲事前檢查與事後檢查性質相同，只是程度不同而矣。「此較出版前呈請檢閱百步五十步之別耳，而非也，乃直朝三暮四，朝四暮三之術。」〔註82〕認爲這兩條「萬無可以存立之理」。

批評的理由在於司法行爲要有行爲前提，那就是先要被指控，法庭然後才能行使檢查權，法庭判處行爲違法後，才能行使懲罰權。爲了防止原告侵犯人權或者視法律爲兒戲，檢而不實，原告是要負法律責任的。「檢稿者，乃有違法之問題呈於法庭，法庭從而檢之之謂也。檢而不實，原告當負其責。」〔註83〕

而《欽定報律》制定了檢查稿件制度、繳納保押費制度，把司法行爲運

〔註78〕 章士釗：《論報律》，見《章士釗全集》第2卷，第69頁，文匯出版社，2000年2月第一版。

〔註79〕 章士釗：《言論自由與報律》，見《章士釗全集》第1卷，第460頁，文匯出版社，2000年2月第一版。

〔註80〕 章士釗：《言論自由與報律》，見《章士釗全集》第1卷，第461頁，文匯出版社，2000年2月第一版。

〔註81〕 章士釗：《言論自由與報律》，見《章士釗全集》第1卷，第460頁，文匯出版社，2000年2月第一版。

〔註82〕 章士釗：《言論自由與報律》，見《章士釗全集》第1卷，第460頁，文匯出版社，2000年2月第一版。

〔註83〕 章士釗：《言論自由與報律》，見《章士釗全集》第1卷，第459頁，文匯出版社，2000年2月第一版。

用到國民日常生活中，檢而不實，又不用為侵犯人權負責任，國民的人權將面臨極大危險。「今報社無控者而受檢閱，檢之而不實，則侵削人權之責果誰負之？如無人負此責者，則政府刻刻假定國民之違法，刻刻而檢查之，是直狗馬國民也！是直盜賊國民也！充其類也，則政府不難濫指某家為不道，出兵以捕之；妄指某人為通匪，發票以拘之；及證為不實，則又揮之使去。如此，則人權之危險可不思議。徵收保鈔費者，亦先假定人之違法，而沒取其財產之一部分備充罰款也。人未違法，而預課違法之罰於其身，其惡果同前。」〔註 84〕

　　由於《欽定報律》是由參政院審議通過的法律，參政院審議通過也就等於被國民代表審議認可，所以章士釗認為《欽定報律》符合立法程序，自然每個人都有遵守的義務。但是章士釗認為參政院允許司法行為干涉國民生活，有負於國民。希望議會能夠根據法律程序予以廢止。「今資政院已議准此律矣，幾為國民代表所認定者，吾人有遵守之義務。然請告吾代表曰，諸君此舉，乃深有負於國民也，為今之計，當急起而直追之。夫議會之議事不反顧者也，此英國憲法中之精髓，讀者幸深味此言。幾議會所已通過之案，一旦與時勢輿論不相應，當立廢棄之。或並未廢棄，而新法案之性質與舊法案相牴觸，則舊者當立為廢紙。今報律雖屬通過，資政院如遇有第二次提議之機，幸為吾國民掃除此毒。吾國方略長言論之萌芽，不肖之政府謀有以摧折之，猶可說也。國民甘自為不肖，無可言也。」〔註 85〕

　　在南京臨時政府頒佈《民國暫行報律》時，章士釗批評《民國暫行報律》所規定的出版許可制違憲，侵犯天賦人權。因為出版自由和通信自由屬於同類事情，是憲法保護的神聖不可侵犯的權利，每個人都可以自由與人通信，自然也可以將其信件或類似之物刊佈行世。「人人可以自由與人通信，即可以將其信件或類似之物刊佈行世，非兩事也。」〔註 86〕

　　雖然三篇文章中，章士釗說的方式有所不同，清政府時期和南京臨時政府時期他大聲疾呼言論出版要自由，袁世凱政府時期欲說還掩，欲掩還說，

〔註 84〕 章士釗：《言論自由與報律》，見《章士釗全集》第 1 卷，第 459～460 頁，文匯出版社，2000 年 2 月第一版。

〔註 85〕 章士釗：《言論自由與報律》，見《章士釗全集》第 1 卷，第 461 頁，文匯出版社，2000 年 2 月第一版。

〔註 86〕 章士釗：《言論自由與報律》，見《章士釗全集》第 1 卷，第 460 頁，文匯出版社，2000 年 2 月第一版。

表明言論出版要自由。但就報律而言，章士釗認為報律的出版許可制違憲、侵犯人權，檢查稿件制度、繳納保押金制度剝奪人權，內容禁制屬普通法的內容，根本沒有存在報律的必要。

4.3.2 優先地位平衡觀點

　　美國有五種重要的憲法《第一修正案》理論或策略，它們在過去或現在被用於幫助法官在司法實踐中界定表達自由的內涵。這五種理論是絕對主義理論（absolutist theory）特別平衡理論（ad hoc balancing theory）、優先地位平衡理論（preferred position balancing theory）、米克爾約翰理論（Meiklejohnian theory）和近用理論（access theory）。〔註87〕其中優先地位平衡理論是指憲法規定的一些自由，主要是受憲法《第一修正案》保護的那些自由，對一個自由社會而言是至關重要的，因此必須得到比憲法規定的其它自由更多的法律保護，比如表達自由優先於個人隱私權和名譽權。但是，表達自由並非優於其它所有權利。比如，在言論和新聞自由與受憲法保障的接受公正審判權利之間發生衝突時就需要法院進行平衡。〔註88〕

　　據此，論者把我國清末民初兩種不同的保護言論出版自由的觀點稱之為優先地位平衡觀點和平衡觀點。這一節我們先談談優先地位平衡觀點。

　　優先地位平衡觀點是指當憲法保護的言論出版自由和憲法保護的其它權利發生衝突時，言論出版自由必須得到一個相對優先地位，即和憲法規定的其它自由相比優先得到法律保護。

　　優先地位平衡觀點和絕對自由觀點不同的地方在於兩者對新聞立法的態度是立還是不立上，絕對自由觀點主張取消報律，而優先地位平衡觀點主張新聞要立法。

　　絕對自由觀點部分，論者介紹了章士釗的觀點，但是在「絕對自由觀點」處打了引號，其意思在於，論者認為它並不是真正的絕對自由觀點，而是優先地位平衡觀點。

　　在1911年到1914年的四年間，政府三次制定報律，章士釗三次撰文反對，章士釗在《論報律》的結尾甚至還寫道「使報律兩字永不發於國會議員

〔註87〕〔美〕Don. R. Pember：《大眾傳媒法》第十三版（張金璽、趙剛譯）第42頁，中國人民大學出版社，2005年7月。

〔註88〕〔美〕Don. R. Pember：《大眾傳媒法》第十三版（張金璽、趙剛譯）第43頁，中國人民大學出版社，2005年7月。

之口〔註89〕」，在《新聞條例》中也隱晦的表達了這一思想。好像不但反對報律，而且也反對新聞立法，但是筆者認爲章士釗反對的是限制新聞自由，而非新聞立法。

理由在於章士釗這麼寫的原因是爲了保護言論出版自由，而非限制言論出版自由。在法律制度中，往往包括授權性規範、命令性規範和禁止性規範。前者爲權利性規範，後兩者爲義務性規範。一般來講，反對權利性規範，即不接受法律對其提供的授權，意味著不接受權利，也不承擔義務。所以，反對權力性規範才是眞正反對這類法律制度，反對權利性規範的人才是反對制定這類法律制度的人。

從章士釗要求取消報律的三篇文章中，我們可以清楚地看到，章士釗是言論出版自由的堅決衛護者，他要求取消的是報律中命令性規範和禁止性規範部分，認爲出版批准制違憲侵犯人權，檢查稿件和繳納保押費是法律干涉，剝奪人權，禁止性規範內容屬普通法範疇，所以，章士釗反對的不是新聞法規的創制，而是對新聞自由的限制。

那麼章士釗要求取消報律的理由是什麼呢？

其一，當時的報律或者違憲，侵犯人權，或者以司法干涉國民日常生活，剝奪人權。

其二，根據法律效力確認原則，報律作爲特殊法比普通法具有優先適用的效力。

法律效力的確認原則是在爲了實現法制統一性而在處理相同效力、不同效力法律之間的關係時所應遵循的指導思想。通過運用法律效力的確認原則，可以確定法律的相關地位，其結果是導致在效力優先的法律具有法律效力的同時，其它法律沒有法律效力，從而最終解決適用過程中法律之間的衝突和矛盾。〔註90〕特殊法優於一般法就是這樣一條原則。

特殊法是相對於一般法而言的，它是指或者依特定程序、或者針對特殊事項所制定的法律。〔註91〕新聞法（報律）是針對保護言論出版自由和限制

〔註89〕　章士釗：《論報律》，見《章士釗全集》第 2 卷，第 70 頁，文匯出版社，2000 年 2 月第一版。

〔註90〕　徐永康：《法理學》第 351 頁，上海人民出版社，2003 年 9 月一版，2003 年 12 月第二次印刷。

〔註91〕　徐永康：《法理學》第 351 頁，上海人民出版社，2003 年 9 月一版，2003 年 12 月第二次印刷。

濫用言論出版自由制定的法規，相對於一般法而言，自然屬於特殊法。

特殊法優於普通法原則是指同一主體在某一領域既有針對一般性對象的立法，又有不同於一般立法的、針對該領域中特殊對象的立法時，特殊立法的效力通常優於一般性立法。〔註 92〕根據這一原則，在民法適用上，有新聞法時，應適用新聞法，而不適用普通法；只在無新聞法時，才適用普通法，普通法起補充特別法的作用。

章士釗所要求取消的三個報律，除普通法所包含的禁制內容外，還有諸多限制，較普通法含有更多的限制。比如出版特許制度，比如繳納出版保證金，比如稿件審查。新聞法的頒布施行意味著，言論出版自由比沒有新聞法的時候將受到更多的限制。這點是章士釗所不能接受的。

綜上所述，章士釗要求取消報律，其實質意思是衛護言論出版自由不受干涉，而非不贊成新聞立法，從這個角度說，章士釗真正的報律思想應屬優先地位平衡觀點。

持優先地位平衡觀點的還有其它報人。

1907 年 9 月 20 日的《神州日報》以連載的形式發表了署名為寒灰的文章《報館暫行條例之效力如何》，文中，寒灰認為言論自由是神聖不可侵犯的，反對政府限制言論出版自由：「報館固當自有神聖不羈之言論自由權」，「政府監督報紙，即所以宣示其與輿論挑戰之行為，與輿論挑戰，即所以實踐其蹂躪國民權利之行為。」認為制定報律要符合法律程序。「凡在法律上之問題，應得國民代表共同採決，亦絕非政府所能獨斷。」政府不可以用行政命令限制言論出版自由，「官司衙署文法之繁興，非本於國民採決之法律，即亦無命令之價值。諸公乃欲以絕無價值之命令，羈絏神聖不侵之言論自由權耶？」

南京臨時政府也持優先地位平衡觀點，並且是這一觀點的實踐者。

1912 年 3 月 11 日，民國南京臨時政府公佈了《中華民國臨時約法》，在第二章人民第四條、第十五條中規定「人民有言論、著作、刊行及集會、結社之自由」，「本章所載人民之權利，有認為增進公益，維持治安，或作常緊急必要時，得依法律限制之。」〔註 93〕這一憲法條款採取的就是優先地位平衡理論。

〔註92〕 徐永康：《法理學》第 352 頁，上海人民出版社，2003 年 9 月一版，2003 年 12 月第二次印刷。

〔註93〕 《近代中國憲政歷程：史料薈萃》第 156～157 頁，政法大學出版社，2004 年 12 月。

　　民國南京臨時政府時期在憲法公佈之前制定了《民國暫行報律》，3 月 4
日頒佈，3 月 8 日即告無法律效力，3 月 11 日公佈《中華民國臨時約法》之後，
再無制定法律限制言論出版自由。

4.3.3 平衡觀點

　　平衡觀點是論者借鑒美國《第一修正案》優先地位平衡理論中的平衡概
念提出的。意思是指憲法保護的言論出版自由和其它憲法保護的權利發生衝
突時，由法院負責權衡哪一項權利有優先權。

　　優先保護平衡觀點和平衡觀點之間的區別在於平衡觀點認為言論出版自
由不具有優先保護的權利。

　　清政府和袁世凱政府認同這一觀點，並將其列在政府制定的憲法中。

　　1908 年 8 月 27 日清政府公佈的《欽定憲法大綱》，其臣民權利義務部分
第二條規定「臣民於法律範圍之內，所有言論、著作、出版及集會、結社等
事，均准其自由。」〔註94〕

　　1914 年 5 月 1 日袁世凱執政時期的北洋政府公佈了《中華民國約法》又
稱「袁記約法」，其第二章人民第四條規定「人民於法律範圍內，有言論、著
作、刊行及集會、結社之自由。」〔註95〕

　　不過在清末民初，這一思想在現實中並未實現。當衝突真正發生時，裁
決者並不是由司法部門，而是最高權力者。

　　清政府在制訂《欽定報律》時，軍機大臣和資政院就政務新聞的報導意
見不一致，軍機大臣認為未經官署允許的「其它政務」均不得登載，而資政
院認為範圍太大，應僅限於「政治上秘密事件」，經過一輪協商，雙方意見仍
然不統一，兩部門根據資政院院章第十八條，「資政院於軍機大臣或各部行政
大臣資送復議事件，若仍執前議，應由資政院總裁副總裁及軍機大臣各部行
政大臣，分別具奏；各陳所見，恭候呈裁等語。」〔註96〕分別具奏，恭候欽
定。從中我們可以看出最終的裁決者不是法院，而是皇帝。

　　皇帝在宣統二年十二月二十九日發佈的諭旨中宣佈了他的決定，「資政院

〔註94〕　《近代中國憲政歷程：史料薈萃》第 127～128 頁，政法大學出版社，2004
　　　　　年 12 月。

〔註95〕　《近代中國憲政歷程：史料薈萃》第 471～472 頁，政法大學出版社，2004
　　　　　年 12 月。

〔註96〕　戈公振：《中國報學史》第 271 頁，中國新聞出版社，1985 年 11 月。

奏，議決修正報律呈覽，請旨裁奪一摺。又據軍機大臣會同民政部奏，復議報律第十二條施行窒礙，照章分別具奏一摺。報律第十二條之其它政治上秘密事件，著改爲其它政務字樣，餘依議。」〔註 97〕在這次言論自由和輿論控制的博弈中，言論出版自由處於劣勢。

清政府時期的官員們也認爲要平衡言論出版自由和其它權利之間的利害關係。

《大清報律》頒佈前，民政部和法部認爲制定報律既要重視「言論自由」也要「防止訛言」。「竊維報館之設，原以開通風氣，提倡公論爲主。其言論所及，動與政治風俗相關。東西各國，主持報務者，大都爲政界知名之士，而政府亦復重視報紙，藉以觀衆意之所歸。惟是言論過於自由，則又不能免越檢逾閑之慮，故各國皆有新聞條例之設，用以維持正義，防制訛言，使輿論既有所發抒，而民聽亦無淆惑，意至善也。」〔註 98〕

憲政編查館認爲既要提倡言論自由，也要嚴禁誹謗。「中國報界知識甫經萌蘖際，茲預備立憲之時，故宜廣爲提倡以符言論自由之通例，而橫言泛濫如川潰，防宜嚴申屬禁，以正人心而昭公是。」〔註 99〕

不過官員們認爲制定報律的目的是爲了「防閑」，而不是保護言論出版自由。憲政編查館在奏摺中寫道：「然利之所在，弊亦隨之。激揚清濁，不無代表輿論之功，顛倒是非，實滋淆惑民聽之懼，以故各國俱特設專例爲之防閑，如俄羅斯、瑞士、挪威，並明定之於刑法或違警罪中，而俄之鉗束爲尤烈。」〔註 100〕

部分知識分子也持平衡觀點。

鄭貫公在《拒約須急設機關日報議》中含蓄的提出要對新聞自由進行限制。文中寫到：

> 報律不能不先認定也。立憲之國，固有公同認可之報律，舉凡報社，莫不珍重而恪守之。吾國自來無所謂報律者，只有官場勢力而已。今言報律，將從何起？曰：由吾報社自采其合於文明公理者，定其方針。查報律之大要，最重道德，而道德有公私之分，公德有

〔註 97〕 戈公振：《中國報學史》第 272 頁，中國新聞出版社，1985 年 11 月。
〔註 98〕 戈公振：《中國報學史》第 269 頁，中國新聞出版社，1985 年 11 月。
〔註 99〕 《憲政編查館奏考覈報律原摺清單》國立北京圖書館第 26181 號。
〔註 100〕 《憲政編查館奏考覈報律原摺清單》國立北京圖書館第 26181 號。

害，報可聲罪以除之也，無論政界、學界、農工商界，及種種社會，皆可評論也。惟個人私德，無關於世者，不能誣捏妄揭也。記者有監督政界及代民鳴不平之特權，惟不能煽亂以壞治安也，又不能造謠以惑人心也，又不能侈譚猥褻以誨淫也，此其要略之大綱也。今辦拒約之報，尤當以最文明之引導，以為一般社會之警鐘。歷觀外強自帝國主義之政術發明，專伺野蠻之暴動，以插其藉端償欲之足，而施其酷腕，強權世界，公理泯然，此不可不愼之又愼也。矧今日不銷美貨以為抵制之舉，實逼於強權而無可如何之策，上下社會，共表同情，公憤所在，激變最易。若報紙而不以文明善法為鼓舞，誠恐暴動一起，則大局不可收拾，而抵制之前途，必陷於恐怖之悲境，揆諸理固不合，對於勢又不宜。故曰：報律不能不先認定也。

〔註 101〕

文中作者鄭貫公首先闡述了自己對於新聞自由的看法：一方面作者表達了要保護新聞自由，限制濫用新聞自由的意思：對於危害公共利益的事情，無論是政界還是其它方面，報紙都可以公開批評；報導不能「煽亂」、「造謠」和「侈談猥褻」以「破壞治安」、「迷惑人心」和「誨淫」；另一方面，作者又認為在外敵虎視眈眈伺機進攻，國內群情激憤之時，報紙應以「文明善法為鼓舞」，不能因報導而導致暴動。這裏作者因懼怕出現暴動，含蓄的表達出要對新聞自由進行限制的意思。

　　包括政府、政府官員和部分知識分子在內的持平衡觀點者一方面在清末民初制定了著作權法，在所制定的新聞法規中也對著作權、名譽權、報刊更正制度作了規定，對報刊濫用言論出版自由進行限制。另一方面也對新聞自由進行了不同程度的限制。

　　首先，「言論准自由」沒有明確的寫入新聞法中。

　　《申報》1908 年 3 月 17 日刊登專電《十二日憲政館議覆報律略有修改》，3 月 23 日刊登緊要新聞《改竄報律紀聞》，這兩篇新聞報導了報律草案之條款「言論准自由」被官員們審議拿下的結果和過程。兩文如下：

　　　　　　　《十二日憲政館議覆報律略有修改》

　　第十三條（原文密旨密摺未經官報公佈者不得揭載）改為諭旨

〔註 101〕復旦大學新聞系新聞史研究室編：《中國新聞史文集》第 71 頁，上海人民出版社，1987 年 11 月第一版。

章奏閣抄未經官報刊出不得揭載。第二十一條（原文違反十二條十三條及十四條之第三第四節者，罰編輯發行人金百元監禁二十日或至六個月暫禁發行）改爲犯第十四條一二三節（一詆毀宮廷二淆亂國體三擾害治安）除科罰停報外，如情節重大得按刑律辦理。第四條押費（原定月發三會以上者一百五十元，四回以上者三百元）改爲二百五十元及五百元。第七條報樣（原定發行日送地方衙門及民政部存查）改爲限前一日十二點鐘送巡局核正再排。第三十三條言論准自由句刪去。不遵報律各報（原定郵局不准代寄）今加輪船鐵路亦不准遞。此外又加不得挾嫌誣人一條共四十五條，餘亦稍有改動。〔註102〕

《改竄報律紀聞》

十二日憲政編查館奏核改報律四十五條已錄。今日本報要件欄，茲聞該館擬就稿本時，民法各部堂官均未置可否，僅僅提筆書諾而已。獨外部堂官極爲鄭重翻閱再四，親筆將第四條預繳押費項下加增至五百元，又刪去言論准自由字樣，最後又加入輪船鐵路不得遞送云云。〔註103〕

根據《申報》這兩篇新聞可以得知，民政部、法部和外務部對於「言論准自由」的態度是不同的，民政部、法部持肯定態度，外務部堂官持反對態度。

但是《大清報律》是以日本《新聞條例》爲摹本，「酌加損益」後制訂的，審議時又處在革命黨人宣傳革命，皇帝不悅的狀況，「現在逆黨、會匪鼠伏東南洋一帶，潛圖竊發，且藉報紙之風行，逞狂言之鼓吹，此等情形久已上煩。」〔註104〕「言論准自由」一條被拿下，在官員中並未引起爭議。由於《大清報律》只經過官員審議，而沒有經過議院審議，人民的聲音無法到達，《申報》只好在報紙上發出不滿之聲，認爲這是「改竄報律」。

其次，對言論出版自由進行了限制。

清末民初的新聞法規在出版和言論兩方面對新聞自由進行了限制。出版方面制訂了預防制和保押金制度；言論方面則採用了稿件審查制度，禁載內容也超出刑法、民法的範圍，增加了不准政務信息報導等額外的限制內容。

〔註102〕《申報》1908 年 3 月 17 日專電。
〔註103〕《申報》1908 年 3 月 23 日緊要新聞。
〔註104〕《憲政編查館奏考覈報律原摺清單》國立北京圖書館第 26181 號。

第 5 章　與法日出版新聞法的比較

　　清末民初中國開始制定並公佈了一批新聞法律法規，而在這一時期——
十九世紀末二十世紀初世界上很多國家也或早或晚地實行了新聞立法。

　　1881 年 7 月 29 日法國頒佈的《出版自由法》和 1909 年日本頒佈的《新
聞紙法》是論者用來和我國清末民初新聞法律法規比較的其它國家的新聞法
律文本，也是筆者能找到的與清末民初中國新聞法律法規同時代的新聞法和
出版法。

　　法國《出版自由法》自 1881 年誕生後，該制度一直延續至今，只是在 1914
年～1918 年、1935 年～1947 年和 1956 年～1962 年面臨國內外危機時暫停實
施，或受到損害。〔註 1〕它既是和清末民初新聞法律法規同時代的新聞出版
法，也是今天法國仍然在使用的新聞出版法。法國《出版自由法》採取追懲
制，是一部對新聞自由限制較少的新聞法。

　　日本在 1905 年和 1926 年期間存在過兩部新聞法律法規。

　　一部是 1899～1909 年的《新聞條例》。清政府制定《大清報律》時參考
的日本報律指的就是《新聞條例》。可惜沒有找到漢語的法規文本全文，只是
在一些相關書籍中看到一些條款。

　　《新聞條例》是一部以控制言論嚴苛著稱的法規。據蘇進添在其專著《日
本新聞自由與傳播事業》中介紹，《新聞紙條例》是在這樣的社會背景下頒佈
的：其一，士族對廢除藩制與喪失特權不滿，舉兵叛亂；其二，板垣等提出
「民選議院設立建白書」，引發了自由民權運動；日本當時出現了直接討論時

〔註 1〕　江浩：《法國報刊法》譯自法國拉露斯《大百科全書》見《各國新聞出版法選
　　　　輯》第 260 頁，人民日報出版社，1981 年。內部發行。

事問題，猛烈抨擊內閣，向政府對言論自由的高壓手段公開挑戰的雜誌和報紙，深得學生們的歡迎；於是 1876 年日本政府重新研討了外國有關報業法令，擬定了細密峻苛之出版法規，1876 年 6 月 20 日發佈了《新聞條例》十六條及其附則，八日後復接續公告《讒謗律》八條。這些規定從嚴取締報紙，並處叛逆性新聞記者及政治評論家以罰金及禁錮之罪。日本人稱此一時期爲「新聞紙的恐怖時代〔註 2〕」。此後新聞之條例在明治十六年、二十年、三十年、三十二年，屢經修改。〔註 3〕時代愈是動亂，條例的規定愈是嚴苛。〔註 4〕條例規定愈是嚴苛，新聞自由度越小。其時日本明治政府爲了轉移士族的憤懣，採取了擴張國權，對外發動戰爭的辦法，日本軍國主義政治勢力開始擡頭，而此時日本政府不允許報刊報導有關外交軍事事項，違反者處以《新聞紙法》中最重的處罰，與危害國家安全同罪，媒體無力起到社會哨兵的「警戒」和「預警」作用。在取締言論的高壓之下，日本媒體不能進行外交軍事事項的報導，這對於日本軍國主義政治勢力的逐漸壯大，進而形成一種力量，不能不說是帶來了某些便利。

　　一部是 1909 年的《新聞紙法》。它比《大清報律》公佈的時間晚一年，比《欽定報律》早兩年，於 1949 年 5 月 24 日被廢止。〔註 5〕是與清末民初新聞法律法規同時代的新聞法，也是我們在文中進行比較的新聞法。

　　《新聞紙法》是在《新聞紙條例》基礎上，經過大幅度修改而成的，是一部新聞自由的限製法。它「針對報紙或政論性雜誌之取締〔註 6〕」而制定的，公佈後，「新聞界經常從事廢除運動，當權者卻相反地急於因時事之變化，修改爲更嚴苛之條文。雙方爭執不休，僵持不下，直至廢止。」〔註 7〕

〔註 2〕　蘇進添：《日本新聞自由與傳播事業》第 31 頁，致良出版社，中華民國 79 年 10 月初版。

〔註 3〕　蘇進添：《日本新聞自由與傳播事業》第 32 頁，致良出版社，中華民國 79 年 10 月初版。

〔註 4〕　蘇進添：《日本新聞自由與傳播事業》第 30 頁，致良出版社，中華民國 79 年 10 月初版。

〔註 5〕　蘇進添：《日本新聞自由與傳播事業》第 32 頁，致良出版社，中華民國 79 年 10 月初版。

〔註 6〕　蘇進添：《日本新聞自由與傳播事業》第 33 頁，致良出版社，中華民國 79 年 10 月初版。

〔註 7〕　蘇進添：《日本新聞自由與傳播事業》第 33 頁，致良出版社，中華民國 79 年 10 月初版。

中國清末民初新聞出版立法 6 部，除《民國暫行報律》外，其它 5 部新聞法律法規都予以實施，用來規範媒介的傳播行爲，以時間順序可以分爲三個階段。1908～1912 年採用註冊加保證金制，這一階段有新聞法《大清報律》和《欽定報律》；1914～1916 年採用批准制加保證金制，這一階段有不符合立法程序的行政法規《報紙條例》和《修正報紙條例》；1916～1926 年採用註冊制，這一階段有不符合立法程序的行政法規《出版法》。

下面論者就出版新聞法的義務規範，從禁載內容、限制手段和處罰三方面將清末民初的新聞法律制度與法國《出版自由法》和日本《新聞紙法》作橫向比較，試圖通過法國和日本當時對新聞自由保護和限制的情況，對清末民初我國新聞法律法規對新聞自由的保護和限制情況有清楚的認識和評價。

5.1 禁載內容之比較

法國《出版自由法》、日本《新聞紙法》和清末民初的新聞法律法規都包含有禁載內容。具體內容及其比較如下：

5.1.1 煽動犯罪、妨害公共事務

煽動犯罪和妨害公共事務是三國新聞法律法規明令禁止的。

1、禁止煽動犯罪、危害國家安全。

在煽動犯罪這點上，無論哪國，是基本法律還是行政法規，符合還是不符合立法程序，都毫無例外地做出了相同的明確的禁止規定。

法國《出版自由法》嚴禁出版物直接煽動民眾從事犯罪活動，如果煽動產生後果將受到法律懲罰。其第四章第一項第二十三條規定「在公共場所和會議上，通過演講、口號、威脅，或以書面形式，通過販賣和分送印刷品，或通過招貼、示眾，直接煽動從事被視爲重罪或輕罪的活動並產生後果者，以上述活動的同謀論處。如煽動僅引起刑法第二條規定的犯罪行爲，也同樣適合於本條規定。」〔註 8〕

日本《新聞紙法》嚴禁煽動或曲庇犯罪。其第二十一條規定「凡煽動或曲庇犯罪，或賞恤救護犯罪人、刑事被告人，及陷害刑事被告之事項，新聞紙均不得揭載之。」〔註 9〕

〔註 8〕　《各國新聞出版法選輯》（續編）第 203 頁，人民日報出版社，1987 年 1 月。
〔註 9〕　《各國新聞出版法選輯》（內部發行）第 275 頁，人民日報出版社，1981 年。

　　中國清末民初的 5 個新聞法律法規未明文規定說不得煽動犯罪，但在禁載內容中包含了這部分內容。

　　三國新聞法律法規都特別強調不得煽動危害國家安全，違反者將受重罰。但在具體條款的規定上，法國《出版自由法》和中國《欽定報律》給予新聞媒介的新聞自由度相同，《大清報律》次之，日本《新聞紙法》和中國《報紙條例》《出版法》《修正報紙條例》最低。

　　法國《出版自由法》和中國《欽定報律》在這條法律規定上具有較大的新聞自由度。

　　法國《出版自由法》堅決禁止煽動民眾危害國家安全，規定只要有煽動民眾危害國家安全的行為，無論煽動行為是否產生後果都將受到監禁和罰款的處罰。其第四章第一項第二十四條規定「通過上條列舉的方式，直接煽動兇殺、搶劫和縱火，或煽動從事刑法第七十五條至一百零一條（含一百零一條）規定的妨害國家安全罪者，如煽動未產生後果，則處以三個月至兩年的監禁，同時處以一百至三千法郎的罰金。在公共場所和集會上高喊煽動性口號或高唱煽動性歌曲者，將處以六日至一個月的監禁和十六至五百法郎的罰金，或僅處以此倆項懲罰中的一項。」〔註10〕

　　法國《出版自由法》特別規定嚴禁煽動軍人抗命，違反者將受到監禁和罰款的處罰。其第四章第一項第二十五條規定「通過第二十三條列舉的任何一種方式，煽動陸軍或海軍軍人違背其軍事責任或違抗其指揮官要求他們執行軍事法規和條例的命令者，將處以一至六個月的監禁和十六至一百法郎的罰款。」〔註11〕軍人以保護國家安全為己任，煽動軍人抗命，自然是危害國家安全的一種行為。這一禁止性規範合情合理。

　　冒犯君主尊嚴和改變政體是日本政府和清末中國政府對於危害國家安全的另一種說法。在 1908 年 8 月 27 日清政府公佈的《欽定憲法大綱》中，君上大權 14 條中第一條就是「大清皇帝統治大清帝國，萬世一系，永永尊戴。」〔註12〕在憲法裏規定中國的政體為君主制。第二條為「君上神聖尊嚴，不可侵犯。」〔註13〕規定侵犯君主尊嚴是違憲行為。憲法是一個國家的根本大法，

<hr />

〔註10〕　《各國新聞出版法選輯》（續編）第 203 頁，人民日報出版社，1987 年 1 月。
〔註11〕　《各國新聞出版法選輯》（續編）第 203 頁，人民日報出版社，1987 年 1 月。
〔註12〕　《近代中國憲政歷程：史料薈萃》第 127～128 頁，政法大學出版社，2004 年 12 月。
〔註13〕　《近代中國憲政歷程：史料薈萃》第 127～128 頁，政法大學出版社，2004 年 12 月。

憲法具有最高法律效力，是制定其它法律的依據，一切法律、法規都不得同憲法相牴觸。〔註14〕《欽定報律》自然包含這些內容。

　　中國《欽定報律》第十條第一、二項規定「報紙不得登載冒瀆乘輿、淆亂政體之語。」〔註15〕違反者將受到最重的處罰——監禁、罰款以及永遠禁止發行。《欽定報律》第二十二條規定「違第十條登載第一、第二款者，處該發行人、編輯人、印刷人以二年以下、二月以上之監禁。並科二百元以下、二十元以上之罰金。其印刷人實不知情者，免其處罰。」〔註16〕第三十條規定「犯第二十二條之罪者，審判衙門得以判決永遠禁止發行。」〔註17〕

　　比較法國《出版自由法》和中國《欽定報律》相同條款，可以發現《欽定報律》增加了「冒犯君主尊嚴」這項，禁止內容似乎比法國《出版自由法》多。可是為什麼還認為這兩個法律條款所給予的新聞自由度相同呢？這是因為法國是法蘭西共和國，沒有君主，自然其危害國家安全罪中不包括冒犯君主尊嚴這項；法蘭西共和國的最高元首是總統，總統代表國民行使權利，所以侮辱總統被認為是妨害公共事務，根據法國《出版自由法》第二十六條規定「通過第二十三條和第二十八條所列舉的任何一種方式，侮辱共和國總統者，處以三個月至一年的監禁和一百至三千法郎的罰款，或處以此兩項懲罰中的一項。」〔註18〕而《欽定報律》是君主專制體制下制定的法律，所以冒犯君主尊嚴和改變政體被認為是危害國家安全。

　　與法國《出版自由法》和中國《欽定報律》相比，日本《新聞紙法》和中國《大清報律》就新聞報導範圍進行了限制。

　　日本《新聞紙法》第四十二條、第四十三條規定冒犯整個皇室尊嚴、煽動改變政體者，將得到最重的處罰，包括監禁、罰款和禁止其新聞紙發行。「新聞紙上揭載欲冒犯皇室之尊嚴、改變政體、紊亂朝憲之事項者，處發行人、編輯人、印刷人以二年以下之禁錮及三百元以下之罰金。」〔註19〕「以第四十條至四十二條所處罰者，審判廳得禁止其新聞紙之發行。」〔註20〕

〔註14〕　張雲秀：《法學概論》（第二版）第 71 頁，北京大學出版社，2000 年 10 月第二版重排本，2001 年 5 月第二次印刷。

〔註15〕　劉哲民：《近現代出版新聞法規彙編》第 40 頁，學林出版社，1992 年 12 月。

〔註16〕　劉哲民：《近現代出版新聞法規彙編》第 41 頁，學林出版社，1992 年 12 月。

〔註17〕　劉哲民：《近現代出版新聞法規彙編》第 41 頁，學林出版社，1992 年 12 月。

〔註18〕　《各國新聞出版法選輯》（續編）第 203 頁，人民日報出版社，1987 年 1 月。

〔註19〕　《各國新聞出版法選輯》（內部發行）第 277 頁，人民日報出版社，1981 年。

〔註20〕　《各國新聞出版法選輯》（內部發行）第 277 頁，人民日報出版社，1981 年。

《大清報律》第十四條第二項規定「報紙不得揭載詆毀宮廷、淆亂政體之語〔註21〕」，違反者將處以監禁、罰款和永遠禁止發行的處罰。第二十三條、第二十九條規定「違第十四條第一、二、三款者，該發行人、編輯人、印刷人處六月以上、二年以下之監禁。附加二十元以上、二百元以下之罰金。其情節較重者，仍照刑律治罪；但印刷人實不知情者，免其處罰。」「違第十四條第一、二、三款者，永遠禁止發行。」〔註22〕

這兩個法律法規把「不得冒犯君主尊嚴」擴大成「不得冒犯皇室尊嚴」「不得詆毀宮廷」，危害國家安全罪的範圍自然也從君主擴大到皇室、宮廷，意味著報刊不得對皇室成員和宮廷內君主以外的其它成員及其行為進行批評，否則報刊將以危害國家安全治罪。鑒於皇室成員和宮廷內君主以外的其它成員並非代表一個國家或一個政府行使權力者，所以禁止對他們進行批評就是對新聞自由的限制。

在危害國家安全罪中，日本《新聞紙法》和中國《報紙條例》《出版法》《修正報紙條例》還規定不得煽動曲庇犯罪人，或賞恤犯罪人和刑事被告人。其實質就是把批評政府和危害國家安全劃等號，禁止報刊批評政府，限制新聞自由。

日本《新聞紙法》規定不得煽動曲庇犯罪人和刑事被告人。其第二十一條規定「凡煽動或曲庇犯罪，<u>或賞恤救護犯罪人、刑事被告人</u>，及陷害刑事被告之事項，新聞紙均不得揭載之。」〔註23〕違反者根據《新聞紙法》第三十七條規定「違反第二十一條時，處編輯人以三月以下禁錮，又二百元以下之罰金。」〔註24〕

中國的《出版法》第十一條第四款還規定不得「煽動曲庇犯罪人、刑事被告人〔註25〕」，違反者將「除沒收其印本或印版外，處著作人、發行人以一百五十元以下、十五元以上之罰金。」〔註26〕《報紙條例》和《修正報紙條例》第十條第七款規定報紙不得登載「煽動、曲庇、讚賞、救護犯罪人、刑事被告人者」，《報紙條例》第二十三條、《修正報紙條例》第二十二條規定違

〔註21〕 劉哲民：《近現代出版新聞法規彙編》第32頁，學林出版社，1992年12月。
〔註22〕 劉哲民：《近現代出版新聞法規彙編》第33頁，學林出版社，1992年12月。
〔註23〕 《各國新聞出版法選輯》（內部發行）第275頁，人民日報出版社，1981年。
〔註24〕 《各國新聞出版法選輯》（內部發行）第277頁，人民日報出版社，1981年。
〔註25〕 劉哲民：《近現代出版新聞法規彙編》第55頁，學林出版社，1992年12月。
〔註26〕 劉哲民：《近現代出版新聞法規彙編》第55頁，學林出版社，1992年12月。

反者將「停止其發行，科發行人編輯人以五等有期徒刑。前項停止發行，日刊者，停止十日以上一月以下；不定期刊、周刊、旬刊、月刊者，停止二次以上十次以下；年刊者，停止一次。」〔註27〕

　　這裏「犯罪人」概念模糊，沒有明確規定是犯罪嫌疑人還是罪犯。從事理分析，因爲罪犯是經過法院判決後定爲有罪的人，不得煽動曲庇罪犯，賞恤罪犯，這是常識，自然不需規定，所以犯罪人不是指罪犯，而是指犯罪嫌疑人。

　　受刑事追訴者在檢察機關向人民法院提起公訴以前，稱爲犯罪嫌疑人。在法院階段稱爲被告。只有經過法院判決後如果有罪，才稱爲罪犯。由此可見日本《新聞紙法》和中國的《報紙條例》、《出版法》和《修正報紙條例》的這一法律條款就是規定報刊在法院判決之前不得煽動曲庇或賞恤犯罪嫌疑人和刑事被告人，也就是說報刊在法院判決前不得聲援和支持犯罪嫌疑人和刑事被告人。

　　鑒於日本《新聞紙法》是「針對報紙或政論性雜誌之取締〔註28〕」制定的新聞自由限製法，《報紙條例》是北洋政府「係照套日本新聞紙條例，而去其寬平，加以苛重〔註29〕」後，不符合立法程序制定的行政法規，它們立法的目的都在於限制新聞自由，所以這一條款把報刊對犯罪嫌疑人的聲援和支持等同於危害國家安全的行爲，禁止報刊聲援、支持犯罪嫌疑人，最大的可能就是這些犯罪嫌疑人是因批評政府而被起訴的人。其實質就是不許報刊批評政府。

　　綜上所述，就危害國家安全罪來說，法國《出版自由法》和中國《欽定報律》禁止侮辱冒犯「總統」與「君主」，中國《大清報律》禁止冒犯皇室，中國《報紙條例》《出版法》和《修正報紙條例》禁止批評政府，日本《新聞紙法》禁止冒犯皇室與批評政府，我們可以看出，清末民初新聞法律法規的新聞自由度在 1908～1912 年與法國持平或略低，在 1914～1926 年比法國低，比日本要高。

〔註27〕 劉哲民：《近現代出版新聞法規彙編》第 88 頁、97 頁，學林出版社，1992 年 12 月。

〔註28〕 蘇進添：《日本新聞自由與傳播事業》第 33 頁，致良出版社，中華民國 79 年 10 月初版。

〔註29〕 《申報》1914 年 4 月 17 日緊要新聞《關於新報律之商榷者》。

2、三個國家的出版新聞法規都嚴禁妨害公共事務

妨礙公共事務，包括擾亂公共治安、敗壞社會風俗、妨礙司法權威等幾方面。

〔1〕國家最高元首

把侮辱國家最高元首視爲妨害公共事務的只有法國《出版自由法》，日本《新聞紙法》和中國《大清報律》《欽定報律》認爲冒犯君主是危害國家安全罪，民國初期南京臨時政府和北洋政府時期的法律法規沒有相關規定。

〔2〕公共治安

三個國家的出版新聞法律法規均嚴禁擾亂公共治安。

關於擾亂公共治安的處罰，中國的《欽定報律》《出版法》與法國《出版自由法》持平或者還要寬鬆些。擾亂公共治安，《欽定報律》僅處以罰款。《欽定報律》第十條第三款規定報刊「不得妨害治安〔註30〕」；第二十三條規定違反者將「處該發行人、編輯人以二百元以下、二十元以上罰金。」〔註31〕北洋政府時期的《出版法》只是監禁而沒有罰款。其第十五條規定違反者將「除沒收其印本或印版外，處著作人、發行人、印刷人以五等有期徒刑或拘役。」〔註32〕而法國《出版自由法》對於擾亂公共治安採取了或罰款，或監禁，或監禁加罰款的處罰辦法。其第四章第二項第二十七條規定「出版或複製錯誤的新聞，捏造、僞造或謠傳新聞，如其擾亂了公共治安，並屬蓄意之舉，則處以一個月至一年的監禁和五十至一千法郎罰款，或處以兩項懲罰中的一項。」〔註33〕

中國《報紙條例》和《修正報紙條例》與日本《新聞紙法》相比，處罰要寬鬆些，沒有罰款，只有監禁並禁止發行。不過就禁止發行的時間而言，日本《新聞紙法》用語較爲含混，只說「審判庭得禁止其新聞紙發行」，而中國的二個法規則十分清楚，有具體規定。

日本《新聞紙法》第二十三條規定「新聞紙揭載之事項，內務大臣有認爲紊亂安寧秩序者，得禁止其發賣及頒佈，有必要時，並得扣押之。內務大臣得禁止揭載與前項同一主旨之事項。」〔註34〕第四十一條「揭載紊亂安寧

〔註30〕 劉哲民：《近現代出版新聞法規彙編》第 39 頁，學林出版社，1992 年 12 月。
〔註31〕 劉哲民：《近現代出版新聞法規彙編》第 40 頁，學林出版社，1992 年 12 月。
〔註32〕 劉哲民：《近現代出版新聞法規彙編》第 56 頁，學林出版社，1992 年 12 月。
〔註33〕 《各國新聞出版法選輯》（續編）第 203 頁，人民日報出版社，1987 年 1 月。
〔註34〕 《各國新聞出版法選輯》（內部發行）第 276 頁，人民日報出版社，1981 年。

秩序，或妨害風俗之事項於新聞紙者，處發行人、編輯人以六個月以下之禁錮、二百元以下之罰金。」〔註35〕日本《新聞紙法》第四十三條「以第四十條至四十二條所處罰者，審判廳得禁止其新聞紙之發行。」〔註36〕

《報紙條例》《修正報紙條例》中均規定報刊「不得妨害治安〔註37〕」。《報紙條例》第二十三條、《修正報紙條例》第二十二條規定違反者將「停止其發行，科發行人編輯人以五等有期徒刑。前項停止發行，日刊者，停止十日以上一月以下；不定期刊、周刊、旬刊、月刊者，停止二次以上十次以下；年刊者，停止一次。」〔註38〕

與日本《新聞紙法》相比，《大清報律》的處罰更為嚴苛，《大清報律》明確規定，違反者將永遠禁止發行。

《大清報律》第十四條第三款規定報刊「不得損害公安〔註39〕」，違反者將根據第二十三條、二十九條規定處罰。其第二十三條為「該發行人、編輯人、印刷人出六個月以上、二年以下之監禁。附加二十元以上、二百元以下之罰金。其情節較重者，仍照刑律治罪。但印刷人實不知情者，免其處罰。」〔註40〕其第二十九條為違反者將「永遠禁止發行〔註41〕」。

因此，就妨害治安罪而言，中國的處罰力度在 1911～1912 年，1916～1926 年與法國持平或還要寬鬆些，1914～1916 年比法國重，與日本持平，只有 1908～1911 年例外，比法國日本都重。

〔3〕社會風俗

三個國家的新聞法律法規關於社會風俗的禁止範圍不同，法國《出版自由法》禁止有傷風化，而中國和日本的新聞法律法規禁止敗壞社會風俗。

據《現代漢語詞典》的解釋，風俗是指社會上長期形成的風尚、禮節、習慣等的總合〔註42〕。風化指「風俗教化〔註43〕」，是指教育影響或善意勸導，

〔註35〕　《各國新聞出版法選輯》（內部發行）第 277 頁，人民日報出版社，1981 年。
〔註36〕　《各國新聞出版法選輯》（內部發行）第 277 頁，人民日報出版社，1981 年。
〔註37〕　劉哲民：《近現代出版新聞法規彙編》第 87 頁、97 頁，學林出版社，1992 年 12 月。
〔註38〕　劉哲民：《近現代出版新聞法規彙編》第 88 頁、97 頁，學林出版社，1992 年 12 月。
〔註39〕　劉哲民：《近現代出版新聞法規彙編》第 32 頁，學林出版社，1992 年 12 月。
〔註40〕　劉哲民：《近現代出版新聞法規彙編》第 33 頁，學林出版社，1992 年 12 月。
〔註41〕　劉哲民：《近現代出版新聞法規彙編》第 33 頁，學林出版社，1992 年 12 月。
〔註42〕　《現代漢語詞典》第 325 頁，商務印書館出版，1978 年 12 月第一版，1981 年 6 月，北京第 27 次印刷。

使社會風尚、禮節、習慣逐漸向好的方面變化。這裏風化的概念比風俗小，有傷風化是指違背了社會上所提倡的某些風尚、禮節或者習慣，而不是社會上長期形成的所有風尚、禮節和習慣。所以法國《出版自由法》的禁載範圍比中日兩國新聞法律法規要小。

關於處罰，中國《欽定報律》和《出版法》規定最寬鬆，僅爲罰款，《欽定報律》第二十三條規定違反者「處該發行人、編輯人以二百元以下、二十元以上之罰金。」〔註44〕《出版法》第十六條規定違反者「除沒收其印本或印版外，處著作人、發行人以一百五十元以下、十五元以上之罰金。」〔註45〕

次者爲法國《出版自由法》和中國《大清報律》的規定，監禁加罰款，法國《出版自由法》第四章第二項第二十八條規定「以第二十三條列舉的任何一種方式有傷風化，則處以一個月至二年的監禁和十六至二千法郎的罰款。」〔註46〕中國《大清報律》第二十二條規定違反者「該發行人、編輯人處二十日以上、六個月以下之監禁；或二十元以上、二百元以下之罰金。」〔註47〕

日本的《新聞紙法》和中國的《報紙條例》和《修正報紙條例》最嚴苛，監禁、罰款還要禁止新聞紙發行。不過中國的《報紙條例》和《修正報紙條例》規定了禁止發行時間，比日本的《新聞紙法》更有利於對出版物的保護。

日本《新聞紙法》第二十三條規定「新聞紙揭載之事項，內務大臣有認爲妨害風俗者，得禁止其發賣及頒佈，有必要時，並得扣押之。內務大臣得禁止揭載與前項同一主旨之事項。」〔註48〕第四十一條規定「揭載紊亂安寧秩序，或妨害風俗之事項於新聞紙者，處發行人、編輯人以六個月以下之禁錮、二百元以下之罰金。」〔註49〕第四十三條規定「以第四十條至四十二條所處罰者，審判廳得禁止其新聞紙之發行。」〔註50〕

中國《報紙條例》第二十三條、《修正報紙條例》第二十二條規定違反者

〔註43〕 《現代漢語詞典》第 322 頁，商務印書館出版，1978 年 12 月第一版，1981 年 6 月，北京第 27 次印刷。

〔註44〕 劉哲民：《近現代出版新聞法規彙編》第 40 頁，學林出版社，1992 年 12 月。

〔註45〕 劉哲民：《近現代出版新聞法規彙編》第 51 頁，學林出版社，1992 年 12 月。

〔註46〕 《各國新聞出版法選輯》（續編）第 203 頁，人民日報出版社，1987 年 1 月。

〔註47〕 劉哲民：《近現代出版新聞法規彙編》第 33 頁，學林出版社，1992 年 12 月。

〔註48〕 《各國新聞出版法選輯》（內部發行）第 276 頁，人民日報出版社，1981 年。

〔註49〕 《各國新聞出版法選輯》（內部發行）第 277 頁，人民日報出版社，1981 年。

〔註50〕 《各國新聞出版法選輯》（內部發行）第 277 頁，人民日報出版社，1981 年。

將「停止其發行，科發行人編輯人以五等有期徒刑。前項停止發行，日刊者，停止十日以上一月以下；不定期刊、周刊、旬刊、月刊者，停止二次以上十次以下；年刊者，停止一次。」〔註51〕

綜上所述，在敗壞社會風俗這點上，法國禁載範圍比日本中國小，僅限有傷風化部分；在處罰力度上，中國《欽定報律》和《出版法》規定最寬鬆，次者爲法國《出版自由法》和中國《大清報律》的規定，日本的《新聞紙法》和中國的《報紙條例》和《修正報紙條例》最嚴苛。由此可見，1908～1912年，1916～1926 年中國的處罰力度和法國持平或者還要寬鬆些，1914～1916年和日本持平。

〔4〕司法權威

三國新聞法律法規對司法方面的報導都有規定，法國《出版自由法》和中國的《欽定報律》規定最寬鬆，日本《新聞紙法》、中國的《大清報律》、《出版法》、《報紙條例》和《修正報紙條例》則有限制性條款。

法國的《出版自由法》和中國的《欽定報律》有關司法方面的規定最爲寬鬆。

法國《出版自由法》只在司法宣判前對某些內容和法律文件的發表時間做出了禁止規定，以維護司法權威。其第三十八條規定「起訴書及其它一切重罪或輕罪訴訟文件，在公開庭審宣讀之前嚴禁發表，否則處以五十至一千法郎罰款。」〔註52〕其第三十九條規定「禁止報導陪審團或法院及法庭的內部合議。對上述規定的違犯者將處以一百至二千法郎的罰款。」〔註53〕

中國的《欽定報律》只規定報紙要依法進行司法報導。其第十三條規定「訴訟事件，按照法令禁止旁聽者，報紙不得登載。」〔註54〕第二十五條規定違反者「處該編輯人以二百元以下、二十元以上之罰金。」〔註55〕

日本《新聞紙法》和中國《大清報律》《報紙條例》《出版法》《修正報紙條例》對司法報導有限制。

一是預審之內容在未經公判之前不得報導。

〔註51〕劉哲民：《近現代出版新聞法規彙編》第 87 頁、97 頁，學林出版社，1992 年
　　　　12 月。
〔註52〕《各國新聞出版法選輯》（續編）第 205 頁，人民日報出版社，1987 年 1 月。
〔註53〕《各國新聞出版法選輯》（續編）第 205 頁，人民日報出版社，1987 年 1 月。
〔註54〕劉哲民：《近現代出版新聞法規彙編》第 40 頁，學林出版社，1992 年 12 月。
〔註55〕劉哲民：《近現代出版新聞法規彙編》第 41 頁，學林出版社，1992 年 12 月。

中國《大清報律》第十一條規定「預審事件，於未經公判以前，報紙不得揭載。」〔註56〕違反者根據《大清報律》第二十一條「該編輯人處十元以上、一百元以下之罰金。」〔註57〕

《報紙條例》和《修正報紙條例》第十條第五款規定「預審未經公判之案件及訴訟之禁止旁聽者〔註58〕」報紙不得登載。中國《報紙條例》第二十三條、《修正報紙條例》第二十二條規定違反者將「停止其發行，科發行人編輯人以五等有期徒刑。前項停止發行，日刊者，停止十日以上一月以下；不定期刊、周刊、旬刊、月刊者，停止二次以上十次以下；年刊者，停止一次。」〔註59〕

《出版法》第十一條第五、六款規定「輕罪、重罪之預審案件未經公判者〔註60〕」「訴訟事件之禁止旁聽者〔註61〕」不得出版，違反者根據《出版法》第十一條「沒收其印本或印版外，處著作人、發行人以一百五十元以下、十五元以上罰金。」〔註62〕

這裏禁載的不僅僅是爲了維護司法權威而不許報導的內容，比如起訴書、一切重罪或輕罪的訴訟文件和陪審團或法院及法庭的內部合議等，而是公判前有關預審的所有內容，報刊對預審事件的報導也在禁載之列。限制了報刊對司法過程的報導，也就限制了報刊對司法活動的監督，損害了民眾對司法活動的知情權。日本《新聞紙法》在這點上限制更多，除了對預審內容的限制外，還禁止對預審中的被告進行報導，禁止對其它檢察官的某些行爲進行報導，包括其它檢察官已經停止的搜查、已經停止公開訟訴的案件辯論。

日本《新聞紙法》第十九條規定「新聞紙對於預審之內容、其它檢察官所停止之搜查或預審中之被告事項，以及停止公開之訴訟之辯論，在未經公

〔註56〕 劉哲民：《近現代出版新聞法規彙編》第32頁，學林出版社，1992年12月。
〔註57〕 劉哲民：《近現代出版新聞法規彙編》第33頁，學林出版社，1992年12月。
〔註58〕 劉哲民：《近現代出版新聞法規彙編》第87頁、97頁，學林出版社，1992年12月。
〔註59〕 劉哲民：《近現代出版新聞法規彙編》第88頁、97頁，學林出版社，1992年12月。
〔註60〕 劉哲民：《近現代出版新聞法規彙編》第55頁，學林出版社，1992年12月。
〔註61〕 劉哲民：《近現代出版新聞法規彙編》第55頁，學林出版社，1992年12月。
〔註62〕 劉哲民：《近現代出版新聞法規彙編》第56頁，學林出版社，1992年12月。

判之前，不得有所記載。」〔註 63〕第三十六條規定違反者將「處編輯人五百元以下之罰金。」〔註 64〕

二是訴訟事件之禁止旁聽者不得報導。

中國《出版法》第十一條第六款規定「訴訟事件之禁止旁聽者〔註 65〕」不得出版，違反者根據《出版法》第十一條「沒收其印本或印版外，處著作人、發行人以一百五十元以下、十五元以上罰金。」〔註 66〕

《報紙條例》和《修正報紙條例》第十條第五款規定「預審未經公判之案件及訴訟之禁止旁聽者〔註 67〕」報紙不得登載。中國《報紙條例》第二十三條、《修正報紙條例》第二十二條規定違反者將「停止其發行，科發行人編輯人以五等有期徒刑。前項停止發行，日刊者，停止十日以上一月以下；不定期刊、周刊、旬刊、月刊者，停止二次以上十次以下；年刊者，停止一次。」〔註 68〕

上述這三個法規在動詞「禁止旁聽」前未加主語，不知是依照法律禁止呢還是依照該管官署禁止。如果是依照法律禁止的話，那麼《出版法》《報紙條例》和《修正報紙條例》在司法報導方面的新聞自由度要大於日本《新聞紙法》，如果是依照該管官屬禁止的話，《出版法》《報紙條例》和《修正報紙條例》在司法報導方面的新聞自由度要小於日本《新聞紙法》。

鑒於清末民初中國在法的實施方面基本上還是人治而非法治，所以在司法報導方面中國 1908～1912 年和法國《出版自由法》持平或略低，在 1914～1926 年要低於日本《新聞紙法》。

3、外國報紙和定期出版物

三個國家的新聞法律法規都對外國報紙和定期出版物做了規定。

法國《出版自由法》對禁止外國日報和定期出版物的發行和某一期的發行作了區分，明確規定在法國發行的外國日報和定期出版物也享有出版自

〔註 63〕　《各國新聞出版法選輯》（內部發行）第 275 頁，人民日報出版社，1981 年。
〔註 64〕　《各國新聞出版法選輯》（內部發行）第 277 頁，人民日報出版社，1981 年。
〔註 65〕　劉哲民：《近現代出版新聞法規彙編》第 55 頁，學林出版社，1992 年 12 月。
〔註 66〕　劉哲民：《近現代出版新聞法規彙編》第 56 頁，學林出版社，1992 年 12 月。
〔註 67〕　劉哲民：《近現代出版新聞法規彙編》第 87 頁、97 頁，學林出版社，1992 年 12 月。
〔註 68〕　劉哲民：《近現代出版新聞法規彙編》第 88 頁、97 頁，學林出版社，1992 年 12 月。

由，只有在特殊情況方可禁止，這種特殊情況就是內閣會議做出特別決定予以禁止。而對于禁止某一期的發行，由內政部決定。違反者處以罰款。法國《出版自由法》第二章第三項第十四條規定「在法國發行的外國日報和定期出版物只有在內閣會議做出特別決定後方可禁止。而對其某一期的禁令，內政部有權決定。如違禁而故意發行出售，將被處以五十至五百法郎罰款。」〔註69〕

日本《新聞紙法》禁止紊亂安寧秩序或妨害風俗的外國報紙發行，其第二十四條規定「內務大臣對於外國或不施行本法之帝國領土所發行之新聞紙揭載事項，認為有紊亂安寧秩序或害風俗者，得於其本法施行之地域內禁止發賣頒佈，有必要時並得扣押之。對於新聞紙一年內為二回以上前項之處分者，內務大臣得禁止其新聞紙輸入或移入於本法施行之地域內。」〔註70〕第二十五條「違反前條第二項禁止之命令而輸入或移入之新聞紙，及違反第四十三條禁止之裁判而以發賣頒佈之目的的印刷之新聞紙，管轄地方官廳得扣押之。」〔註71〕

不過日本《新聞紙法》對處罰作了區分，外國報紙某一期違反禁令，禁止這一期發行，有必要時並且可以進行扣押；如果一年之內外國報紙違反禁令兩次以上，則禁止報紙在日本發行，內務大臣具有此項處罰決定權。

法國《出版自由法》和日本《新聞紙法》比較，法國《出版自由法》要寬鬆很多，內務部只有禁止某一期報紙發行的權利，而不能禁止這份報紙的發行；日本《新聞紙法》則賦予了內務大臣很高的權利，不但可以禁止某一期報紙的發行，而且可以禁止整份報紙的發行。法國《出版自由法》的處罰只限於罰款，而日本《新聞紙法》的處罰包括扣押某一期報紙以及禁止報刊發行。

中國清末民初的五部法律法規對在外國發行的報紙有禁止規定。這裏不但包括外文報紙，還包括在外國發行的中文報紙，其中重點是在外國發行的中文報紙，如果這些報紙違反新聞法相關規定，將根據所處時期的不同，受到不同的處罰。

比較法、日、中三國法律法規的處罰，其中處罰最輕的是《大清報律》，

〔註69〕 《各國新聞出版法選輯》（續編）第 201 頁，人民日報出版社，1987 年 1 月。
〔註70〕 《各國新聞出版法選輯》（內部發行）第 276 頁，人民日報出版社，1981 年。
〔註71〕 《各國新聞出版法選輯》（內部發行）第 276 頁，人民日報出版社，1981 年。

違反者沒收銷毀而已。這比法國《出版自由法》的罰款還要輕。《大清報律》
第四十條規定「凡在外國發行報紙，犯本律應禁發行各條者，禁止其在中國
傳佈，並由海關查禁入境，如有私行運銷者，即入官銷毀。」〔註72〕其次是
法國《出版自由法》，處以罰款，第三是日本《新聞紙法》，禁止發行，有必
要時扣押報紙；第四是中國的《欽定報律》《報紙條例》《修正報紙條例》，這
三個法律法規比法國《出版自由法》增加了沒收某一期報紙這一內容，比日
本《新聞紙法》多了罰款項目。《欽定報律》第十四條規定「在外國發行之報
紙，有登載第十條所列各款者，不得在中國發賣或散佈。」〔註73〕違反者根
據第二十六條規定「違第十四條者，處該發賣人、散佈人以二百元以下、二
十元以上之罰金，並將報紙沒收。」〔註74〕《報紙條例》《修正報紙條例》第
十一條規定「在外國發行之報紙，有登載第十條第一款至第三款時間者，不
得在國內發賣或散佈。」〔註75〕違反者根據《報紙條例》第二十五條、《修正
報紙條例》第二十四條規定「違第十一條之規定，發賣或散佈外國報紙者，
科發賣人或散佈人以二百元以下、二十元以上之罰金，並沒收其報紙。」〔註
76〕最嚴苛的處罰是中國的《出版法》，不但沒收報紙，而且違反者將被監禁、
罰款。第十二條規定「在外國發行之文書圖畫，違反前項各款者，不得在國
內出售或散佈。」〔註77〕如果違反這一條例，出售和散佈者和出版者同罪。
根據《出版法》第十八條規定「違反第十二條者，依第十五條、十六條、十
七條處罰。」〔註78〕第十五、十六、十七條內容是「第十五條：違反第十一
條第一款、第二款者，除沒收其印本或印版外，處著作人、發行人、印刷人
以五等有期徒刑或拘役。第十六條：違反第十一條第三款至第七款者，除沒
收其印本或印版外，處著作人、發行人以一百五十元以下、十五元以上之罰
金。第十七條：違反第十一條第八款經被害人告訴時，依刑律處斷。」〔註79〕

〔註72〕劉哲民：《近現代出版新聞法規彙編》第 34 頁，學林出版社，1992 年 12 月。
〔註73〕劉哲民：《近現代出版新聞法規彙編》第 40 頁，學林出版社，1992 年 12 月。
〔註74〕劉哲民：《近現代出版新聞法規彙編》第 41 頁，學林出版社，1992 年 12 月。
〔註75〕劉哲民：《近現代出版新聞法規彙編》第 87 頁、97 頁，學林出版社，1992 年
　　　 12 月。
〔註76〕劉哲民：《近現代出版新聞法規彙編》第 89 頁、98 頁，學林出版社，1992 年
　　　 12 月。
〔註77〕劉哲民：《近現代出版新聞法規彙編》第 56 頁，學林出版社，1992 年 12 月。
〔註78〕劉哲民：《近現代出版新聞法規彙編》第 56 頁，學林出版社，1992 年 12 月。
〔註79〕劉哲民：《近現代出版新聞法規彙編》第 56 頁，學林出版社，1992 年 12 月。

綜上所述，對於外國報紙違禁，處罰最輕的是《大清報律》，違反者沒收銷毀而已。其次是法國《出版自由法》，處以罰款，第三是日本《新聞紙法》，禁止發行，有必要時扣押報紙；第四是中國的《欽定報律》《報紙條例》《修正報紙條例》，這三個法律法規比法國《出版自由法》增加了沒收某一期報紙這一內容，比日本《新聞紙法》多了罰款項目。最嚴苛的處罰是中國的《出版法》，不但沒收報紙，而且違反者將被監禁、罰款。

由此可見，中國 1908～1911 年處罰力度比法國和日本都輕，1911～1912年，1914～1926 年處罰力度比法國和日本重，並且越往後越重。

5.1.2 政務、軍事報導

法國《出版自由法》沒有禁止報刊報導政務和軍事信息的相關規定，其在這方面的新聞自由不受限制。而日本和中國的新聞法律法規均有規定，新聞自由受到不同的限制。下面論文對日本和中國這方面的法律條文作個比較。

1、政務信息

日本《新聞紙法》規定政務信息要批准後才可以報導。其第二十條規定「凡官廳公署、或以法令組織之議會，所不公開之文書，或不公開之議會錄，新聞紙不得未經許可而揭載，請願書或訴願書之未被公開者，亦同。」〔註80〕這一限製辦法對言論控制得最嚴，因為不符合統治者心意的稿件是不會批准登載的。

而中國則相對寬鬆些，規定「凡禁止登載者不得登載」。例如，《大清報律》第十二條規定「外交事件，凡經該管衙門傳諭禁止登載者，報紙不得揭載。」〔註81〕第十三條「凡諭旨章奏，未經閣鈔、官報公佈者，報紙不得揭載。」〔註82〕《欽定報律》第十二條「外交及其它政務，經該管官署禁止登載者，報紙不得登載。」〔註83〕《出版法》第十一條第七款規定「揭載外交及其它官署機密之文書圖畫者〔註84〕」不得出版。《報紙條例》第十條第四款規定「外交之秘密及其它政務，經該管官署禁止登載者〔註85〕」報紙不得登

〔註80〕 《各國新聞出版法選輯》（內部發行）第 275 頁，人民日報出版社，1981 年。
〔註81〕 劉哲民：《近現代出版新聞法規彙編》第 32 頁，學林出版社，1992 年 12 月。
〔註82〕 劉哲民：《近現代出版新聞法規彙編》第 32 頁，學林出版社，1992 年 12 月。
〔註83〕 劉哲民：《近現代出版新聞法規彙編》第 40 頁，學林出版社，1992 年 12 月。
〔註84〕 劉哲民：《近現代出版新聞法規彙編》第 55 頁，學林出版社，1992 年 12 月。
〔註85〕 劉哲民：《近現代出版新聞法規彙編》第 55 頁，學林出版社，1992 年 12 月。

載。《報紙條例》第十條第四款規定「外交之秘密及其它政務，經該管官署禁止登載者〔註86〕」、《修正報紙條例》第十條第五款規定「各項政務經該管官署禁止登載者〔註87〕」報紙不得登載。

　　「禁止登載者不得登載」意味著政務信息中沒被禁止登載的是可以報導的。此外，報館刊登了禁止登載的內容，責任也可能是官府沒有在報導之前通知或通知到報館，而報館可以爭取到一定限度的言論自由。

　　對於違反此規定的處罰，日本《新聞紙法》、中國《欽定報律》《出版法》對未經批准登載政務信息者僅處以罰款。日本《新聞紙法》第三十六條規定「違反第二十條時，處編輯人義務百元以下之罰金。」〔註88〕《欽定報律》第二十五條規定違法者「處該編輯人以二百元以下、二十元以上之罰金。」〔註89〕《出版法》第十六條規定違反者「除沒收其印本或印版外，處著作人、發行人以一百五十元以下、十五元以上之罰金。」〔註90〕

　　而《大清報律》採取了監禁加罰款的處罰辦法。例如《大清報律》第二十二條規定「該發行人、編輯人處二十日以上、六個月以下之監禁；或二十元以上、二百元以下之罰金。」〔註91〕

　　《報紙條例》和《修正報紙條例》的處罰最重，處以有期徒刑和停止發行的處罰。《報紙條例》第二十三條、《修正報紙條例》第二十二條規定違反者將「停止其發行，科發行人編輯人以五等有期徒刑。前項停止發行，日刊者，停止十日以上一月以下；不定期刊、周刊、旬刊、月刊者，停止二次以上十次以下；年刊者，停止一次。」〔註92〕

　　綜上所述，就政務報導而言，日本《新聞紙法》要批評後方可報導，控制最嚴；中國各個法律法規的規定和日本《新聞紙法》相比較，控制要寬鬆些。中國1908～1911、1914～1916年間處罰較重，其它時間與日本《新聞紙法》的處罰相同。

〔註86〕劉哲民：《近現代出版新聞法規彙編》第87頁，學林出版社，1992年12月。
〔註87〕劉哲民：《近現代出版新聞法規彙編》第97頁，學林出版社，1992年12月。
〔註88〕《各國新聞出版法選輯》（內部發行）第277頁，人民日報出版社，1981年。
〔註89〕劉哲民：《近現代出版新聞法規彙編》第41頁，學林出版社，1992年12月。
〔註90〕劉哲民：《近現代出版新聞法規彙編》第56頁，學林出版社，1992年12月。
〔註91〕劉哲民：《近現代出版新聞法規彙編》第33頁，學林出版社，1992年12月。
〔註92〕劉哲民：《近現代出版新聞法規彙編》第89頁、97頁，學林出版社，1992年12月。

2、就軍事內容而言，中國《出版法》、《報紙條例》和《修正報紙條例》禁止報導軍事機密或軍事秘密，日本《新聞紙法》和中國《大清報律》《欽定報律》禁止報導軍事事件或軍事事項。

中國《出版法》、《報紙條例》和《修正報紙條例》規定軍事機密或軍事秘密不得報導。《出版法》第十一條第七款「揭載軍事機密之文書圖畫者〔註93〕」不得出版。第十六條規定「違反者除沒收其印本或印版外，處著作人、發行人以一百五十元以下、十五元以上之罰金。」〔註94〕《報紙條例》《修正報紙條例》第十條規定「軍事之秘密經該管官署禁登載者〔註95〕」不得登載。《報紙條例》第二十三條、《修正報紙條例》第二十二條規定「違反者停止其發行，科發行人編輯人以五等有期徒刑。前項停止發行，日刊者，停止十日以上一月以下：不定期刊、週刊、旬刊、月刊者，停止二次以上十次以下，停止一次。」〔註96〕

秘密或者機密是指限於一定的範圍之內，僅有特定的人員可以知悉的事物，往往與特定的個人或集團的切身利益相關。軍事秘密或機密是指軍事方面的、與國家利益或集團利益攸關，在一定範圍之內、僅有特定人員可以知悉的事物。禁止報導軍事秘密或軍事機密，從道理上講，對國家安全或公共利益有利，是可以的；但從新聞傳播過程來看，必須告知何為軍事秘密或機密，記者方可選擇不予報導，否則記者無從判斷該不該報導。這樣就出現了一個邏輯悖論：要告訴記者何為軍事秘密或機密後，記者方可選擇不予報導，而告知記者何為軍事機密或秘密是洩密。結果就成了軍方可以任意判斷記者報導的內容是否洩漏了軍事秘密或機密，而記者只能任由擺佈，動輒獲罪。其實質是一款保護軍方利益、限制新聞自由的條款。

日本《新聞紙法》和中國《大清報律》《欽定報律》規定禁止報導軍事事件或事項。

日本《新聞紙法》規定軍事事件或事項不得報導。第二十七條規定「陸軍大臣對於新聞紙，得以命令禁止或限制關於軍事事項之揭載。」〔註97〕第

〔註93〕 劉哲民：《近現代出版新聞法規彙編》第55頁，學林出版社，1992年12月。

〔註94〕 劉哲民：《近現代出版新聞法規彙編》第56頁，學林出版社，1992年12月。

〔註95〕 劉哲民：《近現代出版新聞法規彙編》第88頁、97頁，學林出版社，1992年12月。

〔註96〕 劉哲民：《近現代出版新聞法規彙編》第89頁、97頁，學林出版社，1992年12月。

〔註97〕 《各國新聞出版法選輯》（內部發行）第276頁，人民日報出版社，1981年。

四十條「違反第二十七條之禁止或限制之命令時，處發行人、編輯人以二年以下之禁錮友三百元以下之罰金。」〔註98〕

中國《大清報律》第十二條規定「海陸軍事件凡經該管衙門傳諭禁止登載者，報紙不得登載。」〔註99〕第二十二條規定「違反者該發行人、編輯人處二十日以上、六月以下之監禁；或二十元以上、二百元以下罰金。」第二十七條規定「違反者得暫禁發行。」第二十八條規定「暫禁發行者，日報以七日為度。其餘各報，每月發行四回以上者，以四期為度；三回以下者，以三期為度。」第三十條規定「違第十二條致釀生事端者，得照上條辦理。」〔註100〕

中國《欽定報律》第十二條規定「陸海軍事件經該管官署禁止登載者，報紙不得登載。」〔註101〕第二十五條規定「違法者處該編輯人以二百元以下、二十元以上之罰金。」〔註102〕

由於秘密或機密只限於一定的範圍之內，僅有特定的人員可以知悉的事物，而事件或事項則涵蓋相關所有內容，所以日本《新聞紙法》和中國《大清報律》《欽定報律》實際上禁止報導所有的軍事新聞。這意味著對於軍事新聞就沒有新聞自由。

綜上所述，就軍事內容而言，中國《出版法》、《報紙條例》和《修正報紙條例》禁止報導軍事機密或軍事秘密，日本《新聞紙法》和中國《大清報律》《欽定報律》禁止報導軍事事件或軍事事項。前面幾項具有更大的新聞自由。由此可見，中國法律法規的新聞自由度在 1908～1912 年和日本持平，在 1914～1926 年比日本要高。

5.1.3 名譽權

對於名譽權，三個國家的新聞法律法規都有保護規定。法國《出版自由法》還特別保護死者、團體以及外國最高元首和外交官員的名譽權；日本和中國的新聞法律法規則特別強調禁止陷害刑事被告人。

法國《出版自由法》、日本《新聞紙法》、中國《大清報律》、《欽定報律》《出版法》《報紙條例》《修正報紙條例》都有關於名譽權的保護條款。

〔註98〕　《各國新聞出版法選輯》（內部發行）第 277 頁，人民日報出版社，1981 年。
〔註99〕　劉哲民：《近現代出版新聞法規彙編》第 32 頁，學林出版社，1992 年 12 月。
〔註100〕劉哲民：《近現代出版新聞法規彙編》第 33 頁，學林出版社，1992 年 12 月。
〔註101〕劉哲民：《近現代出版新聞法規彙編》第 40 頁，學林出版社，1992 年 12 月。
〔註102〕劉哲民：《近現代出版新聞法規彙編》第 41 頁，學林出版社，1992 年 12 月。

　　法國《出版自由法》還對新聞報導的內容做了禁載規定減免。第四章第三項第三十九條規定「誹謗案件，如誹謗事實沒有權威性的證據，不得報導。控告只有控告人有權發表。一切民事案件，法院和法庭有權禁止報導。判決均可發表，不受此限制。對上述規定的違犯者將處以一百至二千法郎的罰款。」〔註103〕

　　法國《出版自由法》第二十九條解釋了誹謗和侮辱的含義。「一切對某一事情的斷言或指責損害了其它個人或團體的名譽和聲望，即為誹謗，以侮辱性語言，蔑視或抨擊性的詞彙肆意歸罪於人即為侮辱。」〔註104〕

　　第三十二條規定：「以第二十三條和第二十八條列舉的任何一種方式對個人進行誹謗，則處以五日至六個月的監禁和二十五至二千法郎的罰金，或二者其中一項的懲罰。」〔註105〕第三十三條規定「以同樣方式對個人進行侮辱，將處以六日至三個月的監禁和十八至五百法郎的罰款，或二者其中的一項懲罰。以同樣的方式對個人進行侮辱，如係由挑釁引起，則處以五日至兩個月的監禁和十六至三百法郎的罰款，或二者其中的一項懲罰。如侮辱為公開進行，則只按刑法第四百七一條規定懲罰。」〔註106〕

　　日本《新聞紙法》並未直接規定侵犯個人名譽權該如何定罪，只是在第四十五條中提到處於公益目的不受處罰，不用賠償損害。間接透露出如果不是出於公益，侵犯個人名譽權要受到處罰，並賠償損失。「新聞紙揭載事項，若提起對於名譽罪之公訴時，除關涉私人行為外，若審判廳認為非由惡意純為公益者，得許被告人證明事實，若其證明確實，則其行為不罰之，且免其關聯於公訴之損害賠償的義務。」〔註107〕

　　中國每一部出版新聞法都有不得侵犯個人名譽權的規定。

　　中國《大清報律》第十五條規定「發行人或編輯人，不得受人賄囑，顛倒是非。發行人或編輯人，亦不得挾嫌誣衊，損人名譽。」〔註108〕第二十四條規定「為第十五條第一項者，該發行人、編輯人經被害人呈訴訊實，照所受賄之數，加十倍處以罰金；仍究其致賄人，與受同罪。」第二十五條規定

〔註103〕《各國新聞出版法選輯》（續編）第205頁，人民日報出版社，1987年1月。
〔註104〕《各國新聞出版法選輯》（續編）第204頁，人民日報出版社，1987年1月。
〔註105〕《各國新聞出版法選輯》（續編）第204頁，人民日報出版社，1987年1月。
〔註106〕《各國新聞出版法選輯》（續編）第204頁，人民日報出版社，1987年1月。
〔註107〕《各國新聞出版法選輯》（內部發行）第278頁，人民日報出版社，1981年。
〔註108〕劉哲民：《近現代出版新聞法規彙編》第32頁，學林出版社，1992年12月。

「違第十五條第二項者，該發行人、編輯人經被害人呈訴訊實，處二十元以上、二百元以下之罰金。」第二十六條規定「違第十五條者，除按照前兩條處罰外，其被害人得視情節之輕重，由發行人、編輯人賠償損害。」〔註109〕

《欽定報律》第十一條規定「損害他人名譽之語，報紙不得登載。但專爲公益不涉陰私者，不在此限。」〔註110〕第二十四條規定「違第十一條者，處該編輯人以二百元以下、二十元以上之罰金。遇有前項情形，須被害人告訴乃論其罪。本條第一項之罪，若編輯人係受人囑託者，該囑託人罰與編輯人同。其有賄賂情事者，得按賄賂之數，各處十倍以下之罰金；若十倍之數不滿二百元，仍處以二百元以下之罰金，並將賄賂沒收。」〔註111〕

《出版法》第十一條第八款規定「攻訐他人陰私，損害其名譽者〔註112〕」不得出版。第十七條規定「違反第十一條第八款者經被害人告訴時，依刑律處斷。」〔註113〕

《報紙條例》第十條第八款規定「報紙不得登載攻訐個人陰私損害其名譽者。」〔註114〕《報紙條例》第二十四條規定「登載第十條第八款之事件，經被害人告訴者，可編輯人二百元以下、二十元以上之罰金。前項之登載，若編輯人係受人囑託者，科囑託人以編輯人同等之罰金。前項之囑託，有賄賂情事者，按照賄賂之數，各科十倍以下之罰金，並沒收其賄賂。前項賄賂十倍之數，不滿二百元者，仍各科二百元以下之罰金。」〔註115〕

《修正報紙條例》第十條第九款規定「報紙不得登載攻訐他人陰私損害其名譽者。」〔註116〕第二十三條規定「登載第十條第九款之事件，經被害人告訴者，可編輯人二百元以下、二十元以上之罰金。前項之登載，若編輯人係受人囑託者，科囑託人以編輯人同等之罰金。前項之囑託，有賄賂情事者，按照賄賂之數，各科十倍以下之罰金，並沒收其賄賂。前項賄賂十倍之數，不滿二百元者，仍各科二百元以下之罰金。」〔註117〕

〔註109〕劉哲民：《近現代出版新聞法規彙編》第33頁，學林出版社，1992年12月。
〔註110〕劉哲民：《近現代出版新聞法規彙編》第40頁，學林出版社，1992年12月。
〔註111〕劉哲民：《近現代出版新聞法規彙編》第41頁，學林出版社，1992年12月。
〔註112〕劉哲民：《近現代出版新聞法規彙編》第56頁，學林出版社，1992年12月。
〔註113〕劉哲民：《近現代出版新聞法規彙編》第56頁，學林出版社，1992年12月。
〔註114〕劉哲民：《近現代出版新聞法規彙編》第87頁，學林出版社，1992年12月。
〔註115〕劉哲民：《近現代出版新聞法規彙編》第89頁，學林出版社，1992年12月。
〔註116〕劉哲民：《近現代出版新聞法規彙編》第97頁，學林出版社，1992年12月。
〔註117〕劉哲民：《近現代出版新聞法規彙編》第98頁，學林出版社，1992年12月。

對於死者的名譽權，法國《出版自由法》禁止對死者進行誹謗和侮辱。中日新聞法規沒有提及。法國《出版自由法》第三十四條規定了對死者進行誹謗和侮辱的處罰辦法。「第二十九、三十、三十一條同樣適用於對死者的誹謗和侮辱，如誹謗和侮辱在損害意在世的繼承人的名譽和聲望，後者始終有權運用第十三條確定的答覆權。」〔註 118〕

法國《出版自由法》規定不得傷害外國國家首腦和外交官員，中日新聞法規未提及。法國《出版自由法》第三十六條規定不得「公開侮辱外國國家首腦」，違反者將「處以三個月至一年的監禁和一百至三千法郎的罰款或二者其中一項懲罰。」〔註 119〕第三十七條規定不得「公開侮辱向共和國政府委派的全權大使、部長、使節、特派員或其它外交人員。」違反者「處以八日至一年的監禁和五十至二千法郎的罰款，或二者其中一項懲罰。」〔註 120〕

法國《出版自由法》禁止對團體進行侮辱。中日新聞法律法規未提及。法國《出版自由法》第三十三條規定「以同樣方式對本法第三十條和三十一條指出的團體進行侮辱，將處以六日至三個月的監禁和十八至五百法郎的罰款，或二者其中的一項懲罰。如侮辱未公開進行，則只按刑法第四百七十一條規定懲罰。」〔註 121〕

日本《新聞紙法》、中國《出版法》《報紙條例》《修正報紙條例》禁止陷害刑事被告人。受刑事追訴者在法院階段稱為刑事被告人。禁止報刊登載陷害刑事被告人的新聞，是對刑事被告人名譽權的保護。

日本《新聞紙法》第二十一條「凡……陷害刑事被告之事項，新聞紙均不得揭載之。」〔註 122〕違反者監禁並罰款。根據《新聞紙法》第三十七條「違反第二十一條時，處編輯人以三月以下禁錮，又二百元以下之罰金。」〔註 123〕

《出版法》第十一條第四款「煽動曲庇犯罪人、刑事被告人或陷害刑事被告人者不得登載。」〔註 124〕違反者沒收印本印版並罰款。根據出版法第十

〔註 118〕《各國新聞出版法選輯》（續編）第 204 頁，人民日報出版社，1987 年 1 月。
〔註 119〕《各國新聞出版法選輯》（續編）第 205 頁，人民日報出版社，1987 年 1 月。
〔註 120〕《各國新聞出版法選輯》（續編）第 205 頁，人民日報出版社，1987 年 1 月。
〔註 121〕《各國新聞出版法選輯》（續編）第 204 頁，人民日報出版社，1987 年 1 月。
〔註 122〕《各國新聞出版法選輯》（內部發行）第 275 頁，人民日報出版社，1981 年。
〔註 123〕《各國新聞出版法選輯》（內部發行）第 277 頁。人民日報出版社，1981 年。
〔註 124〕劉哲民：《近現代出版新聞法規彙編》第 55 頁，學林出版社，1992 年 12 月。

六條「違反第十一條第三款至第七款者，除沒收其印本或印版外，處著作人、發行人以一百五十元以下、十五元以上之罰金。」〔註125〕

《報紙條例》和《修正報紙條例》第十條第七款規定報刊不得登載「煽動、曲庇、讚賞、救護犯罪人、刑事被告人，或<u>陷害刑事被告人者</u>〔註126〕」違反者停止發行，判有期徒刑。根據《報紙條例》第二十三條《修正報紙條例》第二十二條「違反者停止其發行，科發行人編輯人以五等有期徒刑。前項停止發行，日刊者，停止十日以上一月以下；不定期刊、周刊、旬刊、月刊者，停止二次以上十次以下，停止一次。」〔註127〕

對出於公益目的損害名譽權，法國《出版自由法》、日本《新聞紙法》和中國《欽定報律》予以保護；而中國其它的出版新聞法規沒有此項規定；但法國《出版自由法》禁止對公職、法院、法庭、陸軍或海軍、法定團體及公共行政機構進行誹謗。

日本《新聞紙法》和中國《欽定報律》允許出於公益目的侵犯個人名譽權。日本《新聞紙法》第四十五條「新聞紙揭載事項，若提起對於名譽罪之公訴時，除關涉私人行為外，若審判廳認為非由惡意純為公益者，得許被告人證明事實，若其證明確實，則其行為不罰之，且免其關聯於公訴之損害賠償的義務。」〔註128〕中國《欽定報律》第十一條規定「損害他人名譽之語，報紙不得登載。但專為公益不涉陰私者，不在此限。」〔註129〕

法國《出版自由法》規定善意的報導免於起訴。其第四十一條規定「報紙對兩院公開會議在報紙上的善意報導免於訴訟。對司法辯論，及產生於法庭的講演和文章的善意報導不受誹謗、侮辱或辱罵罪的起訴。」〔註130〕

中國的《大清報律》、《出版法》、《報紙條例》、《修正報紙條例》沒有此項規定。

但法國《出版自由法》禁止對特定人員的職務和身份進行誹謗。法國《出版自由法》第三十一條規定「第三十條的處罰同樣適用於用相同手段對下列

〔註125〕劉哲民：《近現代出版新聞法規彙編》第 56 頁，學林出版社，1992 年 12 月。
〔註126〕劉哲民：《近現代出版新聞法規彙編》第 87 頁、97 頁，學林出版社，1992 年 12 月。
〔註127〕劉哲民：《近現代出版新聞法規彙編》第 89 頁、97 頁，學林出版社，1992 年 12 月。
〔註128〕《各國新聞出版法選輯》（內部發行）第 278 頁，人民日報出版社，1981 年。
〔註129〕劉哲民：《近現代出版新聞法規彙編》第 40 頁，學林出版社，1992 年 12 月。
〔註130〕《各國新聞出版法選輯》（續編）第 205 頁，人民日報出版社，1987 年 1 月。

人員的職務和身份的誹謗：一名或多名內閣人員，一名或多名上議院或下議院成員、公職人員、公共部門的代理人或辦事員，國家雇傭的司祭，負有短期或長期公共使命或職務的公民，以及法官出庭作證的或證人。」〔註131〕不過這些禁止僅限於針對其公職時。《出版自由法》第三十五條規定「對法定社團、陸、海軍、公共行政機關以及第三十一條列舉的個人進行誹謗行爲，只有針對其公職時，才能按正常程序構成誹謗罪。對借助公共儲蓄和貸款經營的各類工業企業、商業企業和金融集團的經理或經營者進行誹謗和侮辱亦構成犯罪。在上述兩種情況中，其它不同的證據不構成犯罪。如誹謗證據撤銷、被告則免予起訴。在針對其它人的其它情況中，如誹謗事實引起了檢察院的公訴或是針對被告的任何訴訟，則須在預審中緩期起訴和對其誹謗罪緩以審判。」〔註132〕

　　禁止對法院、法庭、陸軍或海軍、法定團體及公共行政機構進行誹謗。《出版自由法》第四章第二項第三十條規定「以第二十三條和第二十八條列舉的任何一種方式對法院、法庭、陸軍或海軍、法定團體及公共行政機構進行誹謗，則處以八日至一年的監禁和一百至三千法郎的罰款，或二者其中的一項。」〔註133〕

　　法律法規允許報刊出於公益目的損害名譽權，是其在名譽權和新聞出版自由權之間做出的一種有利於新聞出版的選擇。它意味著媒體是否構成對被報導對象的侵權，並不完全取決於被報導對象感到其名譽受到了傷害，而更應考慮記者及編輯在處理報導的過程中是否處於公益目的，如果是處於公益目的，則不應追究媒體責任。這給了新聞出版以較大的權力。

　　綜上所述，就允許出於公益目的侵害名譽權而言，1911～1912 年中國和日本持平，比法國要大，1908～1911，1914～1926 年間中國比日本和法國小。

5.2 限制手段之比較

　　各國新聞法規對於新聞自由採取事前預防和事後追懲兩種方法。事前預防是對新聞自由的限制方法，它包括出版許可制和稿件檢查制等。事後追懲意思是事前不作限制，新聞可以自由，如果出現違法行爲，則依法懲罰，懲

〔註131〕《各國新聞出版法選輯》（續編）第 204 頁，人民日報出版社，1987 年 1 月。
〔註132〕《各國新聞出版法選輯》（續編）第 204 頁，人民日報出版社，1987 年 1 月。
〔註133〕《各國新聞出版法選輯》（續編）第 204 頁，人民日報出版社，1987 年 1 月。

罰手段包括刑事、行政和民事的懲罰等。採用事後追懲的辦法，媒體的新聞自由度則大；採用事前預防的辦法，媒體的新聞自由則受到限制。下面論者從出版和稿件兩方面對三國新聞法律法規作一比較。

5.2.1 出版

論文從出版管理制度、出版者資格和申報備案三方面比較各國新聞自由的大小。

1、出版管理制度

不同的新聞法規採用的出版管理制度不同。中國清末民初有 4 部新聞法，1 部出版法。採用了四種出版管理制度。

1908 年 1 月～1912 年 1 月是註冊登記並繳納保證金階段；

1912 年 1 月～1914 年 4 月沒有新聞法規，是出版絕對自由階段；

1914 年 4 月～1916 年 7 月採用批准並繳納保證金制；

1916 年 7 月～1926 年 1 月重新採用註冊登記制度。

按照出版管理從寬鬆到嚴苛排列，其中出版絕對自由 2 年時間；採用註冊登記 10 年，時間最長；採用註冊登記並繳納保證金的時間 4 年，採取批准制並繳納保證金的時間有 2 年三個月。

法國《出版自由法》採用的是註冊登記制。法國《出版自由法》第二章第一項第五條規定「一切日報或定期出版物在履行第七條規定的申報之後，即可出版，無須事先批准，無須交納保證金。」〔註 134〕

日本《新聞紙法》採用的是註冊登記加保證金制。

日本《新聞紙法》第四條規定出版前要登記註冊。「新聞紙之發行人須將左列事項呈報內務大臣……須由館主或其法定代理人署名，在第一次發行十日以前，送呈該管地方官廳。」〔註 135〕違反者根據《新聞紙法》第三十條規定處以發行人百元以下的罰款。

第十二條、第十六條規定出版前要繳納保證金。「揭載時事之新聞紙，非繳納左列之保證金額於管轄地方官廳，則不得發行；一、在東京市大阪市及市外三里以內之地，須繳納二千元；二、在人口七萬以上之市區或市區外一里以內之地發行，須繳納一千元；三、在其它地方發行，須繳納五百元。一

〔註 134〕《各國新聞出版法選輯》（續編）第 200 頁，人民日報出版社，1987 年 1 月。
〔註 135〕《各國新聞出版法選輯》（內部發行）第 273 頁，人民日報出版社，1981 年。

個月發行三回以下者,只繳前項金額之半數。」〔註136〕「保證金發生欠缺時,非經填補,不得發行新聞紙,但自發生欠缺日起七日以內,不在此限。」〔註137〕違反者根據《新聞紙法》第三十四條規定處發行人三百元以下罰款。

綜上所述,中國《出版法》和法國《出版自由法》採用了事後追懲制——註冊登記,新聞自由度大;中國《大清報律》、《欽定報律》與日本《新聞紙法》採用了寬鬆的預防制——註冊登記並繳納保證金,新聞自由度也較大;中國《報紙條例》和《修正報紙條例》採用了嚴厲的預防制——批准並繳納保證金,新聞自由最小。由此而知,在出版管理制度方面,1916年～1926年中國與法國相當,1908～1912年與日本相當,只有1914～1916年比法日嚴苛。

2、出版者資格

中國《出版法》對出版者資格沒有規定。任何人都可以辦報。

法國《出版自由法》第二章第一項第六條規定「一切日報或定期出版物須有一位經理。經理應爲法國籍人、成年、享有公民權且此公民權未因任何司法判決而被剝奪。」〔註138〕規定出版物的負責人必須是成年的享有公民權的法國人。這裏對出版者的資格提出了三個限定條件:本國國籍、成年、享有公民權。

日本《新聞紙法》和中國除《出版法》外的四個新聞法律法規在要求出版者必須是本國人、成年、具有公民權外,還有其它限制條款。

多出一個限制條款的有中國的《大清報律》和《欽定報律》、《大清報律》、《欽定報律》規定精神病者不得辦報。

《大清報律》第二條第二項規定:「凡充發行人、編輯人及印刷人者,須具備下列要件:一、年滿二十歲以上之本國人;二、無精神病者;三、未經處監禁以上之刑者。」〔註139〕

《欽定報律》第二條第一項規定「凡本國人民年滿二十歲以上,無下列情事者,得充報紙發行人、編輯人、印刷人:一、精神病者;二、褫奪公權或現在停止公權者。」〔註140〕

多出兩個限制條款的有日本《新聞紙法》。日本《新聞紙法》第二條第二

〔註136〕《各國新聞出版法選輯》(内部發行)第274頁,人民日報出版社,1981年。
〔註137〕《各國新聞出版法選輯》(内部發行)第275頁,人民日報出版社,1981年。
〔註138〕《各國新聞出版法選輯》(續編)第200頁,人民日報出版社,1987年1月。
〔註139〕劉哲民:《近現代出版新聞法規彙編》第31頁,學林出版社,1992年12月。
〔註140〕劉哲民:《近現代出版新聞法規彙編》第39頁,學林出版社,1992年12月。

項嚴禁海陸軍軍人辦報，第二條第三項嚴禁禁治產者或准禁治產者辦報。根據《新聞紙法》第二條「一、非居住施行本法之帝國領土內者；二、陸海軍軍人之爲現役或在召集中者；三、未成年者、禁治產者或准禁治產者；四、現受徒刑或監禁者，或執行猶豫者不得創辦報紙。」〔註141〕

　　多出五項限制條件的有中國的《報紙條例》、《修正報紙條例》、《報紙條例》和《修正報紙條例》嚴禁海陸軍軍人、學生、沒有住所或居所者以及三十歲以下的成年人。《報紙條例》和《修正報紙條例》第四條第一、二、四、五、六項規定「本國人民年滿三十歲以上，無下列情事之一者，得充報紙發行人、編輯人、印刷人：一、國內無住所或居所者；二、精神病者；三、褫奪公權尚未復權者；四、海、陸軍軍人；五、行政司法官吏；六、學校學生。」〔註142〕

　　在出版者資格方面三者比較，中國《出版法》和法國《出版自由法》沒有限制，中國《大清報律》、《欽定報律》有一項限制，日本《新聞紙法》有兩項限制，中國《報紙條例》、《修正報紙條例》的限制最多。由此可知，在出版者資格方面，中國 1916～1926 年新聞自由度最大，和法國持平；1908～1912 年間比法國小，比日本大；1914～1916 年最低。

3、申報機關

　　出版申報機關的不同，對新聞自由也有影響。

　　雖然法國《出版自由法》和中國《出版法》採用的是事後追懲法，而日本《新聞紙法》和中國《大清報律》、《欽定報律》、《報紙條例》、《修正報紙條例》採取的是事前預防法。但各個法律法規在申報機關上有很大的不同。

　　採取事後追懲制的法國《出版自由法》和中國《出版法》在申報機關上是不同的。法國《出版自由法》規定申報機構是檢察院。《出版自由法》第二章第一項第七條規定「一切日報或定期出版物在出版之前，應向共和國檢察院檢察官申報如下內容。」〔註143〕中國《出版法》規定的申報機關是警察官署。《出版法》第四條規定「出版之文書圖畫，應與發行或散佈前，稟報該管警察官署。」〔註144〕

〔註141〕　《各國新聞出版法選輯》（內部發行）第 272 頁，人民日報出版社，1981 年。
〔註142〕　劉哲民：《近現代出版新聞法規彙編》第 86、97 頁，學林出版社，1992 年 12月。
〔註143〕　《各國新聞出版法選輯》（續編）第 200 頁，人民日報出版社，1987 年 1 月。
〔註144〕　劉哲民：《近現代出版新聞法規彙編》第 54 頁，學林出版社，1992 年 12 月。

日本《新聞紙法》和中國《大清報律》、《欽定報律》、《報紙條例》《修正報紙條例》採取的都是事前預防法，可是在申報機關方面，日本《新聞紙法》和中國《大清報律》、《欽定報律》規定申報機構是國家行政機關。日本《新聞紙法》第四條規定「新聞紙之發行人須將左列事項呈報內務大臣。」〔註145〕《大清報律》第一條「凡開設報館發行報紙者，應開具下列各款，於發行二十日以前，呈由該管地方官衙門申報本省督撫，咨明民政部存案。」〔註146〕《欽定報律》第一條「凡開設報館發行報紙者，應由發行人開具下列各款，於發行二十日前，呈由該管官署申報民政部，或本省督撫咨部存案。」〔註147〕而中國《報紙條例》、《修正報紙條例》規定的申報機構是警察官署。《報紙條例》、《修正報紙條例》第三條規定「發行報紙，應由發行人開具下列各款呈請該觀警察官署認可。」〔註148〕

檢察院是國家權力機關，有權對包括警察、法院、監獄等在內的有關法律執法部門進行法律監督。新聞法規定檢察院為申報備案機構，這意味著申報備案完全依法辦理，在申報機構方面不存在任何因利益關係而限製辦報的可能。申報機構是國家行政機關和警察官署的話，報刊如果以監督政府為宗旨，則不會得到批准。1910年《北方日報》未出版即遭禁止就說明了這點〔註149〕。

〔註145〕《各國新聞出版法選輯》（內部發行）第 273 頁，人民日報出版社，1981 年。
〔註146〕劉哲民：《近現代出版新聞法規彙編》第 31 頁，學林出版社，1992 年 12 月。
〔註147〕劉哲民：《近現代出版新聞法規彙編》第 39 頁，學林出版社，1992 年 12 月。
〔註148〕劉哲民：《近現代出版新聞法規彙編》第 86 頁、97 頁，學林出版社，1992 年 12 月。
〔註149〕《申報》1910 年 5 月 22 日五版《北方日報出版一日之原因》《北方日報》為順直各紳所組織，本月初一甫經出版，即被官家禁止，輿論譁然。不知此事於未發現以先上月二十八日，奧界領事官曾派捕將該社，長傳去，諭以不許出版。問何由，答：貴國洋務局來有照會，請去質問，本領事絕不敢冒摧殘輿論之名云云。該館長隨至洋務局，探詢不許出報之理由，則以該館所出之廣告有「監督政府、嚮導國民」等語，與存案之稟所云宗旨不合，該報館答以宗旨如何，當俟該報紙出時以報律繩之，豈得僅因廣告即停報出版，且廣告之「監督政府、嚮導國民」乃報紙之天職，東西洋之文明，各國莫不如此。及至初一出報後，早八鐘督憲派巡捕持公文謁奧領事，使停該報。領事遂派捕將館長主筆及同人等數人拘之奧署，謂如明日不出版，即將諸君釋回，否則長此拘留。問以何故，則仍答以本領事不敢摧殘輿論，此舉亦有貴國長官照會。也並令該館，立將空中飄舞之中國國徽落下，並將北方日報大圖摘去。眾人允明日不出報，遂得釋回。是日，府尊黃太守曾至學務公所該報印刷處勒令不許代印。該所答以學務公所乃直人之學務公所，非官家之物，代印北方日報立有合同，即為營業性質，如不代印，尚應受罰，倘有正式公文或有

　　綜上所述，從申報機關來看，法國的申報機關不存在因利益關係限制出版自由的可能，而中國和日本的申報機關存在這種可能性。

5.2.2 稿件

　　稿件的事前預防即採用稿件檢查制度，它意味著在稿件送上印刷機之前，必須送請政府書報檢查官檢查與核准。這是對言論自由的限制，確切說是對言論自由中的核心權力——表達自由的限制，因為檢查官用來判斷言論有否具有危害性的依據，主要是檢察官的主觀臆測，而不是言論所引起的現實危害。

　　稿件的事後追懲則承認表達自由，同時允許政府為了其它利益限制新聞過度自由而帶來的危害，當言論發表以後，政府根據它所產生的或即將產生的現實弊害來追懲言論者。因此相比之下，事後追懲制所施加的懲罰有著現實基礎，而非僅憑主觀臆測，是一種既保護新聞自由又限制過度新聞自由的手段。

　　在中、法、日這一時期的出版新聞制度中，大部分新聞法律法規採用的是事後追懲制度。

　　法國《出版自由法》第十條規定「日報或定期出版物在出版每一單頁刊或多版刊時，應將由經理署名的兩份交由共和國檢察院備案，在無第一審法庭的城市交送市政府。同樣的備案件在巴黎和塞納省交送國家內政部，在其它省交送省政府，在非省首府城市或非區首府城市，備案件交送專區政府和市政府，如有違反此項備案條款者，則處經理以五十法郎的罰款。」〔註150〕

　　日本《新聞紙法》第十一條規定「新聞紙發行之時，需呈送內務省兩份，管轄地方官廳、地方審判廳、檢察廳、區審判廳各一份。」〔註151〕

　　大公祖手諭，則可不與之印。府尊答以公文手諭兄弟皆不敢出，此議遂罷。該報自被封後，館長曾一再懇請直紳閻君瑞亭、王君古愚上院謁見督憲，督憲辭以感冒未見。閻君王君復謁藩憲淩方伯，懇求轉圜。方伯許以督憲當不再干涉。請靜候南段巡警總局批出，即行出版可也。並聞初一日，督憲曾因此事與民政部電商數次。部內答以候其出版內容如何，倘與報律無背，則可任其發行，該言論自由、出版自由乃文明國之所許可也，自該報停後，所有北京、上海、廣東、香港、漢口、東三省以及本埠各報館訪事員，來電詢問情由者，有親向該館探訪者，均含糊做答，蓋恐以實情相告，則全國輿論必致譁然，為該館與政界各方面諸多不利也，現該館門前，近已大書特書本館不日遷移字樣，未悉是何原因。

〔註150〕《各國新聞出版法選輯》（續編）第 200 頁，人民日報出版社，1987 年 1 月。
〔註151〕《各國新聞出版法選輯》（內部發行）第 274 頁，人民日報出版社，1981 年。

《欽定報律》第七條規定「每號報紙，應於發行日遞送該管官署及本省督撫或民政部各一份存查。」違反者處發行人以三元以上、三十元以下罰款。根據《欽定報律》第二十條「違第六條、第七條者，處該發行人以三十元以下、三元以上之罰金。」

《出版法》第四條、第八條規定「出版之文書圖畫，應於發行或散佈前，稟報該管警察官署。並將出版物以一份送該官署，以一份經由該官署送內務部備案。官署或國家他種機關及地方自治團體機關之出版，應送內務部備案。但其出版關於職權內之記載或報告者，不在此限。」「編號逐次發行或分數次發行之出版物，應於每次發行時稟報。」違反者處以發行人五元以上、五十元以下罰款。根據《出版法》第十四條「違反第三條、第四條、第八條、第九條之規定者，處發行人以五十元以下、五元以上之罰金。」

《報紙條例》、《修正報紙條例》第九條規定「每號報紙，應於發行日遞送該管警察官署存查。」違反者根據《報紙條例》、《修正報紙條例》第十九條規定「違第八條、第九條之規定者，科發行人以五十元以下、五元以上之罰金。」

唯一採用事前預防制的是《大清報律》，《大清報律》第七條規定「每日發行之報紙，應於發行前一日晚十二點鐘以前；其月報、旬報、星期報等類，均應於發行前一日午十二點鐘以前，送由該管巡警官署或地方官署，隨時查核，按律辦理。」違反者處發行人以三元以上、三十元以下罰款。根據《大清報律》第十七條「凡違第二、三條及第五條之第一項與第六、七條者，該發行人處三元以上、三十元以下之罰金。」

綜上所述，在稿件檢查方面，中國1911年到1926年的新聞法律法規和法日新聞法規定一樣，採取事後追懲法，具有相同的新聞自由度；只是在1908～1911年採取事前檢查法，新聞自由度較低。

5.3 處罰之比較

對於新聞違法的問題，三個國家的新聞法律法規都有處罰規定。下面論者從處罰機關、處罰的程度兩方面作一比較。

5.3.1 處罰機關之比較

三國對於新聞稿件的處罰機關不盡相同。

　　法國的《出版自由法》採用的是追懲制，司法機關對新聞違法有處罰權。根據法國《出版自由法》第四十五條規定「本文規定的重罪與輕罪將提交重罪法庭審理。但本法第三、四、九、十、十一、十二、十三、十四、十七條第二和四兩段、二十八條第二段、三十二、三十三條第二段、三十八、三十九和四十條規定的輕罪和違法行為則提交輕罪法庭審理。此外，本法第二、十五、十七條第一和第三段、二十一條、三十三條第三段所規定的違反行為則僅提交違警罪法庭審理。」〔註152〕

　　日本《新聞紙法》和中國的出版新聞法律法規採用的是預防制，具有裁定權的除司法機關外，還有政府其它機關。可以分為三種情況。

　　1、發行之後有司法機關依法處罰。

　　日本《新聞紙法》第四十三條規定「依第四十條至四十二條所處罰者，審判廳得禁止其新聞紙之發行。」〔註153〕第四十五條規定「新聞紙揭載事項，若提起對於名譽罪之公訴時，除關涉私人行為外，若審判廳認為非由惡意純為公益者，得許被告人證明事實，若其證明確實，則其行為不罰之，且免其關聯於公訴之損害賠償的義務。」〔註154〕

　　中國《大清報律》第十條規定「訴訟事件，經審判衙門禁止旁聽者，報紙不得揭載。」〔註155〕

　　《欽定報律》第三十條規定「犯第二十二條之罪者，審判衙門得以判決永遠禁止發行。」〔註156〕《欽定報律》第三十一條規定「犯第二十三條之罪者，審判衙門得按其情節以判決停止發行，前項停止發行，日報以七日為率；其它各報每月發行四回以上者，以四期為率，三回以下者，以三期為率。」〔註157〕《欽定報律》附條第二條規定「關於本律之訴訟，由審判衙門按照法院編製法及其它法會審理。」〔註158〕

　　《報紙條例》第二十八條規定「第二十二條至第二十七條之處罰，由司法官署審判執行之。」〔註159〕

〔註152〕《各國新聞出版法選輯》（續編）第 206 頁，人民日報出版社，1987 年 1 月。
〔註153〕《各國新聞出版法選輯》（內部發行）第 277 頁，人民日報出版社，1981 年。
〔註154〕《各國新聞出版法選輯》（內部發行）第 278 頁，人民日報出版社，1981 年。
〔註155〕劉哲民：《近現代出版新聞法規彙編》第 32 頁，學林出版社，1992 年 12 月。
〔註156〕劉哲民：《近現代出版新聞法規彙編》第 42 頁，學林出版社，1992 年 12 月。
〔註157〕劉哲民：《近現代出版新聞法規彙編》第 42 頁，學林出版社，1992 年 12 月。
〔註158〕劉哲民：《近現代出版新聞法規彙編》第 42 頁，學林出版社，1992 年 12 月。
〔註159〕劉哲民：《近現代出版新聞法規彙編》第 89 頁，學林出版社，1992 年 12 月。

2、檢察官具有裁奪權。日本《新聞紙法》第十五條規定「新聞紙之發行人或編輯人，受罰金或刑事訴訟費用之判決時，自判決確定之日起，倘十日以內不能照繳時，應由檢察官將其保證金之全部或一部充作上項費用。」〔註160〕

3、發行之前該管官署對於新聞報導有裁奪權。

日本《新聞紙法》還規定除司法機關外，官署公署和議會、外務大臣和陸軍大臣也有裁定權。

官廳公署和議會。日本《新聞紙法》第二十條規定「凡官廳公署、或以法令組織之議會，所不公開之文書，或不公開之議會錄，新聞紙不得未經許可而揭載，請願書或訴願書之未被公開者，亦同。」〔註161〕

陸軍大臣、外務大臣。日本《新聞紙法》第二十七條規定「陸軍大臣、外務大臣，對於新聞紙，得以命令禁止或限制關於軍事或外交事項之揭載。」〔註162〕

中國新聞出版法律法規規定該管官署、該管警察官署具有裁奪權。

該管官署。《大清報律》第十二條規定「外交、海陸軍事件，凡經該管衙門傳諭禁止登載者，報紙不得揭載。」〔註163〕

《欽定報律》第十二條規定「外交、陸海軍事件及其它政務，經該管官署禁止登載者，報紙不得登載。」〔註164〕《欽定報律》第二十八條規定「犯第十六條第一項之罪者，至呈報之日止，該管官署得以命令禁止發行。」〔註165〕《欽定報律》第二十九條規定「犯第十八條之罪者，至繳足保押費之日止，該管官署得以命令禁止發行。」〔註166〕《欽定報律》第三十三條規定「犯本律各條之罪，所有訟費、罰金及應行沒收之款，自判決確定之日起，逾十日不繳者，將保押費抵充。不足者，仍行追繳。保押費已被抵充者，該發行人應於接到通知後十日以內，將保押費如數補足。違者至補足之日止，該管官署得以命令禁止發行。」〔註167〕

〔註160〕《各國新聞出版法選輯》（內部發行）第274頁，人民日報出版社，1981年。
〔註161〕《各國新聞出版法選輯》（內部發行）第275頁，人民日報出版社，1981年。
〔註162〕《各國新聞出版法選輯》（內部發行）第276頁，人民日報出版社，1981年。
〔註163〕劉哲民：《近現代出版新聞法規彙編》第32頁，學林出版社，1992年12月。
〔註164〕劉哲民：《近現代出版新聞法規彙編》第40頁，學林出版社，1992年12月。
〔註165〕劉哲民：《近現代出版新聞法規彙編》第41頁，學林出版社，1992年12月。
〔註166〕劉哲民：《近現代出版新聞法規彙編》第42頁，學林出版社，1992年12月。
〔註167〕劉哲民：《近現代出版新聞法規彙編》第42頁，學林出版社，1992年12月。

　　《報紙條例》《修正報紙條例》第十條第四款規定「外交、軍事之秘密及其它政務，經該管官署禁止登載者不得登載。」〔註168〕第十條第五款規定「預審未經公判之案件及訴訟之禁止旁聽者不得登載。」

　　《出版法》第十一條第六款「訴訟或會議事件之禁止旁聽者。」〔註169〕

　　該管警察官署。《大清報律》第七條規定「每日發行之報紙，應於發行前一日晚十二點鐘以前；其月報、旬報、星期報等類，均應於發行前一日午十二點鐘以前，送由該管巡警官署或地方官署，隨時查核，按律辦理。」〔註170〕

　　《報紙條例》第二十一條規定「第十五條至第十九條之罰金及停止發行之處分，由該管警察官署判定執行之。罰金處分，自該管警察官署判定之日起；逾十日不繳納者，將保押費抵充，不足者仍行補繳。保押費已被抵充罰金者，該發行人應於接到該管官署命令後，十日以內補繳或補足保押費。違者至補繳或補足之日止，該管警察官署得以命令停止發行。」〔註171〕

　　《報紙條例》第三十條《修正報紙條例》第二十八條規定「本條例施行前所發行之報紙，應按照本條例第三條之規定，補行呈請該管警察官署認可，並按照第六條之規定，補繳保押費。」〔註172〕《報紙條例》第三十一條《修正報紙條例》第二十九條規定「本條例施行前所發行之報紙，其發行人有本條例第四條情事之一者，由該管警察官署禁止其發行。編輯人、印刷人有本條例第四條情事之一者，由發行人另行聘雇，另請該管警察官署認可。違反前項規定者，至另行聘雇呈請認可之日止，由該管警察官署禁止其發行。」〔註173〕

　　《修正報紙條例》第三十條規定「違犯本條例者，依違令罰法第三條之規定，第二十一條第一項、第二十二條第一項之處罰，由法院審判。其它各條之處罰，由該管警察官署即決，並執行之。罰金處分，自該管警察官署即

〔註168〕劉哲民：《近現代出版新聞法規彙編》第 87 頁、97 頁，學林出版社，1992
　　　　年 12 月。
〔註169〕劉哲民：《近現代出版新聞法規彙編》第 87 頁、97 頁，學林出版社，1992
　　　　年 12 月。
〔註170〕劉哲民：《近現代出版新聞法規彙編》第 32 頁，學林出版社，1992 年 12 月。
〔註171〕劉哲民：《近現代出版新聞法規彙編》第 88 頁，學林出版社，1992 年 12 月。
〔註172〕劉哲民：《近現代出版新聞法規彙編》第 89 頁、98 頁，學林出版社，1992
　　　　年 12 月。
〔註173〕劉哲民：《近現代出版新聞法規彙編》第 89 頁、98 頁，學林出版社，1992
　　　　年 12 月。

決之日起，逾十日不繳納者，將保押費抵充，不足者仍行補繳。保押費已被抵充罰金者，該發行人應於接到該管官署命令後十日以內補繳，或補足保押費。違者至補繳或補足之日止，該管警察官署得以命令停止發行。」〔註174〕

《出版法》第十三條規定「依第十一條禁止出版之文書圖畫，及依第十二條禁止出售或散佈之文書圖畫，有出版或出售散佈者，該管警察官署認為必要時，得沒收其印本及其印版。」〔註175〕

綜上所述，從處罰機關來說，法國《出版自由法》只有法院可以處罰違法行為，日本《新聞紙法》除了法院，還有檢察官和行政機關處罰違法行為，中國除了《欽定報律》是增加了行政機關外，其它法律法規還增加了行政機關和警察局。鑒於清末民初中國官員大多集行政、司法、執法於一身，所以聽命於警察局也就是聽命於官署。由此可知，從處罰機關來說，中國的新聞自由度遠低於法國，和日本持平。

5.3.2 處罰輕重之比較

出版新聞法律法規中都有處罰條款，分別給以罰款、監禁、停止發行、永遠停止發行等處罰。其中以罰款最輕，罰款、禁止發行和罰款、監禁次之，罰款、監禁、停止發行再次之，罰款、監禁、永遠停止發行最重。

下面論者從最重處罰及事項和監禁處罰兩個角度對各個法規的處罰程度作一比較。

1、最重處罰及事項比較

對 1908～1926 年中、法、日三國出版新聞法規進行橫向比較，可以發現中國《大清報律》和《欽定報律》的最重處罰是罰款、監禁和永遠停止發行。日本《新聞紙法》的最重處罰是監禁、罰款、停止發行。中國《報紙條例》、《修正報紙條例》、《出版法》的最重處罰是監禁、停止發行。法國《出版自由法》的最重處罰是監禁、罰款。由此可見，在處罰程度方面，中國 1908～1912 年處罰最重，1914～1926 年比法國重，比日本輕。

對中法日三國新聞法律法規各自的內容進行梳理，發現三國新聞法律法規給與各自最高處罰的事項不盡相同，有的新聞法律法規涉及最重處罰的事項只有一項，有的涉及兩項，甚至三項。

〔註174〕劉哲民：《近現代出版新聞法規彙編》第 98 頁，學林出版社，1992 年 12 月。
〔註175〕劉哲民：《近現代出版新聞法規彙編》第 56 頁，學林出版社，1992 年 12 月。

　　中國《欽定報律》、《報紙條例》、《修改報紙條例》中涉及最重處罰的只有一項——危害國家安全罪，其它處罰都低於此項處罰。

　　中國《欽定報律》第十條第一二款規定報紙不得登載「冒瀆乘輿之語或淆亂政體之語。」〔註176〕處罰辦法是罰款、監禁、永遠停止發行。根據《欽定報律》第二十二、三十條「違第十條登載第一、第二款者，處該發行人、編輯人、印刷人以二年以下、二月以上之監禁。並科二百元以下、二十元以上之罰金。其印刷人實不知情者，免其處罰。」〔註177〕「犯第二十二條之罪者，審判衙門得以判決永遠禁止發行。」〔註178〕

　　《報紙條例》和《修正報紙條例》處罰最重的是淆亂政體者。處罰辦法是判處有期徒刑，禁止發行，沒收其報紙及營業器具。根據《報紙條例》第二十二條《修正報紙條例》第二十一條「登載第十條第一款之事件者，禁止其發行，沒收其報紙及營業器具，處發行人、編輯人、印刷人以四等或五等有期徒刑；但印刷人實不知情者，免其處罰。」〔註179〕

　　在法國《出版自由法》和中國《出版法》中，涉及最重處罰的有兩項。

　　相同點是危害國家安全，法國《出版自由法》第二十四條規定「直接煽動兇殺、搶劫和縱火，或煽動從事刑法第七十五條至一百零一條（含一百零一條）規定的妨害國家安全罪者，如煽動為產生後果，則處以三個月至兩年的監禁，同時處以一百至三千法郎的罰金。」〔註180〕中國《出版法》第十一條規定「文書圖畫有下列各款情事之一者，不得出版：一、淆亂政體者。」〔註181〕違反者根據《出版法》第十五條「違反第十一條第一款、第二款者，除沒收其印本或印版外，處著作人、發行人、印刷人以五等有期徒刑或拘役。」〔註182〕

　　不同點是煽動犯罪和「損害公安」。

　　煽動犯罪。法國《出版自由法》第二十三條規定「直接煽動從事被視為重罪或輕罪的活動並產生後果者，以上述活動的同謀論處。」〔註183〕

〔註176〕劉哲民：《近現代出版新聞法規彙編》第 40 頁，學林出版社，1992 年 12 月。
〔註177〕劉哲民：《近現代出版新聞法規彙編》第 41 頁，學林出版社，1992 年 12 月。
〔註178〕劉哲民：《近現代出版新聞法規彙編》第 42 頁，學林出版社，1992 年 12 月。
〔註179〕劉哲民：《近現代出版新聞法規彙編》第 88 頁、97 頁，學林出版社，1992
　　　　年 12 月。
〔註180〕《各國新聞出版法選輯》（續編）第 201 頁，人民日報出版社，1987 年 1 月。
〔註181〕劉哲民：《近現代出版新聞法規彙編》第 55 頁，學林出版社，1992 年 12 月。
〔註182〕劉哲民：《近現代出版新聞法規彙編》第 56 頁，學林出版社，1992 年 12 月。
〔註183〕《各國新聞出版法選輯》（續編）第 203 頁，人民日報出版社，1987 年 1 月。

《出版法》第十一條第二款規定不得出版「妨礙治安〔註184〕」的文書圖畫。處罰辦法為五等有期徒刑或拘役，沒收其印本或印版。根據《出版法》第十五條「違反第十一條第一款、第二款者，除沒收其印本或印版外，處著作人、發行人、印刷人以五等有期徒刑或拘役。」〔註185〕

在中國的《大清報律》和日本《新聞紙法》中涉及最重處罰的有三項，不過三項中有兩項相同，它們是危害國家安全和「詆毀宮廷」或冒犯皇室尊嚴。

詆毀宮廷。中國《大清報律》第十四條第一、二款規定報紙不得揭載「詆毀宮廷之語，或淆亂政體之語。」〔註186〕處罰辦法有罰款、監禁、永遠停止發行。根據《大清報律》第二十三、二十九條「違第十四條第一、二、三款者，該發行人、編輯人、印刷人處六月以上、二年以下之監禁。附加二十元以上、二百元以下之罰金。其情節較重者，仍照刑律治罪；但印刷人實不知情者，免其處罰。」〔註187〕「違第十四條第一、二、三款者，永遠禁止發行。」〔註188〕

冒犯皇室尊嚴。日本《新聞紙法》第四十二條規定「新聞紙上揭載與冒犯皇室之尊嚴、改變政體、紊亂朝憲之事項者，處發行人、編輯人、印刷人以二年以上之禁錮及三百元以下之罰金。」〔註189〕違反者根據第四十、四十三條規定處罰。「違反第二十七條之禁止或制限之命令時，處發行人、編輯人以二年以下禁錮又三百元以下之罰金。」〔註190〕「以第四十條至四十二條所處罰者，審判廳得禁止其新聞紙發行。」〔註191〕

不同的是受到最重處罰的第三項，中國《大清報律》是「損害公安」，而日本《新聞紙法》是關於外交軍事事項的報導。

損害公安。《大清報律》第十四條第三款規定報紙不得揭載「損害公安之語〔註192〕」，處罰辦法有罰款、監禁、永遠停止發行。根據《大清報律》第二

〔註184〕劉哲民：《近現代出版新聞法規彙編》第 55 頁，學林出版社，1992 年 12 月。
〔註185〕劉哲民：《近現代出版新聞法規彙編》第 56 頁，學林出版社，1992 年 12 月。
〔註186〕劉哲民：《近現代出版新聞法規彙編》第 32 頁，學林出版社，1992 年 12 月。
〔註187〕劉哲民：《近現代出版新聞法規彙編》第 33 頁，學林出版社，1992 年 12 月。
〔註188〕劉哲民：《近現代出版新聞法規彙編》第 33 頁，學林出版社，1992 年 12 月。
〔註189〕《各國新聞出版法選輯》（內部發行）第 277 頁，人民日報出版社，1981 年。
〔註190〕《各國新聞出版法選輯》（內部發行）第 277 頁，人民日報出版社，1981 年。
〔註191〕《各國新聞出版法選輯》（內部發行）第 277 頁，人民日報出版社，1981 年。
〔註192〕劉哲民：《近現代出版新聞法規彙編》第 32 頁，學林出版社，1992 年 12 月。

十三、二十九條「違第十四條第一、二、三款者，該發行人、編輯人、印刷人處六月以上、二年以下之監禁。附加二十元以上、二百元以下之罰金。其情節較重者，仍照刑律治罪；但印刷人實不知情者，免其處罰。」〔註193〕「違第十四條第一、二、三款者，永遠禁止發行。」〔註194〕在日本《新聞紙法》中，涉及最重處罰有三項，它們是危害國家安全，冒犯皇室尊嚴以及外交軍事報導。

　　關於外交軍事事項的報導。日本的《新聞紙法》第二十七條規定「陸軍大臣、外務大臣，對於新聞紙，得以命令禁止或限制關於軍事或外交事項之揭載。」〔註195〕違反者根據第四十、四十三條規定處罰。「違反第二十七條之禁止或制限之命令時，處發行人、編輯人以二年以下禁錮又三百元以下之罰金。」〔註196〕「以第四十條至四十二條所處罰者，審判廳得禁止其新聞紙發行。」〔註197〕

　　損害公安屬於妨害公共秩序罪，妨害公共秩序罪的處罰程度往往僅次於危害國家安全罪，給予最重處罰雖然處罰得較重，尚在情理之中；而外交和軍事事項，除了軍事和外交秘密外，都應是公民應該獲知的信息內容，不是禁止報導外交和軍事秘密，而是禁止報導外交和軍事事項，並給予最重處罰，這一條款限制了報刊的新聞自由，剝奪了公民的知情權，對日本軍國主義的形成起到了保護傘的作用。

　　比較三國新聞法律法規給與各自最重處罰的事項，可以看出中國 1911～1912 年，1914～1916 年只對危害國家安全罪給予最高處罰，最重處罰面與法國一樣，1908～1911，1914～1926 年包括有損害公安的內容，最重處罰面比法國要寬，比日本要窄。

2、監禁處罰之比較

　　監禁是各種處罰中直接對人身自由進行處罰的一種處罰方式。中法日三國新聞法律法規都有關於監禁的處罰。而且監禁處罰中處罰最重的事項與前面所述最重處罰相同，

　　法國《出版自由法》是煽動犯罪和煽動危害國家安全。

〔註193〕劉哲民：《近現代出版新聞法規彙編》第 33 頁，學林出版社，1992 年 12 月。
〔註194〕劉哲民：《近現代出版新聞法規彙編》第 33 頁，學林出版社，1992 年 12 月。
〔註195〕《各國新聞出版法選輯》（內部發行）第 276 頁，人民日報出版社，1981 年。
〔註196〕《各國新聞出版法選輯》（內部發行）第 277 頁，人民日報出版社，1981 年。
〔註197〕《各國新聞出版法選輯》（內部發行）第 277 頁，人民日報出版社，1981 年。

《出版自由法》第二十三條規定「直接煽動從事被視爲重罪或輕罪的活動並產生後果者，以上述活動的同謀論處。」〔註198〕第二十四條規定「直接煽動兇殺、搶劫和縱火，或煽動從事刑法第七十五條至一百零一條（含一百零一條）規定的妨害國家安全罪者，如煽動爲產生後果，則處以三個月至兩年的監禁，同時處以一百至三千法郎的罰金。」〔註199〕

日本《新聞紙法》是危害國家安全、冒犯皇室尊嚴以及報導外交軍事信息。

日本《新聞紙法》第四十條規定「違反第二十七條（陸軍大臣、外務大臣，對於新聞紙，得以命令禁止或限制關於軍事或外交事項之揭載）之禁止或限制之命令時，處發行人、編輯人以二年以下之禁錮又三百元以下之罰金。」〔註200〕第四十二條規定「新聞紙上揭載欲冒犯皇室之尊嚴、改變政體、紊亂朝憲之事項者，處發行人、編輯人、印刷人以二年以下之禁錮及三百元以下之罰金。」〔註201〕

中國《欽定報律》、《報紙條例》、《修正報紙條例》是危害國家安全。

《欽定報律》第二十二條規定「違第十條登載第一、第二款者，處該發行人、編輯人、印刷人以二年以下、二月以上之監禁。並科二百元以下、二十元以上之罰金。其印刷人實不知情者，免其處罰。」〔註202〕

《報紙條例》第二十二條《修正報紙條例》第二十一條規定「登載第十條第一款之事件者，禁止其發行，沒收其報紙及營業器具，處發行人、編輯人、印刷人以四等或五等有期徒刑；但印刷人實不知情者，免其處罰。」〔註203〕

中國《出版法》是危害國家安全和妨害治安。

《出版法》第十五條規定「違反第十一條第一款、第二款者，除沒收其印本或印版外，處著作人、發行人、印刷人以五等有期徒刑或拘役。」〔註204〕

中國《大清報律》是危害國家安全、詆毀宮廷、損害公安。

《大清報律》第二十三條規定「違第十四條第一、二、三款者，該發行

〔註198〕《各國新聞出版法選輯》（續編）第 203 頁，人民日報出版社，1987 年 1 月。
〔註199〕《各國新聞出版法選輯》（續編）第 201 頁，人民日報出版社，1987 年 1 月。
〔註200〕《各國新聞出版法選輯》（內部發行）第 277 頁，人民日報出版社，1981 年。
〔註201〕《各國新聞出版法選輯》（內部發行）第 277 頁，人民日報出版社，1981 年。
〔註202〕劉哲民：《近現代出版新聞法規彙編》第 39 頁。學林出版社，1992 年 12 月。
〔註203〕劉哲民：《近現代出版新聞法規彙編》第 88、97 頁。學林出版社，1992 年 12 月。
〔註204〕劉哲民：《近現代出版新聞法規彙編》第 56 頁。學林出版社，1992 年 12 月。

人、編輯人、印刷人處六月以上、二年以下之監禁。附加二十元以上、二百元以下之罰金。其情節較重者，仍照刑律治罪；但印刷人實不知情者，免其處罰。」〔註205〕

除煽動犯罪和危害國家安全之外，中、法、日三國新聞法律法規還對下列三種情況進行監禁處罰。

法國《出版自由法》對犯有誹謗和侮辱罪者處以監禁處罰。

法國《出版自由法》採用的是追懲制，根據法無禁止即爲合法的規定，《出版自由法》在條款中對過度言論給名譽權帶來的損害作了限制。這種限制是對濫用新聞自由的限制。

法國《出版自由法》第二十九條規定了什麼是誹謗和侮辱。「一切對某一事情的斷言或指責損害了其它個人或團體的名譽和聲望，即爲誹謗。以侮辱性語言，蔑視或抨擊性的詞彙肆意歸罪於人即爲侮辱。」〔註206〕

法國《出版自由法》第三十、三十一、三十二條規定了誹謗罪的構成和處罰。第三十條規定「以第二十三條和第二十八條列舉的任何一種方式對法院、法庭、陸軍或海軍、法定團體及公共行政機構進行誹謗，則處以八日至一年的監禁和一百至三千法郎的罰款，或二者其中的一項。」〔註207〕第三十一條規定「同樣的懲罰適用於相同的手段對下列人員的職務和身份的誹謗：一名或多名內閣成員，一名或多名上議院或下議院的成員、公職人員、公共部門的代理人或辦事員，國家雇用的司祭，負有短期或長期公共使命或職務的公民，以及法官出庭作證的或證人。」〔註208〕第三十二條規定「以二十三條和二十八條列舉的任何一種方式對個人進行誹謗，則處以五日至六個月的監禁和二十五至二千法郎的罰金，或二者其中一項的懲罰。」〔註209〕

法國《出版自由法》第三十三、三十四條規定了侮辱罪的構成和處罰。第三十三條規定「以同樣的方式對本法第三十和三十一條指出的團體或個人進行侮辱，將處以六日至三個月的監禁和十八至五百法郎的罰款，或二者其中的一項懲罰。以同樣的方式對個人進行侮辱，如係由挑釁引起，則處以五日至二個月的監禁和十六至三百法郎的罰款，或二者其中的一項懲罰。如侮

〔註205〕　劉哲民：《近現代出版新聞法規彙編》第 33 頁。學林出版社，1992 年 12 月。
〔註206〕　《各國新聞出版法選輯》（續編）第 203 頁，人民日報出版社，1987 年 1 月。
〔註207〕　《各國新聞出版法選輯》（續編）第 204 頁，人民日報出版社，1987 年 1 月。
〔註208〕　《各國新聞出版法選輯》（續編）第 204 頁，人民日報出版社，1987 年 1 月。
〔註209〕　《各國新聞出版法選輯》（續編）第 204 頁，人民日報出版社，1987 年 1 月。

辱未公開進行，則只按刑法第四百七十一條規定懲罰。」〔註210〕第三十四條規定「第二十九、三十、三十一條同樣適用於對死者的誹謗和侮辱，如誹謗和侮辱在損害其在世的繼承人的名譽和聲望，後者始終有權運用第十三條規定的答覆權。」〔註211〕

法國《出版自由法》第三十六和三十七條規定不得傷害外國國家首腦和外交官員。第三十六條規定「公開侮辱外國國家首腦將<u>處以三個月至一年的監禁和一百至三千法郎的罰款</u>，或二者其中一項懲罰。」〔註212〕第三十七條規定「公開侮辱向共和國政府委派的全權大使、部長、使節、特派員或其它外交人員，將<u>處以八日至一年的監禁和五十至二千法郎的罰款</u>，或二者其中一項懲罰。」〔註213〕

日本《新聞紙法》對軍事外交報導、對賞恤救護犯罪人、刑事被告人及陷害刑事被告人的報導，對違反新聞法規禁止或禁制命令，妨礙新聞法規執行的行為處於監禁處罰。

軍事外交報導。日本《新聞紙法》第二十七條規定「陸軍大臣、外務大臣，對於新聞紙，得以命令禁止或限制關於軍事或外交事項之揭載。」〔註214〕違反者監禁和罰款。根據《新聞紙法》第四十條「違反第二十七條之禁止或制限之命令時，<u>處發行人、編輯人以二年以下之禁錮又三百元以下之罰金</u>。」〔註215〕

賞恤救護犯罪人、刑事被告人及陷害刑事被告人的報導。《新聞紙法》第二十一條規定「凡煽動或曲庇犯罪，或賞恤救護犯罪人、刑事被告人，及陷害刑事被告之事項，新聞紙不得揭載之。」〔註216〕違反者處以監禁和罰款。根據《新聞紙法》第三十七條「違反第二十一條時，<u>處編輯人以三日以下禁錮，又二百元以下之罰金</u>。」〔註217〕

違反新聞法規禁止或禁制命令，妨礙新聞法規的執行。日本《新聞紙法》第三十八、三十九條還規定如果違反新聞法規的禁止或禁制命令，妨礙新聞

〔註210〕 《各國新聞出版法選輯》（續編）第 204 頁，人民日報出版社，1987 年 1 月。
〔註211〕 《各國新聞出版法選輯》（續編）第 204 頁，人民日報出版社，1987 年 1 月。
〔註212〕 《各國新聞出版法選輯》（續編）第 205 頁，人民日報出版社，1987 年 1 月。
〔註213〕 《各國新聞出版法選輯》（續編）第 205 頁，人民日報出版社，1987 年 1 月。
〔註214〕 《各國新聞出版法選輯》（內部發行）第 276 頁，人民日報出版社，1981 年。
〔註215〕 《各國新聞出版法選輯》（內部發行）第 277 頁，人民日報出版社，1981 年。
〔註216〕 《各國新聞出版法選輯》（內部發行）第 275 頁，人民日報出版社，1981 年。
〔註217〕 《各國新聞出版法選輯》（內部發行）第 277 頁，人民日報出版社，1981 年。

法規的執行，也將處以監禁和罰款處罰。日本《新聞紙法》第三十八條規定「違反第二十三條至禁止或禁制之命令、第二十四條禁止之命令、第四十三條禁止之審判時，處發行人、編輯人以六個月以下之禁錮，三百元以下之罰金，知情發賣或頒佈其新聞紙者，處以二百元以下之罰金。」〔註218〕第三十九條規定「妨害第二十三條第一項、第二十四條第一項、第二十五條之扣押處分之執行者，處以六個月以下之禁錮，又三百元以下之罰金。」〔註219〕

　　除煽動犯罪和危害國家安全罪外，中國清末民初新聞出版法律法規中有的法律法規還包括一項監禁處罰，有的則包括兩項、甚至四項。

　　包括一項監禁處罰的有中國《出版法》

　　《出版法》第十一條第八款規定「攻訐他人陰私，損害其名譽者〔註220〕」不得出版。違反者以刑律處斷。根據《出版法》第十七條「違反第十一條第八款經被害人告訴時，依刑律處斷。」〔註221〕

　　包括兩項監禁處罰的有《大清報律》。其第十二、十三條規定「外交、海陸軍事件，凡經該管衙門傳諭禁止登載者，報紙不得揭載。」〔註222〕「凡諭旨章奏，未經閣鈔、官報公佈者，報紙不得揭載。」〔註223〕處罰辦法是罰款和監禁、暫禁發行。根據《大清報律》第二十二條「違第十二、第十三條及第十四條第四款者，該發行人、編輯人處二十日以上、六月以下之監禁；或二十元以上、二百元以下之罰金。」〔註224〕

　　包括四項監禁處罰的是《報紙條例》和《修正報紙條例》。其第十條第四至七款規定「下例各款，報紙不得登載：四、外交、軍事之秘密及其它政務，經該管官署禁止登載者；五、預審未經公判之案件及訴訟之禁止旁聽者；六、國會及其它官署會議，按照法令禁止旁聽者；七、煽動、曲庇、讚賞、救護犯罪人、刑事被告人，或陷害刑事被告人者。」〔註225〕違反者處以五等有期徒刑，停止發行。根據《報紙條例》第二十三條《修正報紙條例》第二十

〔註218〕《各國新聞出版法選輯》（內部發行）第 277 頁，人民日報出版社，1981 年。
〔註219〕《各國新聞出版法選輯》（內部發行）第 277 頁，人民日報出版社，1981 年。
〔註220〕劉哲民：《近現代出版新聞法規彙編》第 56 頁，學林出版社，1992 年 12 月。
〔註221〕劉哲民：《近現代出版新聞法規彙編》第 56 頁，學林出版社，1992 年 12 月。
〔註222〕劉哲民：《近現代出版新聞法規彙編》第 32 頁，學林出版社，1992 年 12 月。
〔註223〕劉哲民：《近現代出版新聞法規彙編》第 32 頁，學林出版社，1992 年 12 月。
〔註224〕劉哲民：《近現代出版新聞法規彙編》第 33 頁。學林出版社，1992 年 12 月。
〔註225〕劉哲民：《近現代出版新聞法規彙編》第 87 頁、97 頁，學林出版社，1992
　　　　年 12 月。

條「登載第十條第二款至第七款之事件者，停止其發行，<u>科發行人編輯人以</u><u>五等有期徒刑</u>。前項停止發行，日刊者，停止十日以上一月以下；不定期刊、周刊、旬刊、月刊者，停止二次以上十次以下；年刊者，停止一次。」〔註226〕

　　綜上所述，就監禁處罰而言，法國《出版自由法》和中國《出版法》《欽定報律》的處罰覆蓋面最低；中國《大清報律》次之；日本《新聞紙法》第三；中國《報紙條例》、《修正報紙條例》最多。由此可見，中國 1911～1912年，1916～1926 年監禁覆蓋面與法國持平，1908～1911 年比法國大，比日本小，1914～1916 年處罰面最大。

本章小結

　　儘管和法國相比，清末民初我國幾乎不具備良好的法律運行環境，法律賦予的新聞自由在實施的過程中未必能夠得以實現，但是從這一階段新聞法律法規條文中，我們還是可以獲知當時法律所能賦予的新聞自由權利，可以通過中法日三國同時代新聞出版法律法規比較，知道清末民初我國法律規定的新聞自由和國際接軌的情況。

　　本章從禁載內容、限制手段和處罰三個方面一共 16 項指標將清末民初的新聞法律法規內容與法國《出版自由法》和日本《新聞紙法》的內容作橫向比較，得出結論如下：

　　1、《大清報律》與法國《出版自由法》相比，相同和相近之處只有 3 項，它們在外國報紙違禁處罰、敗壞社會風俗罪和有關司法報導的規定方面相同或相近；在其餘 13 項方面，《大清報律》都比法國《出版自由法》嚴苛。這十三項是危害國家安全罪、妨害社會治安罪、有關政務報導、軍事報導的規定、出於公益目的損害名譽權、出版管理制度、出版者資格、申報機關、稿件檢查、處罰機關、最重處罰、最重處罰覆蓋面和監禁覆蓋面。

　　《大清報律》與日本《新聞紙法》相比，有 7 項更為寬鬆，占總數的 43.75％，它們是危害國家安全罪、敗壞社會風俗罪、有關司法報導的規定、外國報紙違禁處罰、出版者資格、最重處罰覆蓋面、監禁覆蓋面；有 4 項相同，占總數的 25％，它們是有關軍事報導的規定、出版管理制度、申報機關、處罰機關。兩項合計占總數的 68.75％。達到三分之二強。只有三分之一比日本

〔註226〕劉哲民：《近現代出版新聞法規彙編》第 89 頁、97 頁，學林出版社，1992年 12 月。

《新聞紙法》嚴苛，它們是妨害社會治安罪、有關政務報導的規定、出於公益目的損害名譽權、稿件檢查和最重處罰。

　　2、《欽定報律》與法國《出版自由法》相比，有一半相同，近五分之一相近。

　　在三個方面十六項指標上，《欽定報律》有 8 項與法國《出版自由法》相同或略寬鬆，占總數的 50%。這八項是：危害國家安全罪、擾亂公共治安罪、敗壞社會風俗罪、有關司法報導的規定、出於公益目的損害名譽權、稿件檢查、最重處罰覆蓋面、監禁覆蓋面等。在 3 個點上和法國《出版自由法》相近，略嚴，占總數的 18.75%。它們是外國報紙違禁處罰、出版管理制度和出版者資格；在有關政務報導、軍事報導的規定、申報機關、處罰機關、最重處罰這五項上，《欽定報律》比法國《出版自由法》嚴苛，占總數的 31.25%。

　　與日本《新聞紙法》相比，《欽定報律》除了最重處罰更嚴苛外，在 12 項上更寬鬆，3 項持平，它們是有關軍事報導的規定、申報機關和處罰機關。

　　3、《報紙條例》、《修正報紙條例》與法國《出版自由法》相比，除了事後追懲之外，其餘 15 項均比法國《出版自由法》嚴苛。

　　與日本《新聞紙法》相比，有 4 項較為寬鬆，它們是危害國家安全罪、有關軍事報導的規定、最重處罰、最重處罰覆蓋面。5 項持平。它們是妨害社會治安罪、敗壞社會風俗罪、稿件檢查、申報機關和處罰機關。有 7 項比日本《新聞紙法》還要嚴苛。它們是有關政務報導、司法報導的規定、外國報紙違禁處罰、出於公益目的損害名譽權、出版管理制度、出版者資格和監禁覆蓋面。

　　4、《出版法》與法國《出版自由法》相比，有 7 項和法國《出版自由法》相同或寬鬆，占總數的 43.75%。它們是：擾亂社會治安罪、敗壞社會風俗罪、出版管理制度、出版者資格、稿件檢查、監禁覆蓋面、最重處罰覆蓋面。有 9 項比法國《出版自由法》嚴苛。它們是危害國家安全罪、有關司法、政務、軍事報導的規定、出於公益目的損害名譽權、最重處罰、外國報紙違禁處罰、申報機關和處罰機關。

　　《出版法》與日本《新聞紙法》相比，有 12 項比日本《新聞紙法》寬鬆 1 項持平，占總數的 81.25%。只有三項比日本《新聞紙法》嚴苛，占總數的 18.75%。它們是有關司法報導的規定、出於公益目的損害名譽權、外國報紙違禁處罰。

綜上所述，中國清末民初的新聞出版法律法規跟法國《出版自由法》相比，對新聞自由的保護兩者之間還是有一段距離的。其中，1911～1912 年兩者之間距離最小，重合度達到三分之二強，1916～1926 次之，重合度將近一半；1908～1911 再次之，重合度不到五分之一；1914～1916 年幾乎沒有重合。

中國清末民初的新聞出版法律法規跟日本《新聞紙法》相比，在十六項指標中，1911～1912 年幾乎所有指標都顯示出中國對新聞自由的保護遠遠大於日本；1916～1926 年 75％的指標顯示中國對新聞自由的保護高於日本；因此1911～1912年和1916～1926年這十二年中國對新聞自由的保護要遠遠大於日本。

在 16 項指標中，1908～1911 年 43.75％的指標顯示中國對新聞自由的保護高於日本，25％的指標持平，31.25％的指標顯示日本對新聞自由的保護高於中國。這裏由於有 12.5％的指標顯示中國對新聞自由的保護比日本要高，因此 1908～1911 年中國對新聞自由的保護也比日本要高。

在 16 項指標中，1914～1916 年這兩年間只有 25％的指標顯示中國對新聞自由的保護高於日本，31.25％持平，43.75％的指標顯示日本對新聞自由的保護比中國強。這裏由於 18.75％的指標顯示日本對新聞自由的保護要比中國高，因此 1914～1916 年中國對新聞自由的保護比日本低。

因此，清末民初新聞法律法規在 1908～1912 年，1916～1926 年對新聞自由的保護低於法國《出版自由法》，高於日本《新聞紙法》，在 1914～1916 年對新聞自由的保護低於法日兩部新聞法。

由此，我們可以得出這樣一個結論：《大清報律》、《欽定報律》和《出版法》是與國際上同時代新聞法律法規新聞自由水平同步的新聞法律法規。《報紙條例》《修正報紙條例》是低於國際上同時代新聞法律法規新聞自由水平的新聞法規。

結　論

綜觀清末民初我國新聞出版立法，可以得出如下結論：

就新聞出版法律法規而言，《大清印刷對象專律》、《報章應守規則》和《報館暫行條規》是我國新聞法制建設初期新聞立法的三次嘗試。《大清印刷對象專律》未經實施；《報章應守規則》屬於越權所立之法，法律規則也不完備；《報館暫行條規》沒有規定法律適用條件，行為模式和法律後果之間缺少一一對應關係，不符合法應明確、肯定的要求，它們都不是真正意義上的新聞法律規範。

《大清報律》是我國第一部具有近代法律性質的新聞法，是清末憲政運動背景下報業發展到一定時期的必然產物。它以控制言論嚴苛的日本《新聞條例》為師，以通行中西、規制言論為原則，對新聞自由的保護與法國《出版自由法》相比，相差甚遠，與日本《新聞紙法》相比，程度相近，水平略高。雖然《大清報律》並不是一部新聞自由的保護法，但是它的頒佈破除了長久以來控制民間輿論的「言禁」、「報禁」政策，使公民的言論出版自由第一次以法律形式得到承認，為以後新聞法律法規的制定建立了一種模式。《大清報律》還第一次對著作權、名譽權和更正做了相應規定，使報刊活動得以規範，濫用新聞自由的行為受到法律限制。

《欽定報律》是《欽定憲法大綱》公佈後制定的新聞法，是清末民初唯一一部經過資政院參與審議的、具有一定民主色彩的新聞法，也是這一時期對新聞自由限制最少的、與法國《出版自由法》水平最接近的一部新聞法，其對新聞自由的保護，在各項指標上都遠遠高於日本《新聞紙法》。

《民國暫行報律》屬於南京臨時政府內務部越權所立之法，旋立旋廢。

　　《報紙條例》是一部不符合行政立法程序的行政法規。它違法限制權利、違法創設義務、違法追究法律責任，對新聞自由的限制比日本《新聞紙法》（新聞自由的限製法）更嚴苛。是清末民初新聞自由程度最低的新聞行政法規。它的修正稿——《修正報紙條例》依舊是不符合行政立法修改程序的行政法規，就其對新聞自由的限制而言，和《報紙條例》並無二致。

　　《出版法》也是一部不符合行政立法程序的行政法規。一開始是用來規範報紙之外的其它出版物的，《修正報紙條例》廢止後，被用來規範報刊活動。《出版法》對出版自由未作限制，其言論自由水平比法國《出版自由法》低，比日本《新聞紙法》高，是一部介於法日新聞自由水平之間的行政法規。

　　就立法而言，清末民初新聞立法普遍受到憲法保障，自 1908 年起，清末民初一共公佈了四個全國範圍的憲法文件，四個文件都明確規定臣民或人民具有言論出版自由。這一時期出現了第一部新聞法《大清報律》以及第一部關於新聞活動的行政法規《報紙條例》。

　　就新聞如何立法，清末民初存在兩種觀點，一種主張對新聞自由保護多一點，持這種觀點的主要有南京臨時政府和報刊界，曾於 1912～1914 年實施。一種主張對新聞自由限制多一點，持這種觀點的主要有清政府和袁世凱政府，實施的時間為 1908～1912，1914～1916。

　　就新聞立法進程而言，新聞出版立法三次因為政權更替而中斷，存在不符合立法進步規律的現象。《欽定報律》被南京臨時政府廢止，袁世凱政府頒佈的《修正報紙條例》被繼任大總統黎元洪廢止，袁世凱政府頒佈的《出版法》被南京國民政府廢止。其中《欽定報律》是清末民初最接近現代新聞法的法律，後來的民國初年北洋政府制定的行政法規，都沒有達到這部法律的水平。

　　就新聞立法的立法制度和立法技術而言，清末民初的新聞法律法規或多或少存在問題。從立法主體來看，清政府巡警部無權立法。南京臨時政府內務部不經授權無權制定行政法規。《報章應守規則》和《民國暫行報律》都屬越權所立之法。從立法程序來看，民初創制的《報紙條例》、《修正報紙條例》和《出版法》是不符合行政立法程序的行政法規。從法律規則來看，清末民初所頒佈的新聞法和出版法中，《報章應守條例》和《報館暫行條規》不具備完整的法律規則，新聞自由不可能得到保障。從法律概念來看，清末民初的報律和出版法都存在法律概念不明確情況，使得新聞自由的界限不確定，官員的裁奪權過大。在這種情況下，新聞自由就遭到了不必要的限制甚至阻礙。